Klaus Priesmeier

Ganz nah dran

Klaus Priesmeier

Ganz nah dran

Glaube zwischen Leben und Unglaube

Fromm Verlag

Publisher:
Fromm Verlag
is a trademark of
International Book Market Service Ltd., member of OmniScriptum Publishing Group
17 Meldrum Street, Beau Bassin 71504, Mauritius

Printed at: see last page
ISBN: 978-613-8-36129-9

Ganz nah dran. Glaube zwischen Leben und Unglaube. Anläufe zur Jahreslosung 2020

Statt eines Vorwortes:
Niemand halte den Becher voll Wasser, in dem er das Wasser des Lebens für sich zu fassen versucht, für den weiten Ozean göttlicher Fülle, in dem die Völle göttlicher Kraft, Reinheit und Frische schäumt und treibt und lebt und Leben schenkt. Sie sind größer und weiter, als ein Mensch zu fassen vermag.
Niemand verwechsle das bisschen Wärme, das ihm einen Ort in der Welt gibt, und auch Hoffnung über diese Welt hinaus, mit dem „glühenden Backofen" der Hitze voller göttlicher Liebe, „der da reichet von der Erde bis an den Himmel" (Martin Luther). Sie ist heißer und wirkmächtiger als alles, was wir uns vorzustellen vermögen.
Wer wegen dieser notwendigen Einschränkungen, die zugleich Gottes Barmherzigkeit gegen uns zeigen, meint, ins Wasser des Lebens nicht eintauchen und in ein Leben der Liebe nicht auftauchen zu können, was ja beides das Leben des Glaubens ist, der hat schon den Unglauben vor dem Glauben erwählt. Aber das soll nicht sein. Gott führt Menschen in Lagen, in denen stoßen wir uns nicht nur an unserer eigenen Enge, wir ahnen auch die Weite, für die wir geschaffen sind und auf die Gott unsere Füße stellen wird. Und darin rufen wir: „Ich glaube, hilf meinem Unglauben." Und dabei sehen wir, wie der Vater in der Geschichte in Markus 9, auf den, den das Neue Testament als den Anfänger und Vollender des Glaubens bekennt: Jesus aus Nazareth, den Christus.
Mein Dank gilt allen, die mit Hinweisen, Ratgeben, Ermutigungen, Fragen und Korrekturen zum Werden dieses Textes beigetragen haben.
Rotenburg/Wümme, im August 2019   Klaus Priesmeier

I. Ganz nah dran. Glaube zwischen Leben und Unglaube. Anläufe zur Jahreslosung 2020

Ganz nah dran. Nicht dazwischen, als gäbe es so etwas wie eine neutrale Zone zwischen Glaube und Unglaube. Ganz nah dran: ganz nah dran am Unglauben, den so viele heute für selbstverständlich und für normal halten. So normal und so selbstverständlich, dass die Begegnung mit Glaubenden sie verwundern lässt: dass es so was noch gibt…!? Ganz nah dran am Glauben: denn glaubt nicht jeder Mensch irgendwas, und wird nicht auch der Unglaube geglaubt? Mehr noch: Ist Gott selber uns nicht nahe gekommen bis in den Schrei des Verlassenseins (Mt 27,46; Mk 15,34)? In dem nimmt dann doch der Glaube den Unglauben auf und wandelt uns Gottlose in Menschen Gottes.

Im neunten Kapitel des Markusevangeliums begegnet weder der eine Glaube noch der andere Unglaube. Der Unglaube ist hier nicht einfach selbstverständlich, und wer ihm anhängt, der ist up to date – Unglaube zeigt sich hier als Hindernis, das Leben mit seinen guten Seiten zu ergreifen. Denn eigentlich ist man sich doch nur selbst überlassen, von allen möglichen schrecklichen Seiten des Lebens wie umzingelt, fühlt sich einsam, ohnmächtig und stets auf dieser abschüssigen Linie zum Tod. Alles andere als ein fröhliches Freiheits- und Selbstbewusstsein! Das ist das Angesicht des Unglaubens in Markus 9, genauer: im Gesicht des Vaters dieses schwerkranken Jungen, für den er um Heilung bittet.

Und der Glaube ist nicht etwas, wofür man sich aus eigener Kraft und Überlegung heraus entscheidet – er ist eine Kraft, die dem Glaubenden erst noch mitten durch seinen Unglauben hindurch zugespielt wird von keinem andern als Jesus aus Nazareth. Von dem sagt man, er könne nicht nur heilen und Wunder vollbringen – er sei ein ganz besonderer Mensch, einer, mit dem DAS Leben unter uns trete, sozusagen Quelle und Ziel unseres Lebens und unserer Welt in einem, was immer das auch heißen soll. Auf jeden Fall ist es etwas ganz Großes. Da herum wird irgendwie ein großes Geheimnis gemacht, zugleich lässt es sich aber auch nicht verbergen. Und viele rätseln daran herum, was es damit und mit diesem Wanderprediger aus Nazareth wohl auf sich hat.

Auf jeden Fall scheint klar: der Glaube steht für das Leben, für das alles tragende Ja mitten in all dem Nein, das immer wieder auch an uns Menschen andringt. Ein Nein, das wir in erschreckender Weise immer wieder selber auch sprechen und tun. Vielleicht sitzt es gar ganz tief in uns drin. Im Unglauben bestätigen wir es. Doch wo Glaube und Vertrauen uns ergreifen, da sind wir mitten im Leben. Wer sich auf Jesus einlässt, dem geschieht Gottes Heil: in diesem Leben und darüber hinaus.

Ganz nah dran ist in Markus 9 der Vater des Jungen, für den er um Heilung und Befreiung bittet. Ganz nah dran an der Gefahr, in Unglaube, Verzweiflung und Hoffnungslosigkeit zu versinken. Ganz nah dran an der Hoffnung, ihnen könne doch noch geholfen werden – in einer Kraft, die nur noch Gottes Kraft sein kann. Alles andere hat schon versagt. Ganz nah dran steht dieser Mann auf dem Grat zwischen Glaube und Unglaube, und spürt, dass dies kein neutrales Gelände sein kann – zu sehr zerren die Kräfte an ihm, die sich hier bemerkbar machen.

Ganz nah dran könnten auch wir sein, die den Unglauben so oft schon für normal und selbstverständlich halten. Und die irgendwann einmal merken, dass die neutrale Zone, in der wir uns wähnen, überhaupt nicht existiert. Das war nur vernebelt und umwölkt von Gesundheit, Wohlstand, Erfolg und Vergnügen. Die sind ja alle gut und gefallen mir auch, jedenfalls besser als ihr jeweiliges Gegenteil: Krankheit, Armut, Misserfolg und Verdruss. Die will keiner. Man kriegt nur irgendwann ein Problem, wenn man den Versuch, ihnen zu entkommen, schon für das Leben selber hält. Das Leben, das keiner von uns einfach in sich hat. Aber auch wir sind nah dran. Auf jeden Fall da, wo wir in diese Geschichte hinein geraten, von der Markus 9 uns erzählt. Und in ihr dieser Mann, der sagt, nein, schreit: „Ich glaube, hilf meinem Unglauben.“ Und er schreit es zu Jesus – an dem ist er ganz nah dran. Gehen wir also mit nah dran. Nichts anderes ist der Sinn und das Ziel der Anläufe in diesem Buch.

Vom Autor und dessen Werdegang ist dabei als wesentlich eigentlich nur zu sagen, dass er jemand ist, der das in seinem Leben immer wieder verspürt hat. Ganz nah dran zu sein, wo Jesus sich ins Spiel bringt. Und Glauben zu empfangen, den ich weder mitbringe noch mir machen kann – und den anderen kann ich ihn auch nicht machen. Wo ich nah dran bin, fällt er mir zu. Und manchmal anderen mit. Ganz nah dran sein dürfen, das ist das, was der Glaube einem schenkt. Möge er Ihnen, liebe Leserinnen und Leser, auch zufallen…

II. „Wer´s glaubt, wird selig“ – ein erster Anlauf

Wer sich einem Thema wie diesem nähert, wer über Glaube und Unglaube nachdenkt, der muss sich klar sein: auf welcher Ebene bewege ich mich jetzt? Bin ich bei der üblichen Alltagserfahrung und der dazu gehörigen Sprache oder gehe ich auf eine Ebene der Reflexion, die davon zurück tritt und die Dinge mal ganz anders in Augenschein nimmt? Ohne das zweite Vorgehen geht es hier nicht. Denn ich brauche die Klarheit: wovon rede ich? Dann aber liegt alles daran, nicht in der Distanz stecken zu bleiben sondern im Erkennen den Schritt ins Leben auch zu tun.

Ein Beispiel. Im Kurs fragt der Fotograf, von dem wir den Umgang mit unseren Kameras lernen wollen: Welche Farbe hat eine Zitrone? Ja gelb, was denn sonst. Da sind sich doch alle einig. Aber er sagt: falsch. Ihr seht gelb. Und dann erzählt er von Tieren, deren Augen die Zitronen grün sehen. Ja, wir sehen gelb – aber das ist ein Vorgang, der auf unsere Eigenart des Sehens zurückgeht, nicht auf das betrachtete Objekt. Das reflektiert lediglich Lichtstrahlen, die nehmen wir dann als gelb wahr. Aber objektiv gelb ist die Zitrone eben nicht. Man könnte sagen, es handelt sich um eine durchaus intersubjektive Annahme unter Menschen. Generell ist aber auch das nicht unbedingt gegeben, weil es auch uns als menschliche Spezies nicht ohne Abweichungen gibt. Also mehrheitlich sagen und glauben wir, Zitronen seien gelb.
Man kann daran unendliche philosophische und erkenntnistheoretische Betrachtungen anhängen, aber die spare ich mir jetzt. Ich halte nur fest: vieles, was wir meinen zu wissen, glauben wir eigentlich nur, weil es uns so vorkommt. Wir sprechen ja auch vom Sonnenauf- und –Untergang, obwohl wir wissen, dass nicht die Sonne dies hervorbringt, sondern die Bewegung unserer Erde. In dem, was wir annehmen, wovon wir stillschweigend ausgehen, dass es so ist, es also glauben, auch wenn es im Grunde nicht korrekt ist, gehen wir davon aus, dass unsere Wahrnehmung das Maß der Dinge ist. Unter Menschen tun wir das und sagen, der Mensch sei das Maß aller Dinge. Ist er aber nicht. Wir glauben uns nur an dieser Stelle und in dieser Position. Das läuft, solange wir unter uns selbst bleiben. Aber sobald wir uns in Beziehung zu anderen Ursachen und

Beziehungen sehen, kommt diese Denkweise mit den Realitäten nicht mehr überein. Denn was wir für uns und von uns glauben, ist ja nicht die ganze Wahrheit.

Wir glauben, Zitronen seien gelb, weil die meisten von uns sie so wahrnehmen. Und was die meisten wahrnehmen und sagen, dass es so sei, das glauben wir als Wirklichkeit. Auch wenn das streng genommen so gar nicht stimmt. Da wir aber meinen, was alle sagen, könne ja nicht verkehrt sein, glauben wir das, ja, wir glauben sogar, das zu wissen. Aber dieses Wissen ist auch „nur" ein Glaube. Wie heißt es doch so drastisch schön: „Der Teufel scheißt immer auf den größten Haufen." Und dann halten wir für Gold, was doch auch nur Mist ist.
Glauben und Wissen gehen hier also schon auf der Alltagsebene durcheinander. Was wir kennen, wie wir meinen, etwas zu kennen und woran wir uns gewöhnt haben, das glauben wir als wirklich. Und wenn uns jemand etwas anderes erzählt als wir es gewohnt sind und die Menschen um uns auch sagen, dann sind wir skeptisch. Das eine glauben wir, dem anderen begegnen wir erst einmal mit Unglauben. Wie wir im Fotokurs: wie, eine Zitrone ist gar nicht gelb, glaube ich nicht, weiß doch jedes Kind…

Diese Differenz zwischen Alltagsleben und begrifflicher Reflexion gilt es festzuhalten. Und dann gilt es, unsere vermeintlichen Selbstverständlichkeiten, die wir glauben, in Frage zu stellen. Früher glaubten die Menschen, die Erde sei eine Scheibe und in sieben Tagen sei sie geschaffen worden. Heute glauben wir anderes. Aber – ob das wirklich alles so „stimmt"? Oder ist das auch nur ein Bild, das wir uns machen, und ein paar Generationen später grinsen die über uns, was für komische Dinge wir geglaubt haben? Da muss ich zumindest mit rechnen. Und es gilt auch von angeblich wissenschaftlich gesicherten Thesen: was man vor einigen Jahren und Jahrzehnten noch glaubte, dass es so sei, wurde inzwischen sehr oft reduziert auf bestimmte Dinge und Perspektiven. Dass die Naturwissenschaft *die* Welt und *das* Leben erklären könne, und dann auch noch irgendwann mit der berühmten Weltformel, behauptet heute eigentlich keiner mehr. Jedenfalls keiner, der ernst genommen werden will.
Also: auch was wir vermeintlich wissen, glauben wir oft genug nur. Denn wir wissen es nur unter bestimmten Bedingungen und in bestimmten Beziehungen, und treten wir in ein anderes Feld, sieht alles schon wieder anders aus. Die Pluralität der Gesichtspunkte ist nicht außer Acht zu lassen, und mancher Streit ließe sich schon damit lösen, einfach mal zu fragen: wovon und worüber reden wir eigentlich gerade?
Wir reden, auf der Ebene der Alltagssprache, meist so, dass wir uns Menschen und unsere (begrenzte und spezifische) Wahrnehmung zum Maß der Dinge machen. Das ist so, das ist auch nicht schlimm, nur: das sollte man wissen und beachten. Und die Augen davor nicht verschließen, dass unser Wissen eben nur eines unter vielen anderen ist. Mein Hund, mein Pferd und die Biene, die um mein Marmeladenglas kreist, würden ganz anders von den Dingen sprechen, wenn sie es könnten.

Wir glauben also die Dinge und unser ganzes Leben nach unserem eigenen Maß und nach den Fähigkeiten unserer Wahrnehmung. Damit tritt „glauben" als ein ganz wesentliches Phänomen unseres menschlichen Lebens hervor. Wir nehmen an, wie etwas sei, die andern, die Verhältnisse, die Dinge, wir selber. Aber – gilt das immer so, oder stellt sich das in anderen Perspektiven ganz anders dar? Ich muss ja nicht nur meinem ersten Eindruck glauben oder dem, was alle mir über mich in die Ohren blasen – vielleicht gibt es da noch ganz andere Stimmen, die mir etwas anderes sagen als das, was sich auf dem zunächst und oberflächlich gesehen größten Haufen findet? Was also will ich eigentlich glauben, und: *wem* glaube ich? Mit dieser Frage geht es nicht mehr nur um die sachliche Ausrichtung, was ich als wirklich oder gar wahr annehmen will, es tritt ein zweiter ganz wichtiger Aspekt hinzu: *wem* ich etwas glaube. Wen halte ich warum für vertrauenswürdig? Was wir glauben, das hängt also nicht nur an dem, was sachlich und perspektivisch auszumachen ist, es ist oft genug auch getönt von der Beziehungsebene: wem bin ich bereit zu glauben und wem nicht? Dabei ist, wie schon gesagt, nicht nur die Qualität von Beziehungen wichtig. Wir sind geneigt, dem zu folgen, was die Mehrheit sagt und wie angeblich „alle" leben.

Wie so oft ist unser Leben auch hierin geprägt von einer Polarität, die heißt an dieser Stelle nicht Glaube und Unglaube sondern: Glaube und Skepsis. Da ist zunächst mal die Skepsis gegen alles, was uns „anders" erscheint, was sich von uns selbst, unserem Fühlen und Meinen unterscheidet. Und oft sind wir nicht bereit, den Kirchen und ihren Vertretern zu glauben, weil – die haben doch die Kreuzzüge gemacht, die Hexenverbrennungen verschuldet und die Inquisition. Die sind reich und mächtig geworden in den „Ehen" von Thron und Altar und die Menschen sind ihnen egal. Die wollen nur ihre Privilegien behalten und Missbrauch decken sie auch. Und den Schuss der wissenschaftlichen Entwicklung haben die auch nicht gehört. So entsteht ein Gemisch aus Halbwissen und Vorurteilen, durchsetzt von auch nicht zu leugnenden Dingen, die schlimm genug sind, die dann im Endeffekt eine Vertrauensunwürdigkeit ergeben. In der Tat sollte man immer skeptisch sein. Doch wer die Skepsis zum obersten Glaubenssatz erhebt und nie den Glauben wagt, der geht zuletzt am Leben vorbei. Man sollte sich also die Skepsis bewahren, aber sie dann doch nicht zum letzten Maß der Dinge machen – vor allem sollte man die Skepsis gegen sich selbst und die eigenen Maßstäbe dabei nicht vergessen. (Die lassen aber viele Menschen gar nicht mal bewusst fort, sie kennen eine solche Skepsis gegen sich selbst gar nicht, weil sie sich selbst und die eigene Wahrnehmung schlicht für selbstverständlich und unanfechtbar halten.) Das ist zugegeben etwas komplex, nur: wie sollten wir in einer so komplexen Welt und durchaus auch komplizierten Dimensionen von Glauben daran vorbei kommen?

Auf jeden Fall suche ich immer nach einem Weg, mir dabei – ohne die Gründe zur Skepsis zu leugnen – nicht selber im Wege zu stehen. Skepsis ist hilfreich und muss sein. Als allein gültiges Lebensprinzip jedoch trennt sie mich vom Leben ab. Ich kann dann zu nichts und niemand mehr in ein offenes Verhältnis treten, das auch mich bereichern und verwandeln könnte. Davor muss ich ja immer auf der Hut sein, sonst könnte ich ja mich selbst verlieren.

Mir haben beim Umgehen mit diesen Fragen, in denen sich ja die Hoffnungen und Ängste unseres Lebens spiegeln, Menschen und Vorbilder geholfen, auch Lehrer, die ich als vertrauenswürdig empfand. Die kehrten nichts unter den Teppich, auch ihre eigenen Grenzen und Unschlüssigkeiten nicht. Und die wiesen dadurch über sich selbst hinaus. Vom Glauben reden wir immer als solche, die die Skepsis nötig brauchen, um in dieser Welt, wie sie nun mal ist, sich nicht ein x für ein u vormachen zu lassen. Und wir reden als solche, deren Hoffnung auf Glauben und Leben im Glauben immer begleitet ist vom Zweifel des Unglaubens. Damit haben wir zu tun, so sind wir und so leben wir. Damit gilt es umzugehen und nicht so zu tun, als könnten wir hier über etwas verfügen, dass sich uns doch immer wieder auch entzieht. Man hat immer wieder versucht, den Glauben dagegen zu sichern: durch eine allzu strenge Dogmatik, durch eine autoritäre Orthodoxie (Rechtgläubigkeit), durch ein Lehramt, das „das" Richtige herausstellt, und dem muss man dann folgen. Aber es ist doch ebenso unübersehbar, wie hilflos und fragwürdig all diese Versuche immer wieder enden. Und am Ende wird das, was den Glauben sichern und festhalten soll, für mehr und mehr Menschen zu einem Glaubenshindernis. „Wer's glaubt, wird selig": das sagen Menschen dann nicht mehr in der Hoffnung auf geborgenes fröhliches Leben und eine beglückende Ewigkeit, das hat dann den Unterton: „verklapsen kann ick mir allene".

Wo es um Glauben geht, solle man also den Unglauben nicht verleugnen, sondern ihn „mitlaufen" lassen. Und die Skepsis sollte einen nicht völlig verlassen. Es ist nicht ein Zeichen des rechten Glaubens, alles zu glauben. Und doch gehört zum Glauben, alles auf seine Karte zu setzen, nicht in Skepsis und Unglaube festzuhängen. Manchmal braucht man etwas, und man braucht es notwendig, um es dann schließlich doch zu überwinden. Und trotzdem oder gerade deswegen darf man es auch nicht einfach verachten. Und so fängt auch dieses Wort an in verschiedenen Tönen und Tonarten zu klingen: „Ich glaube, hilf meinem Unglauben."

Glaube und Unglaube – ein erster „kartographischer" Versuch

Das Gebiet zwischen Glaube und Unglaube ist von erheblicher Größe, und es gibt zahlreiche Versuche, „Karten" über dieses Gelände anzulegen. Da gibt es zunächst den krassen, sich ausschließenden Gegensatz von Glaube und Unglaube: Menschen, die sich selber als gläubig bezeichnen und solche, die von sich selbst sagen, sie seien „religiös unmusikalisch" (Max Weber). Einem deutlichen „ich glaube" steht ein ebenso klares „ich glaube nicht, ich bin ungläubig" gegenüber. Das Feld dazwischen ist aber nicht zu übersehen: da gibt es Menschen, die sagen: ich versuche zu glauben. Andere fragen zurück: „Glaubt nicht jeder Mensch irgendwie und irgendwas?" Viele bleiben im Unbestimmten: ja, da gebe es sicher mehr zwischen Himmel und Erde, als unsere Schulweisheit zu sagen weiß – aber was dieses „mehr" konkret ausmacht, sei eben nur sehr schwer zu sagen. Es bleibt unverfügbar, wenig nachweislich, es ängstet und erschüttert auch, darum bleibt man dann auch lieber auf Distanz. Zudem: die Religionen scheinen sich ja nicht nur untereinander sondern auch im je eigenen Haus nicht wirklich einig zu sein, es gibt Richtungen, Konfessionen, Schulen, unterschiedliche Traditionen, die sich dann auch noch widersprechen. Was also gilt im Bereich des Glaubens? Wovon kann man sicher ausgehen? So sieht man das Gelände des Glaubens zwar schon als vorhanden an, aber es bleibt merkwürdig uneindeutig und unbestimmt. Strukturell und in Grundbegriffen mag man dies und das „festklopfen" können, aber je konkreter es wird, umso subjektiver scheint es auch zu werden und letztlich nicht sicher. Es kann sein, aber auch nicht, es kann so sein, aber auch anders. Worauf ist wirklich Verlass? Distanz scheint angezeigt.
Aber auch bei denen, die Gott annehmen und von seiner Existenz ausgehen, sie jedenfalls nicht ausschließen, gibt es unterschiedliche Lebensweisen. Die einen nehmen Gott und ihren Bezug zu ihm, also ihren von ihnen dann auch gelebten Glauben, sehr ernst. Er ist für sie wesentlicher Vollzug ihres Lebens überhaupt, ein zentraler Faktor auch für ihre Lebensgestaltung. Für andere tritt das Glaubensleben eher zurück gegen das Alltägliche und irdisch Notwendige. Das kann so weit gehen, dass sie Gott, den sie ja grundsätzlich eigentlich nicht leugnen, doch mehr oder weniger einfach „vergessen". Im Ersten (Alten) Testament gibt es zahlreiche Begebenheiten, für die das Vergessen Gottes durch sein

eigenes Volk Israel das Thema gibt. Das kann so weit gehen, die eigene menschliche Maßgeblichkeit gegen den Anspruch Gottes auf das Leben völlig auszuspielen. Der Gottlose des Alten Testaments ist wohl kein Atheist unserer Zeit, kein grundsätzlicher Gottesleugner, aber doch einer, der Gott in seinem Alltagsleben und in dem, was er tut und lässt, nicht dazwischen haben will. Die prophetische Kultkritik hat genau solche Lebensweisen vor Augen: man versucht zwar äußerlich der Religion und den göttlichen Ansprüchen Genüge zu tun, aber aus dem eigenen wirklichen Leben hält man ihn doch heraus. Glaube und Unglaube gehen eine merkwürdige Art von Gemeinschaft ein, Gott wird im menschlichen und gesellschaftlichen Interesse „zivilisiert".[1] Wo es angezeigt scheint, führt man ihn zwar noch im Munde – aber im Herzen hat man ihn nicht.

Davon zu unterscheiden ist das Mühen von gegenwärtigen Menschen, die zwar nach Gott suchen und sich ein Leben im Glauben wünschen, die aber schlicht und ergreifend nicht zu sagen wissen, wo und wie Gott in einer Welt, die völlig ohne ihn zu funktionieren scheint und deren Menschen ihn scheinbar auch gar nicht brauchen, noch einen Ort haben sollte.[2] Wo ist Gott zu finden? Wo „wohnt" er? Wo kann man ihn treffen? Wo und wie bringt er sich ins Spiel in einer Welt, in der er jedenfalls oberflächlich betrachtet gar nicht mehr vorkommt?[3]

Gott war in früherer Zeit ein Sprachereignis, und er war ein Gemeinschaftsereignis.[4] In Bezug zu beiden entfaltete sich das, was Menschen als ihren Glauben ansahen. Gott begegnete in Geschichten, in Gebeten, in Bibelworten und Liedern, denen allen eine gewisse Bekanntheit eignete. Gott war sozusagen in Ohren und Mündern. Er war in gewisser Weise „üblich", und was üblich ist und wovon alle auch mal sprechen, dem eignet die Dimension jedenfalls sprachlicher Wirklichkeit. Eng mit dem Sprachereignis verbunden und sich überlappend war Gott ein Gemeinschaftsereignis: man sprach von und über ihn, es gab gemeinsame Formen, mit ihm in Kontakt zu treten wie im Gottesdienst und in Glaubenstexten (Vaterunser, Glaubensbekenntnis, Psalmen, Lieder).

---

[1] Vgl. Michael N. Ebertz, Die Zivilisierung Gottes, Ostfildern 2004. Er erkennt die Zivilisierung Gottes im Spiegel des Wandels der Jenseitsvorstellungen in der Geschichte der Kirche. Das beschreibt zugleich den Prozess, in dem sich die Erwartung des Kommenden in die Durchringung (Verchristlichung) der Gesellschaft wandelt (man erinnere den Spruch: Jesus hat das Reich Gottes verkündigt, doch was kam, war die Kirche), wodurch die Kirche auch „zum Abbild der Gesellschaft" (16) wird. Ebertz´ Arbeit läuft auf 10 Optionen zu, wie unter den eingetretenen Bedingungen eschatologische Verkündigung möglich sei (382-389).

[2] Gunda Schneider-Flume, Glaubenserfahrungen in den Psalmen, Göttingen 1998: Das Wort Glauben „ist unserer Sprache verloren gegangen wie das Wort Gott, und wenn das Wort Gott uns anblickt `wie ein erblindetes Antlitz´ (Karl Rahner), so scheint das Wort Glauben in das Vermögen und Belieben individueller Religiosität verflüchtigt zu sein." Denn es wird „dem Glauben subjektive Beliebigkeit und allgemeine Belanglosigkeit zugesprochen." (Seite 9)

[3] Genau dieses Erleben bzw. Nicht-Erleben scheint dann zu Versuchen zu führen wie dem von Axel Hacke, der mit Michael Sowa das sehr schön illustrierte Buch „Die Tage, die ich mit Gott verbrachte" auf den Markt brachte (München 2016). Das inhaltlich besonders interessante Moment dieses Buch besteht für mich darin, dass hier Gott (der ja herkömmlich für den Glauben steht) in seinem Bekenntnis des „großes Egal" als Kern seiner Schöpfung gerade das zugibt, was traditionell als Unglaube gilt: „Der Kern der Welt ist die Gleichgültigkeit. Egal, was du tust, egal, was irgendjemand tut, egal, ob du lebst, egal, ob du stirbst, egal, ob die Meeresspiegel steigen und ganze Länder unter Wasser setzen, egal, ob die ganze Menschheit ausgelöscht wird – die Welt dreht sich weiter. Es gibt nichts, das Dem Großen Egal nicht vollkommen Wurscht wäre." (S. 59) Was aber, wenn eine Generation kommt, der das nicht „vollkommen Wurscht" ist? Was aber, wenn ein Gott wäre, an den man nicht nur um seiner selbst willen glauben sollte, sondern in dem der Glaube in den Dreiklang von Glaube, Hoffnung und Liebe gehört? Wie konnte die eigene Liebe zum Leben verloren gehen, und wie konnte Gott verkommen zur Karikatur seiner selbst?

[4] Zu Gott als Wort- und Gemeinschaftsereignis vgl. Karl Ernst Nipkow, Erwachsenwerden ohne Gott, München 1987, vor allem S. 22-29

Auch dadurch gewann der Glaube Wirklichkeit, denn er verband Menschen und ließ sie in dieser Verbindung mit der Gemeinschaft ihren Glauben wahrnehmbar empfinden.

Der Traditionsabbruch, der sich in den letzten Generationen immer stärker bemerkbar machte, hat nun dazu geführt, dass Gott vielfach kein Thema mehr ist, der Glaube wird nicht mehr benannt. Die Worte haben sich ebenso verflüchtigt wie Anlässe und Ereignisse. Damit haben Gott und der Glaube an ihn aber auch die Sphäre der Gemeinschaft immer mehr verlassen: kaum einen Satz habe ich so oft gehört wie den, das mit dem Glauben müsse doch schließlich jeder selber wissen, und das sei jedes Menschen ganz individuelle und subjektive Sache. Damit wurde der Glaube nicht nur entinstitutionalisiert (er verliert seinen Kontext der real existierenden Kirchen[5]) und individualisiert. Er verliert auch seine gesellschaftliche Maßgeblichkeit: worüber man untereinander kaum noch spricht und was auch, wie in den monarchischen Zeiten Deutschlands bis 1918, von den Landesfürsten und Königen noch als irgendwie gemeinschaftlich und prägend vorgegeben und entsprechend Kirchenmitgliedschaft wenn nicht gar Glaube erwartet wurde, das verliert mit der Hinfälligkeit dieser einstigen historischen Selbstverständlichkeiten seine Maßgeblichkeit. Früheren Generationen galt das Dazugehören der Kirche zum Leben und das eigene Dazugehören zur Kirche als irgendwie ungefragt selbstverständlich. Zwar waren niemals alle Menschen glühende Christenmenschen mit auf hohen Touren laufender „religiöser Betriebswärme", aber der Glaube gehörte zum Leben irgendwie dazu (was auch deutlich divers angesehen wurde) und jedenfalls die Kirchenmitgliedschaft war kein Thema, über das die meisten überhaupt nachdachten. Da war eben so. Und jetzt – ist es eben nicht mehr so. Das Blatt der Selbstverständlichkeiten hat sich schlicht und ergreifend gewendet.[6] Was früheren Zeiten als selbstverständlich und durch die staatliche Obrigkeit vorgelebt und abgedeckt wie erwartet galt, das gilt nun als individuell und privat und etwas, wo einem keiner hineinzureden hat. Und genau so, wie man den Ansatz zur Ausbildung der Wissenschaften und dann auch der Säkularisierung schon in den Grunderkenntnissen der Reformation gefunden hat, die die Welt ganz neu auch Welt sein lässt, so kann man hier auch dies finden: die Fokussierung des Individuums und die Erkenntnis, dass Glaubensfragen und erst recht Glaubensentscheidungen sich nicht durch vermachtete Lebensverhältnisse darstellen lassen sondern immer nur in der Gottunmittelbarkeit seiner Geschöpfe. Der Unterschied zu heute ist freilich der: während den Reformatoren die Leugnung des Gottesbezuges jedes Menschen unvorstellbar war, Mensch und Gott zwei Seiten derselben Lebensmedaille waren, ist dem heutigen jedenfalls mitteleuropäischen Menschen eher ganz anderes gewiss: alles ist Zufall, und du hast nur ein Leben, erlebe es

---

[5] Diese gängige Ansicht muss man zumindest unter der Wahrnehmung der Untersuchungen zur Kirchenmitgliedschaft (KMU) etwas relativieren. Denn es zeigt sich schon, dass unter den Bedingungen zumindest in unserem Land Glaube und Religion sich sehr stark thematisieren im Kontext und im Feld von Kirche und dass, wo dieses ausfällt, auch die Rede von Glaube und Religion weniger und schwächer zu werden scheint.

[6] Immanuel Kant unterscheidet „Meinen, Glauben und Wissen." „Der Glaube steht nach Kant zwischen dem in der / Schwebe gehaltenen *Meinen* und dem subjektiv und objektiv begründeten *Wissen* als das nur subjektiv, nicht aber objektiv begründete Fürwahrhalten, und er gilt als subjektive Annahme natürlich nur für diejenigen, die jeweils glauben." Glauben muss man dort, wo Wissen fehlt, deswegen heißt es auch: „ `Was man nicht wissen kann, muss man halt glauben.´ ... Der glaubende Mensch selbst ist gleichsam der einzige feste Punkt im Vollzug von Glauben und Wissen." (Schneider-Flume aaO Seite 10f.)
„In kritischer Wendung ge-/gen die Tradition hat Kant das Wissen von Gott aufgehoben, um dem Glauben Platz zu schaffen, er hat das aber getan, indem er den Glauben auf die Subjektivität einschränkte." (Schneider-Flume aaO Seite 12f.)

möglichst intensiv und mach was draus. Gott ist nicht nur kein lebensprägendes Sprach- und Gemeinschaftsereignis mehr, er ist den Menschen auch nicht mehr Ursprung und Ziel ihres eigenen Lebens; biblisch gesagt: er ist nicht mehr ihr gefühltes und prägendes A und O, an diese Stelle ist der Mensch selber getreten: er ist sich selbst Maß aller Dinge und vor allem seines Lebens, klassisch zugespitzt und formuliert von Karl Lagerfeld: „Mit mir fängt es an und mit mir hört es auf, basta."[7] Da glaubt also einer nicht mehr an Gott, er glaubt sich selbst. Wo heute von Glaube die Rede ist, da ist nicht unbedingt und selbstverständlich vom religiösen Glauben die Rede. Da meint man schon sehr oft den Glauben an sich selbst, das Vertrauen ins Leben, das Urvertrauen auch, da ersetzen weithin psychologische Kategorien die ehemals theologischen. Und so spricht man heute auch nicht mehr so sehr vom Glaubensleben, von geistlichem Leben oder Frömmigkeit, sondern von Spiritualität, die sich mit allem Möglichen füllen und auf schier unbegrenzte Weise darstellen lässt. Sie steht für alles, was den Menschen in merkwürdiger Eigenart sowohl über sich selbst hinaus führt als zugleich ihn ganz ihn selber sein lässt. Während frühere Zeit mit „dem Glauben" auch das christliche Glaubensbekenntnis, zugespitzt auffindbar im Apostolikum, meinte, ist das heute zu einem eher schillernden Begriff geworden, individualisiert, subjektiviert, diversifiziert. Individualismus wie Pluralismus zugleich spiegeln sich in ihm. Wer heute das Wort „Glauben" ausspricht, kann nicht nur zustimmendes Nicken erwarten und meinen, damit sei nun klar, wovon die Rede ist. Sondern mit dem Nennen dieses Begriffes fängt das Sortieren und Fragen allererst an: Welcher Glaube, wessen Glaube, in welchen Formen, mit welchen Inhalten usw. Ich beklage das hier nicht, aber das ist eine Situation, an der man nicht vorbei kann. Und sie führt außerdem dazu, dass sie in ihrer Komplexität viele gleich abwinken lässt: Geh mir doch damit, das ist mir zu kompliziert! „Und nichts Genaues weiß man nicht." Wer heute den Glauben anspricht, der hat in vielfacher Weise den Unglauben (oder einfach nur den Verdruss am Glauben) gleich mit im Boot. Oder auch nur eine schier unübersehbare Pluralität, vor der so mancher die Segel streicht im Gefühl der Überforderung.

Glaube: eindeutig, klar, kräftig?

Der Glaube sucht Eindeutigkeit und Klarheit wie er auch zu verstehen sucht, was er glaubt. Der Glaubende will den Glauben selber verstehen, und er will ihn vor anderen vertreten können. Doch den Glauben nicht zu verleugnen und zum Zeugnis bereit zu sein, christlich also zu Christus zu stehen, das geht eben niemals so, dass ich meinen Glauben oder gar Gott nehme und den anderen hinhalten und vorzeigen kann und sagen: „da ist er, da hast Du ihn" – in dem Sinne: und jetzt mach selber was daraus. Diese Eindeutigkeit, die man ja nicht einmal selber immer, vielleicht nur manchmal, verspürt, ist auch dem Glaubenden mit seinem Glauben nicht gegeben. Und da schwingt durchaus nicht nur das eigene Pendeln zwischen Glauben und Unglauben mit, da zeigt sich auch, dass der Glaube eben nicht objektivierbar ist. Über den Glauben verfügt der Glaubende nicht. Die Gespräche „über" den Glauben gaukeln einem das in gewisser Weise vor, aber in dem Moment, in dem sie in die Dimension eines Sprechens „vom" Glauben, aus Glauben heraus und in Gottes Angesicht, hinein gehen, entgleiten sie unserer Verfügbarkeit. Das Leben im Glauben liegt eben nicht eindeutig und klar und jedermann offen zu Tage –

---

[7] Karl Lagerfeld, zitiert nach Manfred Lütz, Gott, München 2007, S. 32 – angeblich als Antwort auf die Frage, ob er an Gott glaube.

unser Leben vor und mit Gott, es ist „verborgen mit Christus in Gott" (Kolosser 3,3). Daraus lässt es sich nicht hervorzerren. Und da der Glaube „nicht jedermanns Ding" ist (2. Thess. 3,2), wird er auch nicht von jedem Menschen verstanden und nachvollzogen.

Die Frage, warum das so ist, füllt Bibliotheken und gewiss auch so manches Gebet. Reinhard Körner hat sie Jesus selber gestellt und man kann es nachlesen in seiner Schrift „Zu dir gesagt, Jesus"[8]. Sie ist keine einfache Frage und sie findet auch keine einfachen Antworten. In der Moderne haben auch fromme Leute gerne die Sicht der Moderne aufgenommen, die den Menschen als frei wähnen und sagen: das ist eben die Entscheidungsfreiheit des Menschen. Doch sowohl biblisch als auch in den Sichtweisen der Reformatoren sieht das schon sehr viel anders aus. Sehr deutlich betont auch Martin Luther, dass ein Mensch zum Glauben von Gott erst einmal befreit werden muss. Demnach befindet sich der Glaube nicht einfach in der Verfügbarkeit des Menschen, was die Sache theologisch nicht einfacher macht. Es löst vielmehr die Frage aus, wem Gott denn durch den Glauben die Beziehung zu ihm schenkt und wem er sich verschlossen hält. In klassischer Weise formuliert Luther im Kleinen Katechismus in der Erklärung des dritten Glaubensartikels die reformatorische Sicht: „Ich glaube, dass ich nicht aus eigener Vernunft noch Kraft an Jesus Christus, meinen Herrn, glauben oder zu ihm kommen kann; sondern der Heilige Geist hat mich durch das Evangelium berufen, mit seinen Gaben erleuchtet, im rechten Glauben geheiligt und erhalten;…" Man darf das aber nicht als eine isolierte Einzelaussage über alles ansehen sondern es ist zu nehmen wie ein Pol, der von einem anderen ergänzt wird und so die Dinge erst rund macht wie den Globus: der andere Pol ist die bleibende Verantwortung des Menschen, in der Gabe Gottes zu leben und sie zu teilen. Das passt auch dazu, dass der Glaube nicht etwa von den Werken befreit; aber dadurch, dass er das Gottesverhältnis in seiner Begründung von den Werken entlastet, befreit er zu den Werken, die im Glauben aus Glauben erwachsen (und eben nicht zum Nichtstun). Der Glaube darf niemals selber zu einem Werk werden – wir werden von Gott durch den Glauben angenommen, jedoch nicht wegen des Glaubens, den wir dann noch uns selbst zuschreiben könnten.

Genauso wenig, wie sich das Leben in uns selbst begründet, tut das der Glaube. Und wer es trotzdem tut, der missachtet das erste Gebot – tut er doch so, als schaffe er sich selbst sein Leben und seinen Glauben. Beides aber ist eine Gabe Gottes. Natürlich ist mit beidem verantwortlich umzugehen, und es gibt eine Verantwortung für die Pflege, die Wahrnehmung und das Wachstum in dem allen – aber nichts davon ist doch nur, wie man sagt, „auf unserem eigenen Mist gewachsen". Darum soll man auch sich selbst nicht loben sondern „Gott groß Lob und Ehre geben und ihm alles zuschreiben"[9]. Wer nicht so handelt, der stiehlt Gott die Ehre und heiligt seinen Namen nicht, schreibt er doch sich selbst zu, was er empfangen hat – zur eigenen, zu anderer und zu Gottes Freude. Diese Resonanz aber geht verloren, wo ein Mensch das, was in dem damit angedeuteten Kreislauf und lebendigen Austausch geschieht, auf sich selbst fokussiert und hauptsächlich sein eigenes Tun akzentuiert. Wer sich nur noch selber kitzelt, der hat eben recht bald nichts mehr zu lachen.

Ein Leben im Glauben ist nichts anderes als ein Leben mit und vor Gott und in der Offenheit zu ihm und für ihn. Damit sprengt ein Leben im Glauben von vornherein den Rahmen, den ihm die geben, die Glauben als eine Art menschliche Weltanschauung oder ein Selbstverständnis ansehen, das sich in (mehr oder weniger autonomen) Entscheidungen des Menschen selber begründet.

---

[8] Reinhard Körner, Zu dir gesagt, Jesus. Leipzig 2018
[9] Martin Luther, Dt. Auslegung des Vaterunsers, LD 5 S. 223

Auch ein Bekenntnis des Glaubens erwächst für den Glaubenden nicht aus dem Pulsfühlen seiner selbst, es ist eingespannt zwischen der Person des Glaubenden, seiner Verbundenheit mit anderen Glaubenden und den Herausforderungen, in die das Leben in der Welt den Glaubenden und die Glaubensgemeinschaft stellt. „Es gibt Dinge, die man nur dann tun darf und tun kann, wenn man sie tun *muss*. Zu diesen Dingen gehört ein christliches Glaubensbekenntnis."[10] Wer sich besinnt und sagen will, was er glaubt, der sollte sich also zugleich immer darauf besinnen, in welcher Situation und woraufhin er das tut. Welche Rolle spielt dabei die Heiligung des Namens Gottes, welche das erste Gebot, welche der Lebenszusammenhang mit den anderen Menschen? Ein Glaube, der nur Selbstbespiegelung ist, wird in die Irre laufen. Die dabei in sich selbst verfangen bleiben, die sollten Luthers Mahnung hören: „Und dies ihr Wohlgefallen an sich selbst und inwendiges Rühmen, Prangen und Preisen ist ihr größter, gefährlichster Schaden."[11] Nun wird in der Regel heutzutage ein solches Prangen und Preisen jedenfalls in Glaubensdingen wohl eher selten sein. Häufiger trifft man auf eine andere Haltung: und das ist die der Ausflucht aus dem Glauben, der Betonung, wie schwer das alles sei und wie im Grund unmöglich, darin eine klare Stellung zu finden, sei doch alles so komplex und schwierig und vieles so unklar und überhaupt die Vielfalt so groß, dass sie nur noch verwirre. Das stimmt natürlich auf der einen Seite – doch auf der anderen höre ich doch auch nicht auf zu essen, nur weil das Angebot an Nahrungsmitteln im Supermarkt so unübersehbar groß geworden ist. Auch da muss ich mich doch fragen, was zum Leben nötig ist und gut tut und wie ich mich darin und dazu verhalte. Und nur, weil es so viele andere Sprachen gibt, höre ich doch auch nicht auf, in meiner Muttersprache zu kommunizieren.

Jedoch: wer keine Nahrungsmittel für sich auswählt, der muss (ver-)hungern, und wer sich nicht seiner Sprache bedient, der kann sich nicht mitteilen. Er erleidet einen wesentlichen Verlust an Gemeinschaft. Es braucht immer den konkreten „Zugriff", auf Lebensmittel wie auf Worte. Von sich verflüchtigenden Allgemeinheiten kann am Ende kein Mensch leben. Trotzdem sind wir versucht, uns gerade darin immer wieder zu bewegen – mit der Folge, dass wir zwar leben, aber irgendwie doch nicht richtig lebendig sind. Wir umgeben uns mit Optionen, wir existieren in Konjunktiven – doch den Indikativ versäumen wir immer wieder. Wer zu viel will oder gar alles, der hat am Ende gar nichts. Denn Leben gibt es nur konkret. Man kann es auch theologisch sagen: nur in der sich in das Leben „einfleischenden" (= inkarnatorischen) Bewegung nach „unten", in der wir uns immer auch unseren leiblichen Realitäten stellen. Wer aber im Virtuellen verbleibt, wird die lebensnotwendige und Leben schaffende Bewegung nicht finden. Dann bleibt alles irgendwie nebulös, wir selber bleiben hungrig und einsam.

Wer aber in Kontakt tritt und wer Lebensmittel zu sich nimmt, der öffnet sich damit auch vielen Gefahren. Darum gab es in Königshäusern Vorkoster, und nicht jeder wurde zu den wichtigen Personen vorgelassen. Und wer isst, tut dies meist nicht so gerne völlig öffentlich, und wer zu anderen in Beziehung tritt, wird dabei nicht gerne belauscht. Wir haben ein natürliches Gefühl der Scham, das mit unserer persönlichen Gefährdung korrespondiert, und wir suchen Schutz, wo wir uns auch schutzlos machen – sonst könnten wir weder essen noch trinken noch uns auf andere Menschen einlassen.

Ähnlich geht es uns mit der Öffnung zu Gott hin, also mit dem Glauben. Da wagen wir uns – aber: sind wir damit hier und jetzt auch wirklich richtig, und was, wenn nicht? Vielleicht

---

[10] vgl. K. Barth, Die Theologie und die Kirche, 1928, S. 97

[11] Martin Luther, Dt. Auslegung aaO S. 215; vgl. dazu die Bitte in EG 419,3: „Hilf, Herr meiner Stunden, dass ich nicht gebunden … an mich selber bin."

täuschen wir uns, machen uns lächerlich, und kann das, was uns selber hier und jetzt ganz wichtig wird, nicht von anderen als banal und irrtümlich abgetan werden? Könnte nicht alles auch ganz anders sein? Warum also jetzt und gerade dies und hier? Wo das größte überhaupt Vorstellbare, also Gott, in eine konkrete Erfahrung oder einen Gedanken oder ein Wort fällt – droht man sich da nicht der Lächerlichkeit preiszugeben, kann Gott doch immer auch noch ganz anders sein? Michael Weinrich weist darauf hin, dass „von der konkreten Benennung Gottes ... eine Peinlichkeit aus(geht), die in ihrer Direktheit deswegen verlegen macht, weil einerseits zwar prinzipiell die Möglichkeit des In-Erscheinung-Tretens Gottes nicht bestritten werden kann, andererseits aber jede Vorstellung eines konkreten Handelns Gottes als unangemessen und somit in jeder Hinsicht anzüglich empfunden wird."[12]

Wer also bin ich, die persönlichen Erfahrungen meines kleinen und relativ unbedeutenden Lebens mit Gott zu verbinden? Ist das nicht anmaßend? Wer bin ich, zu sagen, ich kurzes Aufleuchten eines so kleinen und schnell verlöschenden Lichtes, sieht man mich im Zusammenhang der Geschichte der Menschheit und der Welt, ich könnte etwas von Gott sagen? Der Glaubende wirkt schnell vermessen. Was bildet der sich denn ein? Und warum meint der, das so zu können, und ich nicht? Und ein weiterer Aspekt tritt hinzu: „Wenn Gott, dessen Platz doch im Jenseits ist, nun plötzlich mit diesseitigen Ereignissen in Verbindung gebracht wird, greift er gleichsam in den vom Menschen vollständig übernommenen und von ihm auch behaupteten Zuständigkeitsbereich ein und bringt damit die Grundsätze unserer Weltwahrnehmung in Bedrängnis."[13] Und dann gerät auch der Glaubende in eine gewisse Bedrängnis, denn er wird als Fremdkörper in einer Welt wahrgenommen, die der Mensch ganz und gar auszufüllen trachtet und in der eigentlich für Gott, der auf einmal in Augenhöhe zum Menschen auftritt oder sogar eine noch ganz andere Höhe beansprucht, keinen Platz vorsieht. Ja, waren wir darüber nicht längst hinweg?

Glaube und Unglaube markieren mehr als einen Gegensatz. Gegensätze markieren in vielfacher Weise das menschliche Leben. Beispielhafte Beschreibungen dazu finden sich etwa in Genesis 8,22 und Prediger 3,1-15, auch Philipper 4,11-13. Danach gibt es Eindeutigkeiten im Leben immer nur „zur Zeit", zur gegebenen Zeit. Und was einmal zu einer Zeit richtig und wichtig war, das kann zu einer anderen völlig anders sein. Der Mensch in seiner Gänze ist ein Wesen in Bewegung und auch in Widersprüchen. Die Perspektiven, unter denen er sein Leben lebt und gewinnt oder verliert, sind zahlreich. Hier eine bestimmte Perspektive zu verabsolutieren und ihr generell eine eindeutige Richtigkeit zu unterstellen im Sinne eines „so ist das nun mal", das verkommt in einem sich ständig ändernden wie vielseitigen Leben schnell zu einem Irrtum. Sie wird zu starrer Ideologie, büßt Lebendigkeit ein, sie wird inhuman und restaurativ. Leben lässt sich nicht einfach in vermeintlichen Eindeutigkeiten definieren, denn Leben erwächst nicht aus Eindeutigkeit sondern aus einem Geschehen, dem Fluss und Wandel eignen. Der Glaube erkennt dann auch das, „was ewig steht", nicht auf Seiten des Menschen sondern auf Seiten Gottes.[14]

---

[12] Michael Weinrich, Wir sind aber Menschen, in: Gretchenfrage, Hg. Jürgen Ebach u. a., Von Gott reden – aber wie? Band I, Gütersloh 2002, Jabboq Bd. 2, S. 38 Und das gilt nicht nur von Gott, es wird auch sehr schnell auf Menschen übertragen!

[13] Weinrich, aaO S. 38

[14] Feldmeier/Spieckermann erkennen gerade in dieser Differenzierung von Gott und Welt, „in der strikten Unterscheidung von Schöpfer und Geschöpf", die wesentliche Eigenart biblischen Glaubens. Sie

Der Mensch besitzt weder sein Leben noch seinen Glauben. Sein Leben tritt vielmehr wunderbar hervor und ist in keiner Weise zwangläufig oder notwendig, es ist in jedem Fall eine Gabe, für die der Mensch selber nichts kann, und er ist sich selbst gegeben wie aufgegeben. Zugleich sind seinen Gestaltungsversuchen Grenzen gesetzt nach seinen Gaben und Fähigkeiten und vor allem sind sie in die Endlichkeit eingespannt. Darüber kann der Mensch weder hinweg noch hinaus. Und was vom Leben schlechthin gilt, das gilt auch vom Glauben: „Was hast du, das du nicht empfangen hast?" (1. Kor. 4,7) Und trotzdem ist dem Menschen das Leben eben nicht nur gegeben sondern damit auch aufgegeben, was seine Verantwortung kennzeichnet. Damit steht er zwischen den Polen des Unverfügbaren auf der einen Seite und der Herausforderung, sich sein Leben zugleich verfügbar zu machen. Das Spiel der, das Spiel zwischen den Polaritäten bestimmt sein Leben. Niemals ist er nur weiß und im Licht völligen Gelingens, niemals nur schwarz und völlig untergehend im Scheitern, zumeist befindet er sich in einem Farbton dazwischen. Und bleibt doch herausgefordert, hier und da möglichst Eindeutiges zu erkennen und anzusteuern, um sein Leben zu bestehen. Er geht darin aber weder auf noch kann er es im Erringen zugleich dauerhaft für sich beanspruchen.

Nicht desto trotz versuchen Menschen, sich in möglichst von ihnen positiv konnotierten Positionen und Situationen zu stabilisieren und so ihr Leben gelingen zu lassen. Die Gegenseite, also der entgegen gesetzte Pol, wird dann zurückgedrängt oder auch verdrängt, mitunter geleugnet. Im Spiel des Lebens zu sein bedeutet aber immer: der Polarität nicht entgehen können. So bleibt man, teils auch im Gegensatz zum Gewollten und Gewünschten, im Spiel, was ja schon rein technisch bedeutet: nicht fest, sondern auch da, wo man Festigkeit erhofft, in Bewegung. Und das heißt zugleich: in der Gefährdung, die allem Leben eignet. Wer das leugnet, wird doppelbödig und unwahrhaftig. Er täuscht eine Festigkeit und ein selbstverständliches Gelingen vor, wo doch keines ist.[15]

---

formulieren das auf dem Hintergrund der Wahrnehmung des antiken Judentums und auf die „Vatermetapher im Alten Testament". Diese wird gerade im Erleben von Glaubenskrisen wesentlich, gehört also ins Glaubensverhältnis und darf nicht in natürlich-besitzender Weise missverstanden werden. „In der Krise des Gottesverhältnisses verdichtet sich im Vaternamen das Insistieren auf der rettenden Zuwendung Gottes inmitten erlittener Gottferne." Es handelt sich in diesem Glauben also nicht um eine fraglose Wirklichkeit, die sozusagen mystisch erfahrbar gemacht werden kann, sondern auch um etwas, das entgegen der momentanen Erfahrung als aus dieser rettend ins Spiel gebracht wird, wie sich auch an der zunehmenden Zahl der Vaterbezeichnungen für Gott in den Evangelien zeigt. (Christian Feldmeyer, Hermann Spieckermann, Der Gott der Lebendigen, Tübingen 2011, S. 53).

Das neutestamentliche Gotteszeugnis hebt dann aber nicht vom Schöpfungsbekenntnis ab sondern kommt neu darauf zu sprechen. „Die Schöpfungsaussage hält … zum einen an der strikten Unterscheidung von Schöpfer und Geschöpf fest, betont aber zugleich beider Verbundenheit. Dies spielt besonders dort eine Rolle, wo die gefallene Schöpfung zum Thema wird, im 8. Kapitel des Römerbriefes. Im furiosen Schlussakkord der Ausführungen des Apostels über das göttliche Heilshandeln in Christus, das die Sünder aus Glauben rechtfertigt und die Glaubenden zu Kindern Gottes macht, kommt er überraschend auf die Schöpfung zu sprechen, genauer: auf die durch den Fall von Gott getrennte und daher der Vergänglichkeit und Nichtigkeit unterworfene Schöpfung. Deren Seufzen und Stöhnen deutet Paulus nun nicht einfach als Ausdruck ihrer Verlorenheit, sondern als eine Sehnsucht nach Erlösung, die nicht ins Leere geht (Röm 8,18.22). (dies., aaO S. 267) Die göttliche Verheißung umschließt folglich auch die Erfahrungen des Unglaubens in der Sehnsucht nach einer Hoffnung, die seine Macht besiegt. „Der aus dem Nichts das Sein durch seinen Ruf hervorbringende Schöpfer ist die Macht, die die Auferstehung bewirkt und dadurch mitten in der todverfallenen Wirklichkeit die Möglichkeit neuen Lebens eröffnet." (dies., ebenda) Und so, wie er Leben schenkt, vermag er auch Glauben zu schenken in und gegen allen Unglauben.

[15] Hier nicht etwas vorzutäuschen sondern wahrhaftig zu bleiben, das meint Jesus wohl damit, wenn er seine Jünger auffordert, „ohne Falsch" zu sein (Mt 10,16), das heißt: einfältig in dem Sinne, offen und unverstellt zu sein, nicht doppelbödig, nicht mehrzüngig, also nicht auf einmal etwas aus einer zuvor verborgenen

So markieren auch Glaube und Unglaube nicht nur einen Gegensatz, in dem wir uns auf die eine oder andere Seite schlagen. Auch dazu fordern sie gewiss heraus! Sie bezeichnen jedoch zugleich ein nie endendes Spiel des Lebens auch im Glauben zwischen zwei Polen, zwischen die auch das Glaubensleben eingespannt bleibt – denn eine letzte Eindeutigkeit ist auch für den Glauben unter irdischen Bedingungen nicht zu erzielen. Es bleibt immer noch etwas offen, und das Ziel ist noch nicht erreicht. Nicht zufällig ist im Neuen Testament von der Bewahrung und der Bewährung die Rede,[16] von der bereiten Treue und Wachsamkeit der Glaubenden. Und ebenso wenig zufällig von der ihnen geltenden Verheißung, Hoffnung und Zukunft.

Diese Grundsituation darf nicht übergangen werden, wo es um Glaube und Unglaube geht. Es lässt sich hier auf Erden im Glauben nicht einfach gut einrichten nach dem Motto: „hier ist gut Sein, hier lasst uns Hütten bauen!" Denn wenig später heißt es von den Gipfelerfahrungen wieder hinab zu wandern in die Welten des Alltags. Und die sind von mancher Anfechtung bestimmt. Und sie führen in manchen Zweifel. Damit tritt die Situation des um Heilung für seinen Sohn bittenden Vaters im Evangelium hervor als eine zugleich idealtypische: sie zeigt den Menschen in der Spannung zwischen Glaube und Unglaube, zwischen Vertrauen und Zweifel, zwischen Mut zur Hoffnung und Verzagen zur Resignation. Das und so sind wir Menschen! Und niemand sollte sich darüber erheben. Ich erinnere einen Chor, der wollte das Lied nicht singen, in dem von Ängsten die Rede war – sie seien doch Christen und darum eben nicht mehr in Ängsten. Da wird es genau so frömmelnd und ideologisch wie es nicht werden sollte!

Und was glaubst du?

Natürlich kann man feststellen, jeder Mensch glaube irgendwas, auch unabhängig von religiösen Bekenntnissen. Verhält sich nicht jeder Mensch zu einem Woher und sucht zumindest für sich ein Wohin? Nach Paul Tillich[17] ist der Glaube für den Menschen keineswegs ein spezielles Thema unter anderen, kein Einzelzug in seinem Leben, sondern er ist Ausdruck des Gesamtzuges. Nach innen hin gesehen beschreibt der Glaube, worin sich das Leben eines Menschen konzentriert: er ist das, was ihn unbedingt angeht. Nach außen hin zeigt er in der Haltung zu Menschen, Leben, Dingen und Gott, wie der Mensch sich hält, woraufhin er lebt, er ist also das, was sein Leben transzendiert.

Frage ich Menschen: „Was *glaubst* DU?", dann antworten sie mir hauptsächlich in zwei Richtungen. Die eine ist die auf Gott hin – sie nehmen diese Frage nach ihrem Glauben als

---

Seite hervorzuholen und gegen die anderen zu wenden, nicht auf einmal in eine ganz andere Rede zu wechseln, sondern klar und erkennbar zu sein. Einfältig ist also alles andere als „dumm", dazu muss man im Gegenteil klug sein! Wo immer nur „alles suppi" sein muss und alles als „alles klar" deklariert wird, muss der Mensch verlogen werden, da er sich nicht in Übereinstimmung mit seiner eigenen Wirklichkeit befindet. Er versucht aber, es so hinzudrehen. Auch in diesem ganz alltäglichen Sinn sollte man Psalm 16,11 verstehen: „alle Menschen sind Lügner", und sie lassen den vom Leid betroffenen so schnell allein, um ihre Lebenslügen zu bewahren. Schade, wenn man das auch von „frommen" Leuten sagen muss: weil sie leugnen, auch nur ganz normale Menschen zu sein, werden sie zu Lügnern und Vortäuschern von etwas, das doch nicht ist! Was für ein Verderben…

[16] Vgl. Georg Eichholz, Bewahren und Bewähren des Evangeliums: Der Leitfaden von Philipper 1 – 2, in: ders., Tradition und Interpretation, München 1965, ThB 29, S. 138-160. „Des Evangeliums teilhaftig werden, heißt…: des Heils teilhaftig werden, Gottes ewiges Ja als Zusage erfahren." (141) „Paulus hat das Evangelium für sich selbst so, dass es mit allen teilt, dass er es allen mitteilt." (142) Man kann den Glauben an das Evangelium nie nur für sich und in sich selbst bewahren, vgl. auch Mt 25,14-30; Lk 19,11-27.

[17] Paul Tillich, Wesen und Wandel des Glaubens, West-Berlin 1961

die Goethesche „Gretchenfrage" auf: „Wie hältst du´s mit der Religion?" Wie kann ein Mensch heute an Gott glauben, sollte er es überhaupt, kann er es überhaupt und wenn ja, wie geht das? Was spricht dafür, was dagegen, wie bewegt sich dieser Mensch zwischen den verschiedenen Möglichkeiten? Gibt es ein nicht offen liegendes Geheimnis in diesem Leben, dem auf die Spur zu kommen sich lohnt? Das Thomas-Evangelium sagt im Logion 28 von uns Menschen: „Denn sie sind blind in ihrem Herzen und sehen nicht, dass sie leer in die Welt gekommen sind (und) suchen, wieder leer aus der Welt herauszukommen." Wir seien hier und jetzt wie trunken und es gelte, den trunken machenden Wein abzuschütteln, damit wir uns zu der Wahrheit bekehren, die eben nicht nur über uns ergeht, sondern die im Tiefsten unsere eigene ist. Diese Wahrheit aber sehen wir nicht, wie es das vorletzte Logion 113 benennt: „das Reich des Vaters ist ausgebreitet über die Erde und die Menschen sehen es nicht." Offensichtlich müssen ihnen, also uns, die Augen für das, was ihr Leben ist, erst aufgehen oder geöffnet werden. So ist das, was den Glauben ausmacht, immer ein umstrittenes Thema und wird es bleiben, solange wir in der Welt sind.

Die zweite Richtung, in der die Frage nach dem Glauben aufgenommen wird, ist die nach dem Menschen: was ich von mir glaube, wer ich bin und was aus mir wird, wenn ich sterbe. Wer nach dem Glauben fragt, ist schnell auch bei der anderen Frage, wer wir vom Ursprung als Menschen sind und wohin wir gehen oder ob wir einfach nur verlöschen. Man könnte also die Kernthemen des Glaubens so umreißen: ist ein Gott; gibt es einen Ursprung und ein Ziel, denen wir uns stellen sollten; ist unser Leben noch mehr und anderes als zu werden und zu vergehen? Und wenn ja: wie ist dem auf die Spur zu kommen, wie ist das zu sagen und zu leben? Der Jesus des Thomasevangeliums verheißt dazu gutes Gelingen: „Ich werde euch das geben, was nicht das Auge gesehen und was nicht das Ohr gehört und was nicht die Hand berührt hat und was nicht gekommen ist in den Sinn der Menschen." (Logion 17)[18]

Oft genug löst die Frage nach dem Glauben auch Scham aus. Darüber will so mancher nicht sprechen. Vielleicht, weil er oder sie sich nicht die Blöße geben wollen, ihre ganze Unbeholfenheit in diesen Dingen sichtbar zu machen. Oder, weil sie denken, dass sei so intim, dass es einer Entblößung gleich käme – eine völlige Unsicherheit, weiß doch auch keiner so wirklich, was denn der richtige Glaube ist und welches die Kriterien sind, an denen man ihn festmachen sollte. Glaube ist immer auch ein Stück Wagnis, er ist wie ein Schritt in die Luft oder das Wagnis, auf dem Wasser zu laufen, und dann hängt man da so komisch rum oder macht sich sogar nass – das will man doch nicht zeigen! Der Glaubende ist immer beides zugleich: der, der vertraut – und der, der sich wagt, ohne eine letzte Sicherheit für sein Vertrauen zu haben. Wer glaubt, wer zu seinem Glauben steht, der zeigt sich verletzlich. Das ist wie Vorturnen am Trapez unter der Zirkuskuppel. Wer will das? Auch dazu enthält das Thomasevangelium ein aufschlussreiches Logion (37): „Wenn ihr euch eures Schamgefühls entledigt und eure Kleider nehmt (und) sie unter eure Füße legt wie die ganz kleinen Kinder (und) darauf tretet. Dann werdet (ihr sehen) den Sohn des Lebendigen und werdet euch nicht fürchten." Was für eine Perspektive![19]

---

[18] (Thomasevangelium: Synopsis Quattuor Evangeliorum, Stuttgart 1973 8. Aufl., hgg. von Kurt Aland, S. 517-530)

[19] Entgegen der in unserer theologischen Tradition deutlichen Fokussierung (Fixierung?) auf die Schuldfrage ist in den letzten Jahren die Perspektive der Scham immer deutlicher hervorgetreten. Diese kann nicht an die Stelle des Schuldthemas treten, das fundamental bleibt, bedeutet aber eine Ergänzung und Relativierung, die klar wahrzunehmen ist. Der wesentliche Unterschied besteht m. E. darin, dass in der Scham das Sosein des Menschen in seiner Fehlerhaftigkeit und Begrenzung hervortritt, in der Schuld das verkehrte, Leben nicht gelingen lassende Tun des Menschen als eines, das Gott und seinen Willen verfehlt.

Glauben und Unglauben stellen eine Polarität dar: dann heißt zu glauben, der Versuchung zum Unglauben zu widerstehen; und dann ist immer ein „Spiel" da im Leben zwischen diesen beiden Polen, und der Mensch ist herausgefordert: „Ist´s nicht also? Wenn du fromm bist, so kannst du frei den Blick erheben. Bist du aber nicht fromm, so lauert die Sünde vor der Tür, und nach dir hat sie Verlangen; du aber herrsche über sie!" (Gen 4,7) Der irdische Mensch, und der ist nun mal der Erdling und entkommt dem nicht, denn er ist der Adam von der Adamah (= der Erdling aus Erdkrume), ist immer in dem Spiel, sich das Leben wie den Glauben dazu anzueignen. Und dabei tritt hervor, wie Glauben und Glauben zweierlei sein können: ein Glaube an sich selbst und die eigene Durchsetzung, dem auch Kain verfällt, oder eben der Glaube an den Gott, von dem ich Glauben wie Leben empfange und der mich glauben und leben lässt. Der Gegensatz heißt dann nicht mehr nur Glaube und Unglaube, sondern: Glaube und Glaube. Und im biblischen Kontext erweist sich der eine Glaube als recht und wahr, der andere als unrecht, falsch und irreführend. Der biblische Tor, der spricht, es sei kein Gott, der ist nicht der moderne Atheist, der auf Gott nichts mehr gibt, sondern einer, der meint, mit Gott sein Spiel treiben zu können. So ist der Glaube auch menschlich ein stetes Beginnen – und man darf gespannt sein, wer da was mit wem beginnt!

„Einspruch, euer Ehren!"

Beispiele für den Widerspruch gegen das Übliche gerade in den Dingen und Normierungen des Glaubens finden sich nicht erst in späten Zeiten – biblisch gesehen schon in der Geschichte Israels, bei den Propheten besonders ausgeführt und überaus deutlich in der Hiob-Geschichte. Da versuchen die zum Trost des vom Geschick so arg Betroffenen herbeigeeilten Freunde Hiob zu trösten, aber dabei bleibt es nicht; sie versuchen, Hiob und sein Geschick in das gängige Gedankensystem von Gott und Glauben einzufügen, mit dem soll er bitte seinen Frieden machen. Doch Hiob wehrt sich. Er pflichtet dem, was ihm die Freunde an Glaubensgestalt und –inhalt präsentieren, nicht bei, und er weigert sich penetrant, dem zuzustimmen. Für Hiob kann Gott nicht in den Gedankensystemen aufgehen, die man ihm vorführt. Für ihn zeigt sich Gott in seinem Geschick verborgen, wo die Freunde offenlegen wollen, dass hier nur eine Regel „aufgeht" und Hiob aus irgendeinem Grund das berechtigte Objekt einer göttlichen Strafe darstellen müsse. Diesen Weg geht Hiob nicht mit. Er hält gewissermaßen gegen Gott (wie er sich auch in den Sermonen der Freunde zeigt) an Gott fest. „Die Freunde sind eingenommen von ihrem erdachten `Gott´ und um seine Ehre besorgt. Hiob dürstet nach dem lebendigen, dem unbekannten, dem verborgenen Gott und in seinem dunklen Drang findet er auf Umwegen den rechten Weg."[20] Das lässt sich durchaus der Situation des Vaters im Evangelium analogisieren, der zwischen Glaube und Unglaube hin und her geworfen ist. Hin und her geworfen ist auch Hiob, wie wohl jeder Mensch, der sich in Widersprüchen gefangen sieht und doch nicht aufgeben will. In der Hiobgeschichte sind die Rollen freilich noch anders verteilt: die offenbar so sicher Glaubenden erweisen sich am Ende als die Irrenden, der angeblich nur widerborstige und unverständige Hiob als der, der recht von Gott redete und der zurecht auf ihn hoffte (Hiob 42,7). Gott lässt sich nicht pressen in ein menschlich erdachtes System. Der wahre Glaube schaut immer noch durch die Lücken und Löcher aller denkbaren Systeme, und Gott selber bleibt immer über

---

[20] Kornelis Heiko Miskotte, Antwort aus dem Wettersturm, Kamen 2012, S. 104

diese alle hinaus. Der Glaube, erst recht der Glaube eines einzelnen oder der formulierte Glaube einer „Schule" (= Richtung), Tradition oder Konfession, vermag Gott nicht einzufangen. Das ist und bleibt das Unrecht eines jeden Konfessionalismus und auch Fundamentalismus. Die Gleichsetzung solcher Systeme mit der angeblichen göttlichen Wahrheit ist und bleibt immer ein „Sündenfall", denn Menschen verkennen sich hier in ihren Wirklichkeiten und Möglichkeiten, und am Ende maßen sie sich göttliche Stellung an. Darüber entbrennt auch in der Hiobgeschichte der Zorn des wahren Gottes. Der „wahre Gott" unterscheidet sich immer von den vermeintlichen Wahrheiten, die Menschen als vom wahren Gott gültig ausgeben und dann damit zu hantieren beginnen. Nein, Gott will nicht erkannt sein in schlüssigen Gedankensystemen, er will auch von Menschen nicht erklärt sein, sondern geglaubt und in ihrem Vertrauen. Worin sich die Freunde und Hiob wesentlich unterscheiden, das erkennt Miskotte darin, „dass die Verborgenheit Gottes für den einen nur etwas Negatives ist, für den anderen behaftet ist mit einer fremden, atemlos erwarteten Positivität. … Für Hiob war Gott ja in besonders bitterem Sinn ein verborgener Gott, aber sein Unwissen diente ihm zum Heil. Einer, der bei Gott bleibt, ohne eine ausdrückliche Heilsverheißung zu haben, der bleibt ganz gewiss auch bei Ihm, wenn die Heilsverheißung endlich gekommen ist."[21] Hiob hält an Gott fest und bekennt: „ich weiß, dass mein Erlöser lebt" (19,25) – und er hat dabei nichts in den Händen als sein ureigenstes Vertrauen und seine Hoffnung. Gott und der Glaube an ihn verschaffen ihm keinen aktuellen Gewinn oder Vorteil. In diesem Widerspruch sitzt Hiob wie fest und bewegt sich doch. Hiob hält an Gott fest, irgendwie um Gottes selbst willen, und zugleich in der Hoffnung, dass ihm dies auf noch unvorstellbare Weise doch Erlösung bedeuten wird. Die Freunde wollen Welt und Gott erklären, Hiob aber sucht sich, das Leben und seinen Gott so zu finden, dass sein Leben wieder in ihm gründen und auf Gutes zielen kann – obwohl im Moment nichts und auch gar nichts danach aussieht. Die Nähe zu vielen Situationen in den Psalmen scheint mir dabei ebenso wenig zufällig wie die zu dem, was das Neue Testament vom Weg und der Person Jesu sagt. Die Konflikte, die auch ihm das Kreuz bereiten, unterscheiden sich gar nicht so sehr von denen in der Hiob-Geschichte und von den Versuchen, sich Gott zu zivilisieren und in das eigene Konzept eines angeblich gelingenden Lebens zu verrechnen und dabei sich die Anfechtungen vom Halse zu halten. Dass gerade sie zu einem Leben vor und mit Gott in dieser Welt dazu gehören, das unterstreichen die Evangelien anhand des Weges Jesu von Anfang an. In Widersprüche und darum in Anfechtungen ist der Glaubende in dieser Welt immer hinein genommen. Und das erweist alle die als Lügner, die sich diese Situation gerade durch den Glauben in einer falschen Sicherheit und Direktheit vom Halse halten wollen.

Die Frage nach Glaube und Unglaube und deren Verhältnis zueinander erschließt in der Hiobgeschichte überraschende Perspektiven und Erkenntnisse. Denn Glauben und Unglauben begegnen hier weder als innerseelischer Konflikt noch als klare Differenzierung der klar Glaubenden und der eindeutig Ungläubigen. Denn die, die den Glauben scheinbar vorgeben, erweisen sich als die, die nicht recht von Gott reden – und Hiob, der Uneinsichtige und Unverständige, der durch die, die wahrhaft zu glauben meinen, zur Ordnung gerufen werden soll, steht am Ende als der da, der in ein rechtes, angemessenes Gottesverhältnis tritt. Dies besitzt er aber nicht, eben dieses Besitzdenken über etwas, wovon man gehört hat, weicht der Erkenntnis aus Erfahrung, die eine andere Art von Wissen bedeutet. Und das ist kein Wissen gegen den Glauben, das ist ein Wissen, das den Glauben einschließt – ein Wissen auch, das nicht mehr leugnet, was ein Mensch

---

[21] Miskotte, aaO S. 112

17

über sich selbst und seine eigene Fragwürdigkeit und Begrenztheit wissen kann. Dies ist in der Geschichte mit einem Stichwort, das gleichermaßen ein Bild vertritt, gesagt: Asche. Hiob sitzt in der Asche. Und sein Erlöser, womit er offensichtlich Gott meint, erhebt sich auch auf der Asche. Landläufig aber ist die Vorstellung sowohl bei Hiobs Freunden wie vielfach noch heute, Gott bewahre vor der Aschenerfahrung und die wahrhaft Gläubigen erfahren Segen und bewegen sich im Leben immerzu obenauf. Der Glaubende wäre dann der zugleich mit Wohlleben Gesegnete. Diese Erwartung aber trifft nicht den wahren Gott sondern den von Menschen in und nach ihrem Interesse zivilisierten. Auch bei Luther lässt sich studieren, dass man ein Theologe nicht wird durch das geistige Ventilieren von Dingen und Aussagen, die man liest oder gehört hat, sondern durch die Erfahrung der Anfechtung. Wie eins ins andere greift, das macht schon die Hiob-Geschichte vor.

Die Hiob-Geschichte entlarvt auch den angeblich sicheren Glauben als ein Konstrukt, das hilft, sich ein Bild von Gott zu machen, das aber doch nicht Gott ist. Der Glaube der Freunde, ihr Gottesbild wird entlarvt als eine eigene Konstruktion, die letztlich eine Fiktion ist. In ihr sehen sie nicht Gott, sondern das, was sie als Gott annehmen.
Der Einspruch geschieht heute aber noch heftiger. Bei Carlo Strenger klingt er so: „Anders als zu den Zeiten unserer Vorfahren ist es heute nicht länger möglich, irgendein Sinnsystem als selbstverständliche Gegebenheit zu akzeptieren. Das bedeutet zugleich, dass es für die bestehenden Systeme, vor allem die Religionen, immer schwieriger wird, ihre ursprüngliche Schutzfunktion auszuüben.“[22] Religionen tauchen dann im Folgenden bei Strenger tendenziell als Fundamentalismen auf, die sich gegen andere Einsichten und Gedanken abschotten. Eine positive Gegenformulierung findet er in den Worten Joseph Schumpeters: „Die relative Gültigkeit der eigenen Überzeugungen zu erkennen und dennoch entschlossen für sie einzutreten, das ist es, was einen zivilisierten Menschen von einem Barbaren unterscheidet.“[23]
Allerdings gerät der religiöse Mensch dabei dann doch in ein schlechtes Licht. Denn: es „sind die metaphysischen“ Denkweisen, „mit denen unsere Vorfahren die existentielle Unsicherheit und das Leid erträglich zu machen versuchten – allen voran die Religionen –, als Produkte des menschlichen Geistes und der menschlichen Vorstellungskraft entlarvt worden. Wir mögen die Schönheit der Gotteshäuser bewundern, aber ein großer Teil der Bewohner des Westens weiß – wenn auch manchmal nur am Rande des Bewusstseinsfelds –, dass der Glaube, in dessen Namen sie errichtet wurden, letztlich eine Fiktion ist. Hobbes, Kant, Nietzsche, Sartre, Foucault und viele andere haben uns schonungslos vor Augen geführt, welchen Platz wir in der Welt einnehmen und dass wir am Ende auf uns selbst gestellt sind. Wer heute noch von der absoluten Wahrheit eines dieser Trostsysteme überzeugt ist, muss schon eine gehörige Portion Selbstbetrug aufbringen.“[24]
Auf diese Weise wird schlicht unterstellt: wer sich noch zu den Glaubenden zählt, hat einfach den Schuss nicht gehört. Wüsste er wirklich Bescheid über die moderne und

---

[22] Carlo Strenger, Abenteuer Freiheit, Berlin 2017³, S. 107
[23] Strenger aaO S. 112 Genau diese Gratwanderung zum Bewahren und Bewähren des Glaubens wird sehr oft nicht bestanden. Da eine objektive Feststellung religiöser Wahrheit dem Menschen unmöglich ist, wird dann daraus der Kurzschluss gezogen, sie sei damit als subjektive Handlung auch nicht zulässig. Nur gibt es dafür keine objektive Begründung, im Gegenteil könnte man sagen: der Mensch ist auf einen Halt in seinem Leben angewiesen und den zu suchen wäre also höchst vernünftig. Es erweist sich also entgegen der ersten Annahme eine subjektive Festlegung nach individuell bezogenen Kriterien und im Kontext eines konkreten Lebensumfeldes als durchaus sinnvoll.
[24] Strenger aaO S. 12

postmoderne Philosophie und Wissenschaft, dann könnte er eben gar nicht mehr glauben. Er müsste vom Unglauben überzeugt sein, weil er Bescheid weiß: die alten Trostsysteme sind von intellektuell dazu kräftigen Weisen längst als schlimmer Irrtum bloßgestellt. Nur: ist der christliche Glaube wirklich abhängig von den metaphysischen Denksystemen? Ich meine: Nein! Mehr noch: kann eine Position, die nur das als wahr oder auch nur als möglich erscheinen lässt, was uns Menschen mit unseren Wahrnehmungsmöglichkeiten einleuchtet, als seriös gelten? Offensichtlich kann sie sich ja nicht einmal selbst relativieren. Also: Nein!

Doch genau das ist es, was unter uns schon ein Kind mit sieben Jahren weiß und was fast alle Abiturienten, die unsere Schulen durchlaufen, in denen sie genau das lernen und als Atmosphäre aufsaugen, wiederblähen: dass das mit dem Glauben alles nichts ist. Das weiß man doch. Kein Wunder also, wenn die jüngeren Alterskohorten eine nach der anderen die Kirchen verlassen? Oder, wie Ostdeutsche ihren Unglauben so schön auf den Punkt brachten: wir sind „normal eben". Wer anders denkt, gilt als nicht normal oder nicht ganz dicht oder hinterwäldlerisch. Ob das freilich alles so konsequent schlüssig und richtig ist, was da behauptet wird, wird gar nicht mehr in Frage gestellt. Denn es hat den Charakter der Mehrheitsmeinung – und an die halten sich viele nur allzu gerne.

Sind wir also noch in diesem Streit zwischen Glauben und Unglauben – oder hat gar der Glaube unter uns aufgehört? Oder droht, mehr und mehr zu verdunsten?

Der Glaube der anderen

Was die anderen glauben oder auch nicht glauben, es ist für uns selbst von großer Bedeutung. Einmal gilt das für das, was wir hören und erleben und wo wir wie selbstverständlich hineinwachsen. Und da hören die meisten Menschen heute nichts mehr von der Selbstverständlichkeit des oder eines Glaubens, sie hören, das sei ja irgendwie überholt und heute sei der Unglaube das Normale. Wer anderes zu erkennen gibt, löst Verwunderung und Erstaunen aus und bekommt mitunter auch entsprechende Fragen gestellt.

Es gilt aber auch nicht nur in der Weise, dass wir anderen Glaubensinhalten oder Glaubensweisen begegnen, die sich von den unseren unterscheiden. Schon auf der Ebene der Jesusgeschichte hören wir von Menschen – wie in Markus 9 von dem Vater des kranken Jungen –, die andere Menschen zu Jesus bringen mit der Bitte um Hilfe, Zuwendung (wie bei der Kindersegnung) und Heilung (wie in zahlreichen Heilungsgeschichten). Mitunter gewinnt das sogar die Qualität einer Art stellvertretenden Glaubens. Und Jesus selber sagt zu Petrus: „Ich habe für dich gebetet, dass dein Glaube nicht aufhöre" (Lk 22,32).

Welche Rolle der Glaube der anderen in unserem Leben spielt, das ist eine nicht zu vergessende Frage. Es gilt sie wahrzunehmen – und wir leben sie, leben sie auch mit jeder Kindertaufe und jedem Versprechen von Eltern und Paten, den Kindern auch ein Gegenüber zu sein und ein Mitsein zu geben, was die Dimension des Glaubens angeht. Und jede Fürbitte geht auch in diese Richtung.

Mit unserem Glauben tragen und stützen wir uns auch gegenseitig – und wir fordern uns heraus! Keinem Menschen ist genau derselbe Glaube gegeben wie einem anderen, auch wenn er sich auf dasselbe Glaubensobjekt richtet. Das Maß das Glaubens ist doch unterschiedlich und nicht nur in unserer eigenen Hand: „... wie Gott einem jeden zugeteilt hat das Maß des Glaubens" (Röm 12,3). Da dieses Maß verschieden ist, sollen wir uns gegenseitig nicht mit dem je persönlichen Maß messen. „Denn wir ihr richtet, werdet ihr gerichtet werden; und mit welchem Maß ihr messet, wird euch zugemessen werden." (Mt 7,2). Man sei also zurückhaltend und richte nicht über das Maß, das Gott gibt. Wir untereinander haben darüber nicht zu befinden. Mit dem Glauben ist immer umzugehen wie mit einem wertvollen Geschenk und nicht wie mit etwas, das ich mir selber zuschreibe. Ich habe es immer nur so, es zu empfangen. Und ich bin nicht der einzige, der es empfängt.

Als das Glauben „noch geholfen hat"...

Zwei Grimmsche Märchen beginnen mit dem Verweis auf die „alten Zeiten, wo das Wünschen noch geholfen hat"[25]. Wünsche können heimlich sein oder ausgesprochen werden – und die Dinge selber haben „in den alten Zeiten ... noch Sinn und Bedeutung" erklingen lassen[26], die in ihnen liegen. Gelingt das heute also nicht mehr, ist mit den Wünschen Sinn und Bedeutung unseres Lebens etwas, das nicht mehr zum Klingen kommt? Und leben wir in einer Zeit, wo Gott nicht mehr unter den Menschen wandelt? Kann man also vermuten, es habe eine Zeit gegeben, da das Glauben noch geholfen hat, Gott und Menschen einander nah waren – jetzt aber unterstellen zumindest sehr viele Menschen, diese Zeiten des Glaubens seien vorüber? „Die frühere Selbstverständlichkeit einer Gottespräsenz hat sich in ihr Gegenteil verwandelt, in ihre Nicht-Selbstverständlichkeit."[27] Und anstatt die Welt als Schöpfung zu glauben und sich selbst als unverzichtbaren Teil darin, dem Gott Leben schenkt, weil er nicht nur „es" sondern auch „mich" will, ist der Gedanke des Zufalls übermächtig geworden und damit auch der Zwang, sich selbst Profil und Bedeutung geben zu müssen und den Gefährdungen des Lebens zu entkommen. Das moderne „Programm" von Individuum und sozialer Sicherheit ist weitgehend an die Stelle des Gottvertrauens getreten, fokussiert wird nicht mehr das Evangelium sondern die Befindlichkeit der einzelnen in der „anhaltende(n) Erfahrung der Zufälligkeit und Begrenztheit menschlicher Existenz"[28].
In der Tat wird dieser Eindruck von der Antiquiertheit des Glaubens vielfach kolportiert. Nicht wenige Menschen meinen, das Zeitalter des Glaubens sei durch Aufklärung und Wissenschaft[29] überholt – wobei man inzwischen sagen muss: auch Aufklärung und

---

[25] „Der Froschkönig oder der eiserne Heinrich" und „Der Eisenofen" (Brüder Grimm, Kinder- und Hausmärchen, Düsseldorf/Zürich 1997, S. 39 und S. 600). Die Frage ist, wie weit diese Zeit mit der korrespondiert, „als Gott noch selbst auf Erden wandelte" (Die Kornähre, S. 791 vgl. Das junggeglühte Männlein, S. 657)
[26] Brüder Grimm, Märchen „Der Zaunkönig" aaO S. 715
[27] Joachim Wanke, Der alternative Horizont, in: Hg. Johannes Röser, Gott?, Freiburg 2018, S. 393
[28] Wanke, aaO S. 393
[29] Der Glaube verwendet auch die Sprachform des Mythos, in dem richtig und falsch, historisch und unhistorisch (auch: erdichtet) keine die Wahrheit ausschließenden Kategorien bilden, in dem die eine Wahrheit und die vielen Wahrheiten und Perspektiven einander korrespondieren und nicht aufheben – der Glaube ist also von alters her ein vielschichtiges Phänomen, in dem Herz und Kopf des Menschen miteinander verbunden sind. Mit der modernen Wissenschaft aber tritt ein Denken auf den Plan, in dem „das Feld des Wissens durch das Aufkommen neuer affirmativer Mächte (die historische Erhebung, die spekulative Physik) erschüttert wurde, die in Wettbewerb zum Mythos traten und im Unterschied zu diesem ausdrücklich die Alternative von wahr und falsch stellten." (Paul Veyne, Glaubten die Griechen an ihre Mythen, Ffm 1987, S. 37) Der Objektivitätsanspruch, den die moderne Wissenschaft ja nicht einmal selber konsequent durchhalten kann und revidieren weil relativieren muss, löscht gewissermaßen nicht nur die Individualität des Subjektes aus sondern auch die Dimensionen, die in ihrer Mehrdeutigkeit, Unabgeschlossenheit und Suchbewegung nicht eindeutig erfassbar sind. Das bedeutet aber nicht, dass man in ihnen nichts wissen könne, denn auch das Glauben sucht das Erkennen, wie man doch aus uralter theologischer Tradition weiß.

Wissenschaft haben sich in ihrem ursprünglichen Sinn überholt, sind selber als eine Art Glaube hervorgetreten, der wie der christliche Glauben eine Entmythologisierung erlebten und den Anspruch auf eine zum religiösen Glauben alternativ oder besser gelingende Gesamterklärung von Welt und Leben ebenfalls längst verloren hat.[30] Die Entwicklung in den Naturwissenschaften bestätigt das. So muss man heute sagen: weder der Glaube noch die Wissenschaft bieten ein befriedigendes, alles erschließendes Bild von Herkunft, Gegenwart und Zukunft der Welt und des Lebens wie des Menschen. Stattdessen müssen wir ernst nehmen, dass es sich um unterschiedliche Perspektiven handelt, die je zu ihren angemessenen Thesen, Aussagen und Erkenntnissen kommen – und die gelten immer als prinzipiell überholbar.[31]

Die Perspektivenvielfalt zeigt sich auch in anderem Kontext darin, dass die jeweiligen Individuen als Souveräne ihres Glaubens gelten und eine irgendwie geartete „Lufthoheit über den Glauben"[32] vielen Menschen unerträglich erscheint, ganz gleich, ob es sich dabei um kirchliche oder staatliche Instanzen handelt. Denen gegenüber „Unglaube" und Skepsis zu zeigen muss kein inhaltlicher Unglaube sein. Man befragt halt alles Vorgegebene kritisch, ob es zu einem passt und ob man selber es bejahen kann. Autoritärer Glaube und unterwürfiger Gehorsam werden heute von den allermeisten Menschen bewusst abgelehnt; ob ihr unbewusstes Verhalten dem freilich immer entspricht, kann man fragen. Jedenfalls muss man zur Perspektivenvielfalt i. p. Glauben die Personenvielfalt gewissermaßen addieren, die an die Stelle des ursprünglich einmal maßgeblichen Souveräns für ein Herrschaftsgebiet getreten ist. Und ein Drittes ist hinzu zu nehmen: der „Stoff" der Religion, aus dem die Individuen „auswählen" könnten, hat sich ebenfalls vervielfältigt – in den westlichen Ländern ist es aus dem Bereich der Welt- und anderen Religionen vor allem der Buddhismus, der vielen interessant und hilfreich erscheint. Das Christentum und die Kirchen haben dabei nicht so „gute Karten", weil sie eine zweifach Hypothek mitzubringen scheinen: haben sie nicht viel zu lange gegen die wissenschaftlichen Erkenntnisse gestanden und sich viel zu spät von den autoritären Mächten losgesprochen, die über Jahrhunderte wie von Gottes Gnaden Europa beherrschten und zu diesem Zwecke auch die christlichen Kirchen privilegierten? Mit dem Siegeszug der Wissenschaft und dem Untergang der politisch mächtigen Monarchien sehen darum viele auch die Kirchen und das Christentum am Ende, zumindest in besonders hohem Maße herausgefordert, die eigene Glaubwürdigkeit erst noch wieder unter Beweis zu stellen. Man ist skeptisch in der Vermutung, durch den „Glauben verliere der Mensch seine Fähigkeit zur Selbstbestimmung. Ihm werde das Recht auf schöpferische Selbstverwirklichung und moralische Autonomie genommen. Das ist der

---

In derselben Weise gilt, dass das „Richtige" nicht das sein muss, was die Sache des Glaubens wirklich erkennbar werden lässt. Arnold Stadler weist darauf hin angesichts der Übersetzung und Übertragung der Psalmen: „Übersetzen heißt doch auch: zur Sprache bringen. Nicht zu Tode übersetzen, sondern in eine Sprache, die lebt. … Ein tödlich genauer Wortlaut, wie ihn eine philologisch höchst präzise Wiedergabe darstellt, bedeutet vielleicht auch eine Übersetzung zu Tode: das Ende des Gedichts." (in: „Die Menschen lügen. Alle.", Psalmen, Berlin 2013, 4. Aufl., S. 112f.)

[30] Klassisch dazu: Horkheimer/Adorno, Dialektik der Aufklärung

[31] Vgl. dazu u. a. Armin Nassehi, Die letzte Stunde der Wahrheit und Gert Scobel, Der fliegende Teppich

[32] Im dpa-Bericht über den ökumenischen Kongress „Kirche hoch zwei" (Diepholzer Kreisblatt 16.02.13) wird eine kirchliche Mitorganisatorin zitiert, die sich fragt: „Haben wir noch die Hoheit über den Glauben?" Das mutet schon merkwürdig an. Die Situationen in meinem Leben, in denen kirchliche Personen sich anheischten, solche Hoheit über meinen Glauben zu bekommen oder meinten, sie ausüben zu können, habe ich in höchst unangenehmer Erinnerung.

geheime Stachel, der viele, auch nachdenkliche Zeitgenossen vom Gottesglauben abhält."[33]

Die auf wissenschaftlicher Ebene vorzufindende Erkenntnis der eigenen Bedingtheiten und perspektivischen Realitäten, die eben überholbar und veränderbar sind, hat sich zudem nicht popularisiert; meinem Eindruck nach nicht einmal auf den meisten Gymnasien, in denen den Schülerinnen und Schülern Theorien und Perspektiven wie „die" Realität vermittelt werden. Man scheint weitgehend immer noch davon auszugehen, die Wissenschaft könne die Welt durchleuchten und in allem erklären – und manche scheinen immer noch zu meinen, irgendwann könnten wir Menschen uns auch unsterblich machen. Dass auch das nichts anderes ist als ein „Glaube", und zwar ein ziemlich fragwürdiger, wird dabei kaum zur Kenntnis genommen.

Der frühere Erfurter Bischof Joachim Wanke summiert die Lage so: „In unseren Zeiten ist die Gotteswirklichkeit für viele häufig abgedunkelt. Wir sehen heute … weithin nur uns selbst. Der heutige Mensch durchschaut, wie er meint, alles, selbst die Religion, ihre Entstehung, ihre Existenzbedingungen. Wer aber alles durchschaut, sieht am Ende gar nichts mehr."[34] Er schaut eben hindurch und findet keinen Ort mehr, wo er seinen Fuß Halt findend hinsetzen kann. Und auch dem angeblich Wissenden bleibt ja nicht verborgen, dass er von der Sekunde vor dem Urknall auch nichts weiß, ebenso wenig ahnt er von der Bestimmtheit seines eigenes Lebens und die Zukunft ist auch ihm, bei allen möglichen Berechnungen und Wahrscheinlichkeiten, ungewiss. Die Sicherheit, die Rechtssysteme, soziale Verhältnisse und Wissenschaft zu garantieren vermögen, ist und bleibt brüchig und ungewiss. Der beanspruchte Durchblick und die erwartete Absicherung bleiben perspektivisch, punktuell, theoretisch gesichert – doch wie es wirklich kommt, das weiß keiner. Gleichwohl ist diese Ungewissheit vielen vernebelt durch den vermeintlichen Besitz von Ansprüchen, Sicherheiten, Fähigkeiten und Möglichkeiten, die sich dann aber immer wieder auch als begrenzt oder gar illusionär erweisen, worüber dann die Empörung groß ist. Ist also unsere Lage doch gar nicht so anders als die der Menschen aller Zeiten – und unser vermeintlich aufgeklärtes Herabsehen auf den Glauben nichts anderes als Arroganz und Ignoranz, in der uns unser eigenes Glauben verborgen bleibt?

Der Glaube, so weit er lebendig ist, steht nicht still. Er ist und bleibt bezogen auf seinen wichtigsten Gesprächspartner, Gott. Gott, den der Mensch so oft vergisst, und dem er als Glaubender doch nicht entkommt, auch wenn wer wie Jona flieht. Stadler formuliert es am Beispiel der Psalmen, die ja diesen Pulsschlag des Glaubens bezeugen: „Das Hin und Her der Psalmen, ihre Bewegung, ihre Emotionalität, ihr Leben: dieses ist eben nicht systematisch und schon gar nicht mechanisch." Hier ist eine von Herzen kommende Bewegung spürbar, die zwischen einem Ich und einem Du sich ereignet, und nicht ein Komplex von Ansichten und Meinungen oder Lehrsätzen. Und in dieser Beziehung rühmt der Mensch Gott, er flieht sich zu ihm in der Klage, er verflucht, was er nicht begreift und was ihm Not macht – und auch die, die ihm Not machen.[35] Eine Bewegung, von der auch ein Luther weiß, der sich flüchtet vom verborgenen zum in Christus offenbaren Gott.[36]

---

[33] Wanke, aaO S. 394

[34] Wanke, aaO S. 394

[35] Arnold Stadler, Psalmen, aaO S. 114f.

[36] „ad deum contra deum confugere", WA 5, 204, 26f., seine Zuflucht zu Gott nehmen – gegen Gott! Dazu auch Luthers grundlegende Schrift "De servo arbitrio", Vom unfreien Willen: Luther sagt, wir sollten den uns verborgenen Gott nicht erforschen, sondern anbeten, denn der sich ins Dunkel hüllende Gott wolle von

Der Glaube bleibt bezogen auf Dimensionen, die sich dem Objektivierbaren entziehen. Das sind vor allem der Bereich des Unsichtbaren und des Zukünftigen.[37] Dazu setzt sich der Glaube in Beziehung, aber eben nicht nur zu diesem Unverfügbaren, sondern zunächst einmal vor allem zu dem, der ihm im Evangelium diesen „Ball" des Glaubens zuspielt, Jesus Christus. Es ist heute Gang und Gäbe geworden, den „eigenen" Glauben zu hofieren und Glauben als Ausdruck der je eigenen Identität zu verstehen. Reformatorisch wie neutestamentlich aber ist Glaube etwas durchaus Anderes: er wird in Menschen geweckt durch die Begegnung mit Jesus Christus und durch das Hören auf sein Evangelium. Jesu Evangelium ist vor allem die Kunde vom Kommen und der Nähe des Gottesreiches, also von einer Beziehung, in die wir Menschen damit gestellt werden und die unser Leben verändert. „Es ist da, indem man es sich nah sein lässt, seiner Nähe sich öffnet, und genau dies Ergreifen des Kommenden und im Ergreifen es kommen lassen bzw. sich davon ergreifen Lassen ist der Glaube: ein Sich-ein-Lassen ins Kommende, sich Überlassen an sein Kommen."[38] In diesem Geschehen durch Jesus und das von ihm bezeugte nahe kommende Gottesreich, in das nun auch der Hörende und so Empfangende hinein gerät, „bringt sich hier Gott selber hervor".[39] Und darin wird dem Glaubenden wie sichtbar und wie gegenwärtig, was dem Außenstehenden und nur Beobachtenden immer unsichtbar, verborgen und zukünftig bleiben muss. Der Konjunktiv wird zum Indikativ – was aber stets nur in der Haltung der Empfangenden wirklich wird und nicht der Besitzenden. Christlich, neutestamentlich, reformatorisch ist Glaube nicht das, was ich für meine eigene Identität halte und ihr entsprechende Performanz gebe, sondern Glaube ist, sich dem zu überlassen, der und was mir in Jesus Christus begegnet.[40]

---

uns nicht erkannt werden und gehe uns nichts an. „Aber soweit er sich durch sein Wort, durch das er sich uns dargeboten hat, umkleidet und bekannt gemacht hat, haben wir mit ihm zu schaffen" und nach seinem „Wort müssen wir uns richten" (WA 18,686, zitiert nach K. Aland, Luther deutsch Band 3, S. 247f.). So muss man den Blick wenden vom verborgenen zum offenbaren Gott, und an den muss man sich halten, der uns sein Bild von sich gibt in Christus und seinem Evangelium. Steht damit aber nicht auch der Gedanke im Raum, dass Gott eine abweisende Seite hat und Menschen auch im Unglauben einschließen kann? Zwar ist dieser Gedanke gewissermaßen nicht zulässig, weil er sich an Gottes dunkler Seite orientiert, orientieren soll man sich aber nur an Gottes heller Seite. Hier geraten wir durchaus an Grenzen.

[37] Filaret von Moskau erläutert in seinem orthodoxen Katechismus nach Hebr 11,1 den Glauben als die Ausrichtung des Menschen auf das, was er hofft und nicht sieht; dem Glauben geht es darum, im Unsichtbaren zu leben, „als ob es sichtbar wäre" und in dem von Gott Verheißenen und „Erwarteten, als ob es gegenwärtig sei." (Ausführlicher christlicher Katechismus, Hg. Martin Tamcke, Berlin 2015, S. 11)

[38] Joachim Ringleben, Jesus, Tübingen 2008, S. 128

[39] Ringleben aaO S. 129

[40] Dazu Gunda Schneider-Flume, aaO: „Das Verständnis des Glaubens als entschlossenes Fürwahrhalten verstellt den Zugang zum biblischen Glaubensverständnis gerade dadurch, dass es das glaubende Ich nur an sich selbst und seine Subjektivität verweist. Nach biblischem Verständnis ist Glauben ein Geschehen, das Menschen von außen Lebensvertrauen und Festigkeit zuspielt,... Insofern entsteht das Ich des Glaubens erst / im Glauben selbst. Deshalb gilt das paradoxe Bekenntnis: `Ich glaube, hilf meinem Unglauben!´(Mk 9,24)" (Seite 13f) Der Glaube „kommt": Paulus, Römer 10,17! „Dieser Glaube hat seinen Grund und seine Grenze im Wissen und nicht in der menschlichen Urteilsfähigkeit, sondern allein in der ihn provozierenden Macht Gottes. Deshalb gehören, wie Luther sagt, Glaube und Gott zuhauf." (Seite 14) Zu Markus 5,34, der Berührung Jesu durch die blutflüssige Frau, der Jesus sagt: „Dein Glaube hat dir geholfen": „Glauben bezeichnet hier ein von Jesus provoziertes Vertrauen auf Heilung, auf Überwindung der Not. Nicht ihr Fürwahrhalten oder Bekennen hat die Frau gerettet, sondern die von Jesus ausgehende Provokation zum Vertrauen." (Seite 15) „Das Vertrauen kann nicht gegen das dem Glauben eigentümliche Wissen ausgespielt werden, vielmehr gehören Glaubensvertrauen und Glaubenswissen zusammen und begründen das Geschehen, durch das Menschen aus sich selbst herausgeholt und auf etwas außerhalb ihrer selbst bezogen werden, so dass sie sich darauf verlassen können." (Seite 15) Was Glaube genannt wird, das ist die „penetrante Beharrlichkeit",

Glaube lässt sich nicht definieren als eine Zustimmung zu einem Dogmenbestand oder eine Art Kirchentheorie – die werden beide sogar völlig irreführend, wenn sie übersehen: zuerst und allem voran geht es hier als Glaube um eine Interaktion[41] im Vertrauen zu Gott. In diese Interaktion werde ich einbezogen dadurch, dass in Jesus Christus und in dem in ihn bezeugenden Evangelium die Lebens- und Heilsmacht Gottes an mich andrängt und mich in sie hinein verwandelt. Tätiges Subjekt dabei ist und bleibt Gott, zugleich geht es dabei ganz und gar um den Menschen, der wahrnimmt, empfängt, bestätigt und in der so empfangenen Kraft und Orientierung sein neues Leben zu leben beginnt.

Sünde ist entsprechend die Verweigerung der Wirklichkeit Gottes durch den Menschen. Sie ist fundamental und wird in der Regel vom Menschen nicht einmal erkannt, vielmehr der Sündenbegriff auf die Tatsünden reduziert. „Denn das ist gewisslich wahr, dass kein Mensch seine rechten Hauptsünden sieht, als da ist Unglaube, Verachtung Gottes, dass er nicht Gott fürchtet, ihm vertraut und ihn liebt, wie es wohl sein sollte, und dergleichen Sünde des Herzens, da die rechten Knoten drinnen sind."[42]

Das ist ja Exorzismus! Glaubst du das?

Nicht nur ganz nah dran, ganz mittendrin befindet sich der „besessene Knabe" aus Markus 9. Er steckt mittendrin in einer Abhängigkeit, der er nichts entgegenzusetzen vermag – nicht er selber hat sein Leben in der Hand, eine andere Macht, über die er selber nicht verfügt, hat ihn fest im Griff – und das so fest, dass sein Leben immer mehr verdirbt und er in Todesnähe gerät. Jesus wird ihn aus dieser schlimmen Situation wieder ins Leben aufrichten. Das ereignet sich aber nun nicht in der Form einer Heilung, wie sie auch ein Arzt vollziehen würde. Jesus nimmt Kontakt auf mit dem Geist, dem Dämon, der den Kranken besetzt hat und vertreibt ihn aus seinem Inneren, verbietet ihm auch, wiederzukommen (9,25). Er wendet sich also in seinem heilenden Handeln hier nicht nur an den Kranken, nicht nur an seinen Begleiter, den Vater und dessen Umfeld. Er nimmt direkt Kontakt auf mit dem bösen Geist.

Dieser Vorgang ist für viele Menschen heute befremdend. Einen heilenden Jesus vermag man sich vielleicht noch vorzustellen, aber einen, der Exorzismus betreibt? Muss man als Christ also nicht nur an Gott glauben, sondern auch an böse Geister, an Dämonen und den

---

mit der die Frau in Mt 15,21-28 an Jesus dranbleibt und ihn bittet. Genau diese Art von Penetranz eignet auch Hiob, der allen Reden seiner Freude und der Tradition daran festhält, dass sein Retter lebt und ihm Recht schaffen wird, ihn erlösen wird. Gegen alles scheinbar fromme Gerede und die Ergebung in einen angeblichen Gotteswillen, der mit der Realität, wie sie nun mal ist, in eins falle, wehrt sich Hiob und begehrt gegen die erwartete Selbstbescheidung auf.

[41] Vgl. Traugott Koch, Jesus von Nazareth, der Mensch Gottes, Tübingen 2004, S. 137

[42] Martin Luther, Das schöne Confitemi, Aland Luther deutsch Band 7, S. 342; WA 31,I 148; siehe auch S. 354f = WA 31 I, 175: „Wohlan, die ganze Schrift sagt, dass Gott in allen seinen Werken wunderbar sei und nennt ihn den Wundertäter. Aber die Welt glaubts nicht, bis sie es erfährt, sondern ein jeglicher erdichtet in seinem eigenen Herzen von Gott, wie es ihn recht und gut dünkt, dass Gott so und so tun werde, zeichnen ihm so alle Worte und Werke vor, danach er sich richten müsse, keiner denkt bei sich: Lieber, wenn er so täte, wie ichs denke und begreife, so wäre es ja nicht wundersam; wie, wenn ers viel höher und anders machte, als ichs denke? Nein, da wird nichts draus, sagt Jes. 55,8, sie lassen von ihrem Denken nicht, sie zimmern und hobeln einen Gott, wie sie ihn gerne hätten. So muss Gott sich immer zimmern, meistern und führen lassen, von Anfang der Welt bis ans Ende. Den Eckstein, darauf er uns baut und zimmert, mag man nicht leiden." Und nichts anderes ist die Sünde und ihr Kern, dass man meint, sich Gottes bemächtigen zu können, womit man Mensch und Gott verkehrt. Und das noch oft genug unter dem Vorzeichen scheinbarer Frömmigkeit. Zugleich wird hier klar: So neu war Feuerbachs Projektionsthese wohl doch nicht!

Teufel? Als ich nach der Schulzeit anfing, mich mehr mit Glaubensthemen und der Bibel zu befassen, vernahm ich aus der eigenen Familie heraus die Frage: „Glaubst du alles, was in der Bibel steht?" Nein, ich glaube nicht alles, was auf die unterschiedlichen Weltbilder zurückgeht, und es ist offensichtlich auch nicht alles in der Bibel historisch schlüssig und naturwissenschaftlich im Sinne unserer heutigen Erkenntnisse richtig. Man muss eben die biblischen Texte auch aus ihrer Zeit und Situation heraus verstehen. Es gilt zu erkennen, was ihnen im Kern ihrer Aussagen wichtig ist. Daran will ich mich durch zeitbedingte Stolpersteine nicht hindern lassen. Zugleich dürfen wir Heutigen uns selbst mit unserer ja auch begrenzten Perspektive nicht zum allein gültigen Maßstab machen. Ich bin also bereit, mich von den biblischen Sichtweisen auch wiederum selber in Frage stellen zu lassen.

Das, was in den alten Texten als Besessenheit geschildert und auf die Einwirkung böser Geister zurückgeführt wird, interpretieren wir heute anders. Wir sprechen von einer Krankheit, wie Epilepsie, an die die Beschreibung in Markus 9 erinnern. Zugleich wird deutlich, dass die Situation des Jungen über die körperlichen Phänomene hinaus reicht: „Indem der Geist den Knaben der Sprache beraubt, wird noch deutlicher, wie Menschen durch solche Krankheit ihres Personseins beraubt werden, die Fähigkeit zu sozialer Kommunikation verlieren, sich selbst entfremdet werden."[43] Zu den Aspekten organischer und psychischer Erkrankung treten individuelle, psychologische und soziale Aspekte hinzu. Der „Besessene" wird nicht nur durch ein Krankheitsbild eingeschränkt. Er selber verliert sein Leben aus der Hand: die Krankheit macht ihn ohnmächtig und er scheint ihr ausgeliefert, sie überfällt ihn förmlich, die eigenen Fähigkeiten reduzieren sich (er kann sich nicht mitteilen), er ist auf andere Menschen angewiesen (er kann für sich selber nicht sorgen), soziale Mechanismen gliedern ihn aus. In der Tat besitzt er sein Leben nicht mehr sondern ist von anderen Mächten besessen, die ihm zum einen schaden, zum anderen für ihn eintreten. Er selber und sein eigenes Handlungsvermögen verschwindet darunter. Diese Situation ist so schlimm, dass sie ursächlich mit dem Wirken eines bösen Geistes, der ihn sprachlos und taub macht, identifiziert wird.

Ganz gleich, ob man nun zusätzlich zu den individuellen, psychischen, medizinischen und sozialen Phänomenen noch eine dämonische Geisterebene dazu denkt oder nicht: es geht hier um ein Beherrschtwerden, um ein Leiden unter fremden Mächten, die sich eines Menschenlebens bemächtigen und es verderben. Ganz gleich, ob man die nun in einer geistigen Wesenheit personalisiert oder nicht: die Betroffenen sind solchen Mächten ausgeliefert und suchen Befreiung.

Wichtig ist: „Jesus lässt sich hier entschieden ein auf die Auseinandersetzung mit dem Bösen. Darin gibt er den Beteiligten Grund gegenan-zu-glauben und Raum gegenan-zu-leben gegen die Macht des Bösen."[44] Da die Dämonenaustreibung hier in einer Art Auferstehung endet, wird eine Parallele zum Weg Jesu angedeutet (Auferweckung) und bekannt: Jesus ist gekommen, die Werke des Bösen zu zerstören und Menschen zu befreien. Und wo das geschieht, da kommt das Reich Gottes zu den Menschen und befreit sie zu dem Leben, zu dem Gott sie geschaffen hat (vgl. Lukas 10,17-20; 11,17-20). Das ist nicht das von Gott autonome Leben, das wir dabei vielleicht im Kopf haben, aber es ist ein von den unser Leben bedrückenden und verderbenden Mächten befreites Leben, zuletzt ein vom Tod befreites Leben, in das Gott uns als seine „Kinder" hineinstellt. Darauf weisen die Exorzismen hin, und in dieser Perspektive machen sie eine

---

[43] Volker Weymann/Helen Busslinger, Zum Standhalten befreit, in: Anton Steiner/Volker Weymann (Hg.), Wunder Jesu, Bibelarbeit in der Gemeinde Bd. 2, Basel-Zürich-Köln 1984³, S. 91
[44] Weymann/Busslinger, aaO S. 89

für den Glauben wesentliche und grundlegende Aussage: Wir sollen keinen solchen Mächten überlassen sein (worin immer sie begründet und gefasst sind und woher immer sie ihre Macht haben), sondern in der Person Jesu, auf dem Weg durch Passion, Kreuz und Auferweckung tritt Gott selber uns zur Seite und führt uns ins Leben. Die Verkündigung des Evangeliums proklamiert, „dass mit dem Kommen und der Gegenwart Jesu das Ende der Knechtschaft unter den `Mächten und Gewalten´ für den Menschen angebrochen ist, der Tag seiner wahren und durch nichts mehr zu hindernden Freiheit."[45] Genau das ereignet sich hier an dem Jungen in Markus 9: aus der Lebenshinderung wird er in die Lage gebracht, sein Leben zu führen; der wie tot Scheinende wird aufgerichtet ins Leben; der dem Bösen verfallene und von ihm wie gelähmte, ohnmächtige Mensch wird von der ihn beherrschenden Macht befreit. Das ist das, worum es hier wesentlich geht. Würde man das wegstreichen, weil es in unser Weltbild nicht passt, da es mit Dämonen und Geistern verbunden wird, dann würde am Ende mehr wegfallen als die. Darum gilt es, gut und gründlich auch in diese uns zunächst widerborstigen Geschichten hinein zu hören. Und da die Mächte (auch Geister und Dämonen) hier als Überwundene hervortreten, hielte ich es für verkehrt, ihnen Glauben zu schenken. Ihnen zu glauben, hieße ihnen Macht zu geben, die soll ihnen doch gerade genommen werden! Anders herum: nicht mehr solche Situationen ins Auge zu fassen, die Menschen beherrschen und ihr Leben verderben, wäre unverantwortlich. Jesus stellt sich ihnen – und das gilt auch für uns: „Das Gottesreich … ist keine fertige und gesicherte Sache, sondern ist in einer offenen Machtprobe begriffen, die jetzt, mit Jesu Auftreten, Gottes Leben schaffende Macht eingegangen ist mit den nur allzu realen zerstörerischen Gewalten: eine Machtprobe, in die jeder, so oder so, mit engagiert ist."[46] Wer Augen und Ohren aufsperrt und sein Herz nicht verschließt, der weiß auch heute, wovon da die Rede ist! Und das gilt auch uns: aus dem Mittendrin in der Gottesferne und den als übermächtig empfundenen Situationen von Ausweglosigkeit und Ohnmacht soll ein Mittendrin werden in einem Leben, das wir als Menschen Gottes leben dürfen: voller Glauben, Hoffen und Lieben.

---

[45] Hans-Joachim Iwand, Predigtmeditationen 1, Göttingen 4. Aufl. 1977, S. 100 (zu Lk. 10,17-20)

[46] Traugott Koch, Jesus von Nazareth, der Mensch Gottes, Tübingen 2004, S. 144

III. Die Jahreslosung Markus 9,24 im Zusammenhang des Kapitels Markus 9
Das Kapitel Markus 9 als Verstehenshorizont für 9,24 wahrnehmen und verstehen

Um die Geschichte von der Geistaustreibung in Markus 9,14-29 im Zusammenhang des Evangeliums zu verstehen, ist natürlich das ganze 9. Kapitel zu betrachten.[47] Im ersten Vers 9,1 wird das Kommen des Reiches Gottes in Kraft (εν δυναμει, en dynamei) angekündigt. Worin besteht diese Kraft? Darauf lassen sich die in diesem Kapitel geschilderten Erfahrungen und Worte beziehen[48]: das Kommen des Gottesreiches wird (auch schon vor seiner Vollendung doch stets zugleich auch auf diese hin) erfahren

-   in der Herrlichkeit Gottes und seines Christus (2-8),
-   in der gewissen Hoffnung auf die noch verborgene, aber mit Christus beginnende Auferstehung von den Toten (9 13),
-   in der Austreibung der bösen Geister (Dämonen), die Menschen besetzen; dagegen schenkt die Macht des Gottesreiches Freiheit und Leben (14-29),
-   durch das Leiden des Menschensohnes, der in die Hände der Menschen gegeben wird (30-32),
-   in der Nachfolge des Dienens statt des Herrschens und der Achtung des Kleinen statt der Verherrlichung des Großen und Mächtigen (33-37),
-   im Achten der Kleinen und aller, die sich mit auf den Weg Jesu machen (38-42),
-   im Voranstellen des Gottesreiches und der ihm entsprechenden Haltungen gegen alles andere und Gott Widerstreitende auch im eigenen Leib und Leben (43-49).

Dieses Trachten, diese Orientierung machen das „Salz" aus, das abschließend benannt wird. Das Salz ist die Lebensweise, die das Leben im Gebet ganz von Gott empfängt und gestalten lässt. Dieses Salz haben Jesu Jüngerinnen und Jünger stets bei sich, und in dieser Weise leben sie miteinander im Frieden Christi.

Die Kraft (δυναμισ = dünamis), in der das kommende Reich Gottes von vielen, die Jesus zuhörten noch erlebt werden wird, muss sich also nicht nur auf die Vollendung dieses Reiches beziehen. Sie beschränkt sich auch nicht auf eine Art „Stetserwartung", in der das Ende dieser Weltzeit jederzeit einbrechen kann. Vielmehr gilt es hier einen doppelten Sinn wahrzunehmen: einmal in der Tat den Verweis auf die erwartete Vollendung, dann

---

[47] Und mehr: Der Leidensweg Jesu nach Jerusalem „beginnt mit dem Messiasbekenntnis des Petrus 8,27-30, der ersten Leidensankündigung Jesu samt den damit verbundenen Konsequenzen 8,31-9,1, und der Verklärung Jesu 9,2-13. Diese wird beendet mit einer etwas ratlosen Diskussion der drei Jesus begleitenden führenden Jünger: `Was ist das, auferstehen von den Toten?´ (9,10) Daran schließt sich, wieder zurück in den Dörfern bei Cäsarea Philippi, unsere Geschichte von der `Heilung eines besessenen Knaben´ an (9,14-28), bevor es heißt: `Und sie gingen von dort weg und zogen durch Galiläa´ (9,30) und Jesus zum zweiten Mal sein Leiden ankündigt." (Jürgen Reichel-Odié, Predigtmeditationen Plus, 17. So. n. Tr., zur Perikopenreihe III, Wernsbach 2016, S. 340)
„Nachfolge ist das Thema des durch die drei Leidensankündigungen strukturierten und von zwei Blindenheilungsgeschichten gerahmten Abschnitts Mk 8,27 bis 10,52, auf dem die Jünger bis zuletzt um das Verstehen des ins Leiden und an das Kreuz führenden Wegs des Gottessohnes sichtbar und hörbar ringen." (Michael Werner, Alles möglich?, in: a&b. Für Arbeit und Besinnung. Zeitschrift für die evangelische Landeskirche in Württemberg Nr. 17/2017, S. 10-16 , hier S. 11)
[48] Guttenberger bezieht es – formal also anders aber inhaltlich dazu durchaus in einer gewissen Nähe – auf die Christologie: „Es geht darum, wer Jesus ist, wie sich seine Hoheit zu seinem Leidensgeschick verhält und welche Folge dies für sein Wirken im Volk hat." (Zur Einführung zu Mk 9,2-29, S. 207.)
(Gudrun Guttenberger, Das Evangelium nach Markus, Zürcher Bibelkommentar NT 2, Zürich 2018, S. 207; im Folgenden zitiert als Guttenberger, Markus) – vgl. auch Dieter Lührmann, Das Markusevangelium, HNT 3, Tübingen 1987, S. 94f.: Die Frage „wer ist dieser?" muss schließlich von Jesus selbst beantwortet werden!

aber auch das Geschehen in der Zwischenzeit bis dahin, in der das herandrängende Reich auch schon wirkt – es wirkt dabei wesentlich eben auch die Erfahrung der Herrlichkeit und der Befreiung, also: „mit Macht" oder „mit Kraft".[49]

Darum also beginnt auch dieses Kapitel so[50]:

(1) Und er sprach zu ihnen: Wahrlich, ich sage euch: Es stehen einige hier, die werden den Tod nicht schmecken, bis sie sehen das Reich Gottes kommen mit Kraft.

Im ursprünglichen Jesuswort wird freilich die Erwartung bestimmend sein, dass das Reich Gottes in seiner Vollendung auch zeitlich nahe ist.[51] Diese Erwartung ist nicht eingetreten – trotzdem haben die Zeugen dieses Wort nicht verschwiegen.

Als erste der machtvollen Wirkungen des sich nahenden Gottesreiches beschreibt Markus nun das Erlebnis der Jünger mit Jesus auf dem Berg, die so genannte „Verklärung".

(2) Und nach sechs Tagen nahm Jesus mit sich Petrus, Jakobus und Johannes und führte sie auf einen hohen Berg, nur sie allein. Und er wurde vor ihnen verklärt;

(3) und seine Kleider wurden hell und sehr weiß, wie sie kein Bleicher auf Erden so weiß machen kann.

(4) Und es erschien ihnen Elia mit Mose, und sie redeten mit Jesus.

(5) Und Petrus antwortete und sprach zu Jesus: Rabbi, hier ist für uns gut sein; wir wollen drei Hütten[52] bauen, dir eine, Mose eine und Elia eine.

---

[49] Vgl. etwas Julius Schniewind, Das Evangelium nach Markus, Göttingen 12. Aufl. 1977. Dass solche Dinge geschehen, die das kommende Gottesreich bezeugen und es machtvoll schon hier und jetzt erfahrbar machen, liegt daran, dass Jesus „selbst die Gegenwart der zukünftigen Himmelsherrschaft ist" (114). Hier ist nicht im Gegensatz „Ewigkeit- Zeit" gedacht und gesprochen, sondern „dieser Weltlauf – der andere Weltlauf" (116). Der kosmische Gegensatz des kommenden zum vergehenden Äon (Weltzeit) ist durch Jesus schon aufgebrochen, und Menschen geraten durch ihn in die Kräfte und Wirklichkeit des Kommenden hinein. In diesem Sinn ist die (bei Markus so nicht begegnende) Vaterunser-Bitte „Dein Reich komme" mit ihrem Zusatz „zu uns" zu verstehen: dass „dein Wille geschehe im Himmel wie auf Erden" und wir in unserem Leben schon das Geschehen des Gotteswillens erfahren und darin leben. In Christus ist der Ort des Glaubens gegeben, und seine Zeit ist immer jetzt!
Der „Glaube" bewegt sich damit, auch im Horizont der überlieferungsgeschichtlichen wie redaktionellen Fragen nach dem „Sitz im Leben", nicht nur auf den unterschiedlichen Ebenen des „historischen", besser: geschichtlichen Jesus, der Jünger, Evangelisten und der sich bildenden Gemeinden, sondern er empfängt sich aus einem all diesem Zeitlichen gegenüber positionierten Handeln Gottes, das Glauben schenkt und überhaupt erst möglich macht. Wir Menschen bilden zu diesem Geschehen ein „ungläubiges Geschlecht", das von sich aus solchen Glauben nicht zu fassen vermag (insofern alle Meinungen kritisch zu befragen sind, die davon ausgehen, „früher" sei den Menschen der Glaube leichter gefallen oder gar wie selbstverständlich gewesen; das gilt wohl nur in einem sehr rudimentären und oberflächlichen Sinn). „Den Gegensatz zum ungläubigen Geschlecht bildet nicht der glaubende Jesus", der wie ein wenn auch besonderer so doch gewöhnlicher Mensch unter anderen mit seinem Glauben ein anstiftendes und ausstrahlendes Beispiel (exemplum) gibt, „sondern der Gottessohn, der nicht mehr lange auf dieser Erde weilen wird (vgl. Mk 9,7)", so Joachim Gnilka, Das Evangelium nach Markus, EKK II/2, Zürich 1979, S. 47. Er ist der Menschen- und Gottessohn, der das Handeln Gottes verkörpert, der Christus, der eben nicht nur vorbildhaft auf die Spur einer imitatio setzt, die eine menschlich zu bewährende Aufgabe darstellt, sondern als Gabe ist er ein sacramentum, das den Menschen gegeben wird und in das sie aufgenommen werden. Dieses sacramentum ist freilich „Gegenstand" und Kraft des Glaubens, das als solches historisch-kritisch nur als von Menschen Geglaubtes hervortreten kann und sich selber dem objektivierenden Zugriff entzieht.
[50] Hier und im Folgenden (wenn nicht anders angegeben): Markus 9 , Luther-Übersetzung Stuttgart 2016
[51] „Paraphrasiert besagt das Logion, dass die Königsherrschaft Gottes sichtbar für alle angekommen sein wird, noch zu Lebzeiten von Zeitgenossen Jesu." Guttenberger, Markus, S. 207 (Gudrun Guttenberger, Das Evangelium nach Markus, Zürcher Bibelkommentare NT 2, Zürich 2018, S. 207; im Folgenden zitiert als Guttenberger, Markus)
[52] Guttenberger, Markus S. 207, spricht von drei Zelten; „eine unaufwendige kleine Behausung, eigentlich ein Zelt, aber auch eine Hütte", „vielleicht stehen die Laubhütten im Hintergrund (Lev. 23,42)" (213)

(6) Er wusste aber nicht, was er redete; denn sie waren verstört.

(7) Und es kam eine Wolke, die überschattete sie. Und eine Stimme geschah aus der Wolke: Das ist mein lieber Sohn, den sollt ihr hören![53]

(8) Und auf einmal, als sie um sich blickten, sahen sie niemand mehr bei sich als Jesus allein.

(9) Als sie aber vom Berg herabgingen, gebot ihnen Jesus, dass sie niemandem sagen sollten, was sie gesehen hatten, bis der Menschensohn auferstünde von den Toten.

Die Begebenheit endet im Schweigegebot Jesu an die Jünger: nur nach Leiden, Sterben und Auferstehen Jesu[54] lässt sich die Bedeutung der Auferstehung und die Erfahrung der göttlichen Herrlichkeit wie in dieser Szene im rechten Zusammenhang verstehen.[55] Die Jünger missverstehen sie auch sogleich in der Weise, dass sie dort, wo „gut sein" ist, sich niederlassen wollen und für die himmlischen Personen Hütten bauen. Das Vorhaben ist aus einer „Verstörung" geboren, in der Petrus nicht weiß, wie er in dieser Situation reden und handeln soll. Die Jünger erleben in dieser von Markus überlieferten Gestaltung die Bestätigung der Gottessohnschaft Christi durch eine Stimme aus der Wolke, die vermutlich Gott verbirgt und darum als Gottes Stimme zu verstehen ist. Christus – für sie also: Jesus – ist der, den sie hören sollen. Die Wirklichkeit des Christus ist ihnen zu dieser Zeit ebenso verborgen wie die sie verwirrende Rede von der Auferstehung.

---

[53] Guttenberger, Markus S. 214, hört hier Dtn./5. Mose 18,15 anklingen. Überhaupt muss man bei der Gestaltung der Evangelien-Erzählungen das Erste Testament, vor allem auch die Mose-Geschichte und etliche Psalmen, mit „im Kopf haben".

[54] Johannes Schreiber (in: Theologie des Vertrauens, Eine redaktionsgeschichtliche Untersuchung des Markusevangeliums, Hamburg 1967) fasst zusammen (S.114) : „Die Auferstehung Jesu, die Erhöhung des Gekreuzigten, ist also nicht am Kreuz vorbei zu erkennen. Kreuz und Auferstehung Jesu gehören unauflöslich zusammen, weil sich so Gottes Wille zum Leben (3,4) in der Liebe (12,29ff) letztgültig auf seine äußerste und größte Möglichkeit hin offenbart hat. An diesem Zusammenhang liegt dem Evangelium alles, weil seine Verkündigung von daher ihre Kraft und lebensnahe Bedeutung nimmt: Nur wer den Leben und Liebe schaffenden und fordernden Gott in der Gestalt des Gekreuzigten erkennt und deshalb diesen Gekreuzigten als Gottessohn bekennt und die Kreuzestheologie gehorsam im Glauben bejaht, erfährt die Auferstehung, das Leben, die Liebe, die Wirklichkeit des nicht mit Händen gebauten, im Kreuz Christi gegründeten neuen Tempels. Wer hingegen dem Leiden um Jesu und des Wortes willen ausweicht und das Evangelium verleugnet, hat keinen Anteil an der Auferstehung Jesu."

[55] Dazu „klassisch" William Wrede, Das Messiasgeheimnis in den Evangelien, 1901. Ulrich Luz, Das Geheimnismotiv und die markinische Christologie, ZNW 56/1965, S. 9ff. Philipp Vielhauer, Geschichte der urchristlichen Literatur, Berlin 1975: „Durch redaktionelle Mittel hat Mk der Darstellung einen der wichtigsten theologischen Gedanken aufgeprägt, den des sog. `Messiasgeheimnisses´ oder neutraler gesagt: die Geheimnistheorie. Es geht dabei um den Textbefund, dass Jesus seine Würde und Macht (seine `Messianität´), obwohl er sie offenbart, zu seinen Lebzeiten geheimhalten will und ihre Kundmachung erst für die Zeit nach seiner Auferstehung befiehlt (9,9), … " Neben Wrede verweist Vielhauer vor allem auf T. A. Burkill, Mysterious Revelation. Wesentlich scheint mir aber die zustimmende Aufnahme dieses Zitates von H. Conzelmann: „Es handelt sich um die echte Dialektik des Rückblicks. In ihm begreift der Glaube, dass er selbst nur durch Offenbarung, welche den Ostersachverhalt einschließt, möglich ist, zugleich aber auch, dass nicht zu glauben immer Schuld war und aus Verstockung erwuchs. Ist also die Anschauung leitend, dass das Verstehen von Jesus zu Lebzeiten angebahnt und dass es durch die Auferstehung endgültig erschlossen ist, dann ist das Geheimnis die marcinische Darstellung der *Kontinuität* zwischen den beiden Epochen, entworfen aus einem Gesamtverständnis von Offenbarung: von Jesus her war sie immer schon `Offenbarung´, und eben dieses Prae wird uns durch Ostern einsichtig. Jetziges Verstehen kommt also bei Markus zu sich selbst im Rückblick auf Jesus, aber – anders als bei Lukas – so, dass es die historische Distanz sofort als von *dort* her überbrückt begreift." (Vielhauer S. 343, original ZThK 54,1957, S. 295)

(10) Und sie behielten das Wort und befragten sich untereinander: Was ist das, auferstehen von den Toten?
(11) Und sie fragten ihn und sprachen: Sagen nicht die Schriftgelehrten, dass zuvor Elia kommen muss?
(12) Er aber sprach zu ihnen: Elia soll ja zuvor kommen und alles wieder zurechtbringen. Wie steht dann geschrieben von dem Menschensohn, dass er viel leiden und verachtet werden soll?
(13) Aber ich sage euch: Elia ist gekommen, und sie haben ihm angetan, was sie wollten, wie von ihm geschrieben steht.

Die Jünger konfrontieren Jesus mit der jüdischen Tradition, nach der vor dem Kommen des Messias/Christus der Prophet Elia kommen müsse. Die Erwartungen aus Jesaja 53, Daniel 7 und Maleachi 3,23 stehen in ihrem Bewusstsein noch für sich und sind nicht auf den Wanderprediger aus Nazareth bzw. Johannes den Täufer bezogen.[56] Es begegnet also auch hier das Unverständnis der Jünger und ihr geringer Glaube, der erst durch die Begegnung mit dem Auferweckten auf eine andere Stufe gehoben werden wird. Noch rätseln sie und verstehen dies und das überhaupt nicht.
Die Erfahrungen, deren Kern darin besteht, dass Jesus den Jüngern und auch anderen Menschen Glauben zuspielt, Glauben als Vertrauen zu Gott, Glauben mit der Berufung, ein Leben in der Kraft der Herrlichkeit Gottes zu gewinnen, trifft zunächst bei den Menschen (auch den Jüngern) auf Unglaube, denn was Jesus spricht und wo er hinein nimmt, das erscheint einfach unglaublich.[57] Es verstört, es macht fassungslos, es ist nicht zu begreifen. Und: es zeigt den Jüngern, die sich darauf einlassen wollen, ihr Unvermögen, ihr Nicht-Können:

(14) Und sie kamen zu den Jüngern und sahen eine große Menge um sie herum und Schriftgelehrte, die mit ihnen stritten.
(15) Und sobald die Menge ihn sah, entsetzten sich alle, liefen herbei und grüßten[58] ihn.
(16) Und er fragte sie: Was streitet ihr mit ihnen?
(17) Einer aber aus der Menge antwortete: Meister, ich habe meinen Sohn hergebracht zu dir, der hat einen sprachlosen Geist.
(18) Und wo er ihn erwischt, reißt er ihn zu Boden; und er hat Schaum vor dem Mund und knirscht mit den Zähnen und wird starr. Und ich habe mit deinen Jüngern geredet, dass sie ihn austreiben sollen, und sie konnten's nicht.
(19) Er antwortete ihnen aber und sprach: O du ungläubiges Geschlecht, wie lange soll ich bei euch sein? Wie lange soll ich euch ertragen? Bringt ihn her zu mir!

---

[56] Christliche Glaubensbekenntnisse können nicht vorausgesetzt werden, sie sind vielmehr im Werden: im Geschehen zwischen Jesus und den Jüngern, im Zeugnis der Evangelisten, im Verständigungsprozess der frühen Gemeinden, im Werden des Kanon und der Bekenntnisse. Vgl. zu dieser Stelle Schniewind, aaO S. 118.
[57] Guttenberger verweist dazu auch auf die Irritation der erwarteten Zeitläufe, die die Jünger im Reflexionsgespräch mit Jesus zu klären suchen. (Markus S. 214)
[58] Auf dieses Grüßen werde ich nicht weiter eingehen, aber es zeigt sich darin sowohl eine gespannte Erwartung bezüglich dessen, was Jesus wohl vermag, als auch einer abwartenden Aufmerksamkeit, wer er wohl sei. Gerade auch im Kontext des Geheimnismotivs im Markusevangelium ist wahrzunehmen, dass ein merkwürdiges Grüßen Jesu auch von der Passion berichtet wird, konkret vom verspottenden Verhalten einiger gegen ihn im Prätorium: „Gegrüßet seist du, der Juden König!" (vgl. Guttenberger, Markus, S. 216)

(20) Und sie brachten ihn zu ihm. Und sogleich, als ihn der Geist sah, riss er ihn hin und her. Und er fiel auf die Erde, wälzte sich und hatte Schaum vor dem Mund.

(21) Und Jesus fragte seinen Vater: Wie lange ist´s, dass ihm das widerfährt? Er sprach: Von Kind auf.

(22) Und oft hat er ihn ins Feuer und ins Wasser geworfen, dass er ihn umbrächte. Wenn du aber etwas kannst, so erbarme dich unser und hilf uns!

(23) Jesus aber sprach zu ihm: Du sagst, wenn du kannst! Alle Dinge sind möglich dem, der da glaubt.

(24) Sogleich schrie der Vater des Kindes: Ich glaube, hilf meinem Unglauben!

(25) Als nun Jesus sah, dass die Menge zusammenlief, bedrohte er den unreinen Geist und sprach zu ihm: Du sprachloser und tauber Geist, ich gebiete Dir: Fahre von ihm aus und fahre nicht mehr in ihn hinein!

(26) Da schrie er und riss ihn heftig hin und her und fuhr aus. Und er lag da wie tot, sodass alle sagten: Er ist tot.

(27) Jesus aber ergriff seine Hand und richtete ihn auf, und er stand auf.

(28) Und als er ins Haus kam, fragten ihn seine Jünger für sich allein: Warum konnten wir ihn nicht austreiben?

(29) Und er sprach: Diese Art kann durch nichts anderes ausfahren als durch Beten. (einige Überlieferungen ergänzen: und Fasten)[59]

Bibeltext für den Kirchentag 1991, Markus 9,14-29[60]

(14) Als sie (Jesus, Petrus, Jakobus und Johannes, siehe Markus 9,2) zu den (anderen) Jüngerinnen und Jüngern kamen, sahen sie eine große Volksmenge um sie herum und Schriftgelehrte, die mit ihnen diskutierten.

(15) Sobald das Volk Jesus sah, erschraken alle in Ehrfurcht und liefen zu ihm und begrüßten ihn.

(16) Jesus fragte sie: Warum diskutiert ihr mit ihnen?

(17) Einer aus dem Volk antwortete ihm: „Lehrer, ich habe meinen Sohn zu dir gebracht, der einen sprachlosen Geist hat.

(18) Wo immer er ihn ergreift, wirft er ihn zu Boden. Er hat dann Schaum vor dem Mund, knirscht mit den Zähnen und wird starr. Ich habe deine Jüngerinnen und Jünger gebeten, dass sie ihn austreiben sollten, und sie hatten nicht die Kraft dazu."

(19) Jesus entgegnete ihnen: „Oh, du Generation ohne Glauben, wie lange werde ich bei euch sein? Wie lange werde ich euch ertragen? Bringt den Jungen zu mir."

(20) Sie brachten den Jungen zu ihm. Und als der Junge Jesus sah, riss der Geist ihn sofort hin und her. Und er fiel auf die Erde und wälzte sich und hatte Schaum vor dem Mund.

(21) Jesus fragte den Vater: „Wie lange leidet er schon daran?" Der sagte: „Von klein auf."

(22) Oft hat er ihn ins Feuer geworfen oder ins Wasser, um ihn umzubringen. Aber wenn du Macht hast, hilf uns und hab mit uns Erbarmen."

(23) Als Jesus entgegnete: „Was heißt denn: wenn du Macht hast? Alles ist möglich für die, die glauben."

(24) Da schrie der Vater des Kindes und sagte: „Ich glaube, hilf meinem Unglauben."

---

[59] Mit Gnilka, Mk, 49f, „muss der einfache Text `nur durch Gebet´ als ursprünglich gelten, weil eine Hinzufügung des Fastens plausibler ist als dessen Auslassung. Die Erweiterung ist aufschlussreich für eine sich ausbreitende asketische Haltung."

[60] Reiner Degenhart (Hg.), Geheilt durch Vertrauen, Bibelarbeiten zu Markus 9,14-29, München 1992, S. 9f.

(25) Als Jesus sah, dass das Volk zusammenlief, bedrohte er den unreinen Geist und sagte zu ihm: „Du sprachloser und tauber Geist, ich gebiete dir, geh aus dem Jungen heraus und nie mehr wieder hinein."
(26) Und der Geist schrie und schüttelte den Jungen sehr und fuhr aus. Und er lag wie tot da, so dass die Menge sagte, er sei gestorben.
(27) Jesus fasste seine Hand, richtete ihn auf, und er stand auf.
(28) Als Jesus nach Hause kam, fragten ihn seine Jüngerinnen und Jünger für sich allein: „Warum hatten wir nicht die Kraft, den Geist auszutreiben?"
(29) Jesus sagte zu ihnen: „Diese Art von Geist kann durch nichts ausfahren, nur durch Gebet."

Vom Berg und der mit ihm verbundenen Höhenerfahrung des Glaubens kommend, geraten die drei Jünger und Jesus in eine fast tumultartig scheinende Szene, in der sich die übrigen Jünger mit zahlreichen anderen, darunter auch die Schriftgelehrten, befinden. Der „Beschaulichkeit" der Bergerfahrung für die drei Jesus dorthin begleitenden Jünger folgt ein überraschendes Wechselbad in den Schwierigkeiten und Abgründen des Alltags. Nach Luther nimmt das Gestalt an in einem Streit, in der Version der Kirchentagsübersetzung in einer Diskussion. Beide Akzentuierungen haben ihr Recht. Das auch sonst in den Evangelien begegnende Streitgespräch ist für sich genommen keine Entgleisung der Kommunikation, sondern eine bewusste Form, in der Austragung von Gegensätzen und damit verbunden ihrer immer besseren, zutreffenderen Formulierung auf dem Weg der Wahrheitsfindung voran zu kommen. Dies kann durchaus die Emotionalität eines heftigen Streites erreichen, bleibt der Form nach aber an der Sache orientiert. Bleiben die beteiligten Parteien ebenfalls am Ziel dieser Kommunikationsform orientiert, ist dies nicht unbedingt ein Streit im Sinne unseres Sprachgebrauchs sondern der heftige Teil eines Diskurses. Darum ist durchaus von einer Diskussion zu sprechen. Andererseits – es handelt sich hier ja offensichtlich nicht um ein Geschehen auf einer reinen Sachebene, sondern die Menschen sind betroffen sowohl vom Leid des kranken Jungen als auch des Vaters. Und dann auch noch von der Unfähigkeit der Jünger! Obwohl auch von ihnen wie von Jesus bekannt war, dass sie Menschen von Dämonen befreien konnten (Mk 6,13), versagen sie in diesem Fall. Es entsteht also eine umfassende Ohnmachts- und Enttäuschungserfahrung, wo doch Heil und Heilung erhofft wurden. Wie man in solcher Betroffenheit rein sachlich diskutieren könnte, das ist mir schleierhaft. Insofern gibt keine der Übersetzungen den Vorfall vollständig treffend wieder. Es ist weder ein Streit, bei dem jeweilige Sichtweisen und Interessenlagen zum Ausgleich gebracht werden könnten oder als unvermittelbar stehen blieben, denn alle Beteiligten sind mit ihrem eigenen Leid und Unvermögen konfrontiert. Noch ist es eine Diskussion, die eine Art Sachverhalt klären könnte – hier steht kein Sachverhalt zur Diskussion, hier schreit das Leiden von Menschen nach einer Lösung. Man kann sich jedenfalls die Heftigkeit der Szene gut vorstellen.
Jesus fragt nun nach dem Grund für die tumultartige Szene. Da meldet sich der Vater des Jungen zu Wort, um dessen Heilung (bzw. Befreiung von der Besessenheit)[61] er die

---

[61] Krankenheilung oder Exorzismus? Dschulnigg, Mk. S. 252, nimmt weder eine Heilungsgeschichte noch eine Mischgattung an sondern spricht klar von einer Exorzismuserzählung, der vierten und letzten bei Markus (zuvor 1,23-28; 5,1-20; 7.24-30). Kann die Frage nach der Gattung vernachlässigt werden? Die Fokussierung auf die Frage nach dem Glauben könnte dazu verleiten, das hier als nachrangig einzustufen. Dass man es dennoch nicht tun sollte, und zwar ausgesprochenermaßen gerade im Hinblick auf die eigenen Haltungen und Praxis, dafür verweise ich auf die ausführliche Arbeit von Ulrich Bach: „Die Wunderheilungen

Jünger angegangen hatte – „und sie konnten's nicht." Diese Mitteilung lässt Jesus zornig werden: er empört sich über den Unglauben dieses Geschlechtes (vgl. V. 1). Damit ist wohl nicht ein Geschlecht über Generationen hin gemeint, eine bestimmte Sippe, Gruppe von Menschen oder Ähnliches, sondern das zeitlich gesehene Geschlecht als Generation.[62] „Sie sind ein Geschlecht, das Gottes Volk sein sollte, aber Gott das Vertrauen verweigert"[63] und sich nicht vertrauensvoll unter den Flügeln göttlicher Liebe und Obhut sammeln lässt – das hatte Jesus doch tun wollen, „aber ihr habt nicht gewollt" (Mt 23,37; das gilt aber eben nicht nur für die Menschen in Jerusalem). Unter der Perspektive des Unglaubens werden nun Jünger wie die Volksmenge (wohl auch die Schriftgelehrten eingeschlossen) miteinander betrachtet. Beide Gruppen geben Jesus zu tragen durch ihren Unglauben gegen das, was Gott tut.

In Zorn und Enttäuschung über das Missverstehen wendet Jesus sich freilich nicht von den Menschen ab, macht gleichwohl deutlich, wie unerträglich ihm dies Verhalten ist. Er fordert dann aber auf, den Jungen zu ihm zu bringen. Jesus erträgt den Unglauben der Menschen und wendet sich ihnen dennoch zu, worin sich sowohl ein Grundzug seiner gesamten Wirksamkeit zeigt als auch schon das Kreuz sich andeutet.

Jesus weicht nicht aus. Er erklärt auch nicht, angesichts solchen Unglaubens könne auch er nichts mehr machen.[64] Er stellt sich und fordert auf: „Bringt ihn her zu mir!"

---

nach Markus 1 und 2 und unser `theologischer Sozialrassismus'", in: ders., Getrenntes wird versöhnt, Neukirchen-Vluyn 1991, S. 40-118. Krankheit, Endlichkeit, Sterblichkeit gehören zu diesem irdischen Leben dazu und werden von Jesus nicht generell aufgehoben. Darum dürfen Kranke und Menschen mit Behinderung nicht dämonisiert werden. Jesus ist kein Bündnispartner für unsere „Gesundheitsreligion".

[62] Vom Wort her wäre beides möglich, vgl. Walter Bauer, Wörterbuch zum NT, Berlin 1971, Sp. 305

[63] Schniewind, aaO S. 120

[64] „Da kann man nichts machen, ist der gottloseste aller Sätze" soll Dorothee Sölle gesagt haben. Sie verweist auf das Ineinander von Beten und Kämpfen – an verschiedenen Stellen. In einer Predigt zu Jakobs Kampf am Jabbok 1. Mose 32,23-32 sagt sie: „Beten und Kämpfen gehören zusammen, aber auch, wenn wir nur beten, ändert sich etwas. Ich glaube das immer mehr, obwohl ich nicht daran glaube, dass Gott von oben herunter Hokuspokus inszeniert. Aber ich glaube, dass das Gebet eine geistige, seelische Kraft ist, die etwas vor Gott bringt, und es ändert sich etwas. Der Segen geschieht. Eines Tages erkennen wir diesen fremden und unbekannten Dämon, der uns überfällt" und mit dem Jakob in der Morgenfrühe ringt „als den Gott, der uns liebt, der bei uns und in uns sein und wohnen will in unseren Herzen und nicht nur in der Kirche, sondern hier, wo wir selber lernen, denken und fühlen." (Sölle/Steffensky, Löse die Fesseln der Ungerechtigkeit, Predigten, Stuttgart 2004, S. 227) Ich nehme das Nichtglauben an ein „von oben herunter Hokuspokus" nicht als Unglauben, sondern als ein sich Ausstrecken nach dem Glauben, nämlich nicht das Fürmöglichhalten eines wunderhaften Handelns an Menschen, Zusammenhängen und Bedingungen vorbei, das uns auch unverändert lassen könnte (ich glaube das nicht immer wieder auch unsere geheime oder auch offensichtliche `Hoffnung'?: alles wird gut, aber ich muss nichts daran tun und auch nichts ändern, schon gar nicht bei mir selber, also: Wunder können so bequem sein!), vielmehr nach einem Aufbruch, der uns und unser Umfeld mit verwandelt. Wir und unser Leben sind also mit drin. Gerade so verstehe ich auch Sölles Hinweis auf Reinhold Schneider in Mystik und Widerstand (München 2000³ S. 200), den sie zitiert: „Beten über den Glauben hinaus, gegen den Glauben, gegen den Unglauben, gegen sich selbst, einen jeden Tag den verstohlenen Gang des schlechten Gewissens zur Kirche – wider sich selbst und wider eigenes Wissen – solange dieses Muss empfunden wird, ist Gnade da; es gibt einen Unglauben, der in der Gnadenordnung steht." (Winter in Wien, S. 233f.) Und S. 201 (Tagebuch S. 196): „Unsere Aufgabe wäre: dem Unglauben an die Macht den Glauben der Machtlosigkeit entgegenzusetzen."
Im Zusammenhang von Maria und Martha (Lukas 10,38-42) kommt Sölle auf Emmanuel Levinas zu sprechen, mit zwei heraus stechenden Zitaten: „Gott kennen heißt wissen, was zu tun ist" und „Die Ethik ist nicht die Folge der Gottesschau, sie ist diese Schau selbst" (Mystik und Politik S. 251). Widerständiges Tun ist folglich kein Werte-Handeln, wie man angeblich aus einem geglaubten Wert ein Handeln folgert, sondern, wie Sölle sagt, die Mystik selber lebt darin. Werte und ihre angebliche Handhabung schieben sich immer zwischen die Menschen und das unmittelbare Leben. Doch nur in dem ist der Mensch lebendig. Das ist derselbe Unterschied wie ungut auf einem Sitzmöbel sitzen oder wie angegossen in ihm. Vielen

Als der Dämon (im Griechischen steht Pneuma[65], d. h. Geist) Jesus erblickt, reißt der den Jungen „hin und her. Und er fiel auf die Erde, wälzte sich und hatte Schaum vor dem Mund." Das hat man oft als Hinweis auf eine vorliegende Epilepsie verstanden. Doch bereits in der Antike hat man diese Krankheit nicht nur als eine „heilige" und geistig zu betrachtende gesehen sondern durchaus auch in ihrer leibhaften, natürlichen Krankheitsdimension[66]. So wird man sich hier nicht einfach auf Epilepsie beschränken dürfen und sich mit dieser „Diagnose" voreilig zufrieden geben. Martin Leutzsch nimmt einen weiteren Verstehensraum an. Zur schon antiken medizinischen Sicht auf die Epilepsie[67] passt nicht „das Sich-Wälzen des Patienten und die Taubheit. Auch das seltsame Trocken-, Dürr- oder Starrwerden, von dem wir nicht wissen, was genau damit gemeint ist, begegnet in der antiken Fachliteratur zum Thema nicht. Das heißt: die Epilepsie-Diagnose passt weitgehend, aber doch nicht ganz."[68]

Dieser Aspekt ist mir wichtig, weil er uns helfen kann, nicht dem Irrglauben zu verfallen, über ein vermeintliches Wissen irgendwie doch Herr über eine Situation werden zu können, die rätselhaft ist und irgendwie auch bleibt. Diese Rätselhaftigkeit und Vieldimensionalität ist auch im Hinblick auf heute von Krankheit betroffene Menschen durchzuhalten – auch wir sind nicht die, die alles wüssten oder gar könnten. Und entsprechende Erwartungen etwa an die Medizin erweisen sich auch in unserer Zeit als trügerisch. Und auch von solchem Trug können Menschen besessen sein! Doch viele suchen auch heute Heil und Heilung und nicht nur ein sozial funktionales und naturwissenschaftlich machbares Gesundwerden. Es gilt nicht (nur) Krankheiten zu heilen sondern eben: Menschen![69]

Menschen scheint mir ihr Glaube schlicht „ungemütlich" zu sein, weil sie meinen, in ihm Fremdes handhaben zu sollen statt zu sich selbst zu finden. So will auch Gott nicht, dass wir auf ihm Platz nehmen, sondern in ihm leben – und darin zu dem Leben finden, zudem er uns geschaffen hat. „Gott lebt nicht starr, selbstgenügsam und ruhend in seinem Sein, sondern sein Wille, sein Reich zu bauen, ist, was wir von ihm wissen können, sein Wesen." (S. 251) Das entspricht der aus der Gesamtheit unseres Markustextes zu entnehmenden Weisung, das Gebet V. 29 nicht als Methodik misszuverstehen sondern als Haltung und Lebensweise nicht nur zu nehmen sondern auch anzunehmen.

Zu Maria und Martha vgl. auch die oben angegebene Predigtsammlung mit Fulbert Steffensky S. 92-96

[65] Für πνευμα (pneuma) ist eine vielfache Verwendung und Bedeutung belegt, der Begriff scheint inhaltlich oder normativ nicht festgelegt. Er kann sowohl etwas (auch eine Macht) ausdrücken, das Teil des Menschen ist als auch eine ihn erhaltende und lebendig machende Kraft, die von außen in ihn eingeht – Pneuma kann aber auch eine ihn belastende, versklavende, ja zerstörende Macht beinhalten, die ihn von außen her besetzt. Vgl. Walter Bauer, Wörterbuch zum NT, Sp. 1338-1346

[66] Dazu: Lührmann S. 161, Gnilka S. 49

[67] „In der hippokratischen Medizin wurde die religiöse Interpretation der Erkrankung zurückgewiesen. Ein wirksames Heilmittel war in der Antike nicht bekannt." Guttenberger, Markus, S. 218

[68] Martin Leutzsch, Umgang mit Beeinträchtigung, in: Hg. Reiner Degenhardt, Geheilt durch Vertrauen, München 1992, S. 35-48, hier S. 38; dagegen Gnilka S. 49. – Nichts machen können: vgl. Mk 6,5, wo geschildert wird, dass der Unglaube der Leute das Wirken Jesu hindert, wenn auch nicht völlig unmöglich macht. Außer in den Kapiteln 6 und 9 werden bei Markus in 16,14 die Jünger wegen ihres Unglaubens gescholten: „Zuletzt, als die Elf zu Tisch saßen, offenbarte er sich ihnen und schalt ihren Unglauben und ihres Herzens Härte, dass sie nicht geglaubt hatten denen, die ihn gesehen hatten als Auferstandenen." Das Nichtverstehen der Jünger und ihr Unglaube sind und bleiben also ein sich durchziehendes Thema bis in die Auferweckung hinein!

[69] Mancherlei Ausführungen über die angeblich hier vorliegende Epilepsie in den Arbeiten zu unserem Text möchte ich also befragen: was soll das? Was hilft uns diese „Diagnose"? Ein wirkliches, völliges Verstehen der Situation bietet sie eben doch nicht. Für uns Heutige ermöglicht sie eine Distanzierung: Damals glaubten sie halt an so was wie Besessenheit, heute sind wir zum Glück darüber hinweg. Damit droht man aber auch die Überlegung abzuschneiden, was sich in der Rede von Besessenheit als menschliche Grundwirklichkeit auch zeigen könnte und was auch wir keinesfalls leichtfertig abtun sollten. Dass unsere

Versucht man sich ein grundlegenderes Bild von der Situation des Jungen zu machen, erfährt man:

- „Er hat einen sprachlosen Geist"[70], später ist auch noch von einem tauben Geist die Rede. Der Junge befindet sich also in einer äußerst eingeschränkten sozialen Situation, vielleicht gar (zumindest zeitweise) kommunikationsunfähig bis zum Erleben von Isolation.
- Er erleidet offenbar Anfälle, bei denen er umgerissen wird, zu Boden fällt, Schaum vor dem Mund bekommt, mit den Zähnen knirscht – danach liegt er da wie tot.
- Er wälzt sich und wird starr.
- Diese Zustände begleiten ihn von klein auf.
- Immer wieder sind lebensbedrohliche Situationen aufgetreten, wenn der Junge im Zustand eigener Willenlosigkeit ins Wasser oder Feuer geworfen wurde. An ihm wirkt somit eine lebensbedrohliche Macht.

Mit den reinen Krankheitssymptomen treten also noch andere Bedeutungen oder Dimensionen der Erkrankung auf: das ist zum einen die Objektivierung dieses Menschen durch eine ihm fremde Macht, es geschieht etwas mit ihm, worüber weder er selber noch seine Angehörigen Macht haben; das ist zum zweiten die Erfahrung von Isolation, Hilflosigkeit, vielleicht auch Verdächtigungen, warum es so kommt[71]; zum Dritten ist es

---

Kultur, Wissenschaft und Gesellschaft in diesen Dingen grundsätzlich anders denkt und empfindet als die Menschen zur Zeit Jesu, das ist dabei eine Binsenweisheit. Aber man muss es konkret fassen. Darüber betrügt sich leicht hinweg, wer meint, mit dem Nennen des Begriffs „Epilepsie" die Situation grundlegend erhellt zu haben. Vielmehr stellen sich auch gerade damit viele Fragen.
Guttenberger weist hin auf eine andere traurige (gewissermaßen voraufklärerische) Dimension der Rezeptionsgeschichte: Die habe „viel Leid über von Epilepsie betroffene Menschen gebracht, weil auf ihrer Grundlage Epilepsie für viele Jahrhunderte als Form von Besessenheit interpretiert wurde. Die Erzählung wurde zur Legitimierung von Gewaltanwendung gegen Betroffene." (Markus S. 214) Zu Origenes, der aus unserer Stelle heraus den Dämonenglauben gewissermaßen „dogmatisiert" (darin sollte man ihm gewiss nicht folgen!), vgl. Auch die zu Recht ablehnende Position Gnilkas, Mk, S. 51.
[70] „Stummsein ist vielleicht nicht die schlimmste von allen Teufeleien, die den Menschen befallen können, aber eins ist sicher: dass wir aufs tiefste erschrecken, wenn wir bemerken müssen, dass ein Mensch nicht mehr redet, vielleicht weil er nicht kann oder auch weil er nicht will. Wir erschrecken, weil uns auf einmal bewusst wird, dass zwei Dinge zusammengehören, das Wort und der Mensch, oder ich könnte auch sagen, das Wort und das Leben." (Hans Joachim Iwand, Predigten, NWNF 5, Gütersloh 2004, S. 282f.)
„Und es … gibt auch ein Stummsein anderer Art, das nicht so auffällt, nicht düster und dämonisch wirkt, ein Stummsein unter allerlei Art von Geschwätz und Gerede, so, wenn wir Menschen begegnen in unseren Geschäften und gesellschaftlichen Verpflichtungen, vermummt und verkleidet unter allerlei Titeln und Würden und Funktionen, `jeder treibt sich an dem anderen rasch und fremd vorüber und fragt nicht nach seinem Schmerz´. Das ist ein nicht weniger beängstigendes, nicht weniger bedauernswertes Stummsein mitten in dem Leben, das wir alle miteinander führen." (Iwand, aaO S. 283)
„Es gibt Regionen, in denen nur geredet wird um zu verbergen, in denen das Wort seiner eigentlichen Bestimmung entkleidet – nicht mehr offenbaren sondern verhüllen, verbergen, verdecken muss." Wir führen ein Schauspiel auf vor den anderen Menschen (vielleicht auch vor uns selbst), „damit sie nicht merken, dass es sich bei diesem Maskenspiel, was die Menschen miteinander treiben, um einen Totentanz handelt." (Iwand, aaO S. 284)
Als Gegenanreden gegen das Verstummen wertet Kristian Fechtner den sog. „unechten Markusschluss" am Ende des 16. Kapitels, V. 9-20. (Kristian Fechtner, Genaugenommen, Stuttgart 2017, S. 53).
[71] Da die Epilepsie etlichen als „heilige Krankheit" galt (u. a. Gnilka, Markus, S. 47), wurde eine besondere religiöse Dimension gesehen, die die Kranken zusätzlich stigmatisierte. Deutlich dagegen gesetzt muss man wohl die klare Aussage von Frank Crüsemann verstehen: „Epileptiker haben keine unreinen Geister. Sie sind nicht von dämonischen Mächten beherrscht." (ders., Der Glaube und die Mächte des Todes, in: Geheilt durch Vertrauen, Hg. Reiner Degenhardt, München 1992, S. 13) Dass so eine Klarstellung immer noch nötig scheint, beschämt.

die Konfrontation mit Todesgefahr. Zugespitzt: du bist ohnmächtig, du bist allein, du bist (zumindest potentiell) am Ende.

Das ist die Erfahrung, die hier massiv im Raum steht, und darüber erschrecken die Menschen. Ist das nicht furchtbar? Da muss man doch was tun! Doch alle bisherigen Hilfeersuchen gingen offensichtlich ins Leere. Das muss man also noch hinzufügen: du bist ohnmächtig, du bist allein, du bist am Ende – und: es gibt keine Hilfe! Diese die Seele (und die Seele ist ja die Lebendigkeit des Menschen!) niederschlagende Macht, die mit aller ihrer Wucht Besitz nicht nur von dem Jungen ergreift sondern ausstrahlt auf sein ganzes Umfeld, die muss man sich klar machen. Mit einer Diagnose wie Epilepsie ist es hier also keineswegs getan. Denn hier verlieren Menschen ihr Mensch- und Geschöpfsein Gottes an eine andere, sie niederdrückende und sie völlig entmutigende Macht.

Und auch wenn wir heute ein anderes Lebens- und Weltempfinden haben als die Menschen in Israel/Palästina um die Zeitenwende: muss man nicht zugeben, dass wir gerade solche Erfahrungen auch kennen?[72]

Jesus stellt sich (nicht nur in dieser Geschichte) einer die Menschen niederdrückenden, ja sie zu entmenschlichen drohenden Erfahrung. Er stellt sich der Macht, die Leben isoliert, entmutigt, ins Ausweglose stellt, hoffnungslos und hilflos macht – und als ein Freund des Lebens und der Menschen stellt er sich gegen diese Macht. Darin zeigt sich eine Haltung Jesu, die man auch als seinen „Glauben" bezeichnen könnte: denn dabei zeigt sich, was ihm unbedingt wichtig ist und wofür er ganz und gar einsteht. Dabei zeigt sich, wer der Mensch für und vor Gott ist. Vor dieses Tribunal wird die Situation, werden die Beteiligten nun gestellt: der (böse) Geist, der kranke Junge, der Vater, die Menschenmenge, die Jünger. Sie alle sind Betroffene und Zeugen dieses Geschehens. Der Kern der Heilung bzw. der Dämonenaustreibung wird nun eingeleitet durch einen kurzen aber sehr inhaltsschweren Dialog zwischen dem Vater und Jesus. Nach der Verständigung über die Lage, in der er und sein Sohn sich befinden, sagt der Vater: „Wenn du aber etwas kannst, so erbarme dich unser und hilf uns!" Jesus aber sprach zu ihm: „Du sagst, wenn du kannst! Alle Dinge sind möglich dem, der da glaubt." Sogleich schrie der Vater des Kindes: „Ich glaube, hilf meinem Unglauben!"

Die Frage nach dem Können Jesu ist die Frage nach seiner Macht, denn gefragt ist nach seiner δυναμισ (= dünamis, Macht, Kraft, Vermögen und Fähigkeit). Vermutlich hat der

---

[72] Einen sehr aktuellen Begriff von Besessenheit zeigt auch Ernst Käsemann auf (ders., Die Heilung der Besessenen, in: ders., Hg. Rudolf Landau/Wolfgang Kraus, In der Nachfolge des gekreuzigten Nazareners, Tübingen 2005, S. 191-201). Für ihn beschreibt dieser Ausdruck zunächst einmal, dass kein Mensch nur „er/sie selbst" ist sondern immer auch „ein Stück unserer Welt". (193) Damit ist klar, dass hier „nicht, wie unser deutsches Wort es nahe legt, bloß ein anthropologischer, sondern ein die Individuen übergreifender kosmischer Sachverhalt" zu erkennen ist. So ist auch zu fragen, von welchen Vorstellungen und Erkenntnisweisen wir vielleicht „besessen" sind, die uns in unserem Unglauben dann an den biblischen Inhalten und Zusagen vorbeigehen lassen. „Der sich autonom wähnende und als solcher emanzipierende Mensch ist in der uns überschaubaren Geschichte stets der Schöpfer von Idolen gewesen. Er schafft sich in Selbstbehauptung oder Verzweiflung gegen seinen wahren Herrn die eigenen Götter, die dann ihn und seine Umwelt, wie es sich gehörte, in ihre Pflicht und Sklaverei nehmen." (199)
„Heilung der Besessenen gibt es infolgedessen nicht, solange wir nur die einzelne angeblich private Existenz vor Augen haben. Heilen erfolgt hier als Lösung aus festen, das Individuum übergreifenden Bindungen und Verhältnissen, deren Symptome sich in jeweils verschiedener Schuld äußern." (200) Ernst Klepper hat dies m. E. auch in folgendem Spruch – freilich auf den einzelnen hin – zum Ausdruck gebracht: „Ohne Gott bin ich ein Fisch am Strand, ohne Gott ein Tropfen in der Glut, ohne Gott bin ich ein Gras im Sand und ein Vogel, dessen Schwinge ruht. Wenn mich Gott bei meinem Namen ruft, bin ich Wasser, Feuer, Erde, Luft." Heilwerden und frei werden von niederdrückender Besessenheit geschieht so, in die Berufung einzutreten, die mir vor Gott gilt.

Vater oft genug die Erfahrung machen müssen, die sich auch jetzt mit den Jüngern wieder einstellte: dass Menschen nicht die Macht hatten, der ihn bedrängenden Not hilfreich zu begegnen. Das lässt natürlich fragen: gibt es überhaupt so eine Macht, die dem Leben als einer Gabe Gottes zum Heil des Menschen wieder trauen lässt? Oder muss man im Grunde doch alles dran und aufgeben? Haben nicht Einsamkeit, Verlassenheit, Ohnmacht, Leid und Tod und mit ihnen der Unglaube doch das letzte Wort? Doch mit diesem fast grundsätzlich gewordenen Zweifel äußert sich zugleich noch ein Fünkchen Hoffnung: „Wenn du Macht hast, wenn du was kannst…" Der, der wirklich etwas kann, und der alle Kraft und Stärke doch den Menschen gibt, der ist Gott allein. Gott ist Grund und Quelle aller Macht, allen Vermögens und aller Stärke. Davon gehen der Vater wie Jesus, wohl auch die Umstehenden wie die Jünger, alle miteinander aus als Kinder Israels. Und Glaube, Glaube ist Glaube an diesen Gott und an keinen anderen: an den Gott, der uns Leben schenkt und das Vermögen zum Leben dazu. Und Unglaube ist es, an seiner Statt den Mächten Glauben zu schenken, die das Vertrauen und die Kraft zu leben zerstören. Mit der Frage nach dem Können Jesu sind also Gott und Glaube aufgerufen.[73] Und damit nicht nur die Frage „Was kannst du" sondern zugleich die andere „Wer bist du?" (vgl. Mk

---

[73] So sachgemäß auch Martin Luther in seiner Auslegung des ersten Gebotes im Großen Katechismus: „ein Gott heißet das, dazu man sich versehen soll alles Guten und Zuflucht haben in allen Nöten. Also dass `einen Gott haben´ nichts anders ist, als ihm von Herzen trauen und glauben; wie ich oft gesagt habe, dass alleine das Vertrauen und Glauben des Herzens beide macht: Gott und Abgott. Ist der Glaube und Vertrauen recht, so ist auch Dein Gott recht; und umgekehrt: wo das Vertrauen falsch und unrecht ist, da ist auch der rechte Gott nicht. Denn die zwei gehören zu Haufe (zusammen), Glaube und Gott. Worauf du nun sage ich dein Herz hängest und verlässest, das ist eigentlich Dein Gott." (WA 30I S. 133; zit. n. Aland, Luther Deutsch Band 3, S. 20) Man versteht diese Äußerungen Luthers nur, wenn man sich klar macht, dass für ihn der Glaube ganz und gar am Wort hängt und ein Gott recht geben einschließt und sich nicht isoliert in einer menschlichen Entscheidung begründet.
Es geht also im Glauben darum, Teil eines Geschehens zu werden. In dem kommen Gott und Mensch vor, wobei Gott eben nicht nur der Gott der je einzelnen ist sondern der „Gott und Vater aller" (1. Kor. 8,6; Eph. 3,15; 4,6). Was Glaube ist, lässt sich weder auf Gott isolieren noch auf geglaubte Glaubensinhalte noch auf die Menschen, die glauben. All diese Dimensionen befinden sich hier miteinander im (heiligen) Spiel. (Darum ist es verkehrt, angeblich mit Luther einer Individualisierung und Psychologisierung des Glaubensbegriffes das Wort zu reden.) Das zeigt sich bei Luther auch darin, dass die iustificatio impii (Rechtfertigung der Unfrommen oder Gottlosen) auch die Rechtfertigung Gottes umfasst. Zu Röm. 3,4 schreibt Luther: „Und jene passive Rechtfertigung Gottes, durch die er von uns gerechtfertigt wird, ist gerade unsere Rechtfertigung, die Gott handelnd an uns vollzieht. („Et iustificatio illa Dei passiva, qua a nobis iustificatur, est ipsa iustificatio nostri activa a Deo." WA 56,226, zitiert nach Hans-Joachim Iwand, Glaubensgerechtigkeit nach Luthers Lehre, in: Hg. Gerhard Sauter, Glaubensgerechtigkeit, Gesammelte Aufsätze II, ThB 64, München 1980, S. 21) Auch so gesehen ist der Glaube nichts Fertiges, sondern etwas, dem der Mensch sich anheim gibt, das ihn aufnimmt in seine ihm (dem Glauben) gemäßen Kräfte und so das Leben des Menschen schon heute verwandelt auf die erwartete Vollendung hin. Dem Stand des Glaubens eignet so die Bewegung in der Fremdling- und Wanderschaft. Glaube macht sich auf den Weg, auf den Weg zum Heil, das er zugleich aber schon in Christus empfängt. Gott recht geben, das heißt: zu Gott und in sein kommendes in Christus begonnenes Reich aufbrechen.
Glaube ist nicht das „Korsett" eines Dogmen- und Regelsystems. „Bei Markus erscheinen die Wörter πιστισ/πιστευειν (`Glaube/glauben´) fast ausschließlich im Mund Jesu, d. h. der Glaube in all seinen Ausprägungen ist durchgängig auf die Person Jesu bezogen. Die programmatische Glaubens-Forderung in Mk 1,15 (`Kehrt um und glaubt an das Evangelium´) verdeutlicht, dass es dabei gleichermaßen der irdische und der auferstandene Gottessohn ist, der Glauben fordert, erweckt und ermöglicht. Glaube ist das Vertrauen, dass Gottes Herrschaft in seinem Sohn nahe gekommen ist und sich vollenden wird. … Menschen… erfahren, dass Jesus der Gottessohn ist, der die Gottesherrschaft an Leib und Seele nahebringt und dabei Angst, Verzweiflung und Unglauben überwindet. Sie werden so zu Gestalten des Glaubens, deren Vertrauen in Jesus die Gemeinde ermuntert und auffordert, … den rettenden Glauben zu ergreifen und zu handeln. … Der Weg des Glaubens ist für Markus die Nachfolge, in der Jesu Weisungen die Norm des

4,41) Beides steht hier ja offen im Raum: was Jesus zu bewirken vermag und wer er ist, dazu die verzweifelte Hoffnung auf Heilung. Die logisch paradoxe[74] Formulierung ist somit menschlich und situativ höchst angemessen – sie bindet ja Glaube und Unglaube ineinander, und so verhält es sich!

Wie kann Gott, der als uns liebender himmlischer Vater von Jesus verkündigt wird, wahr werden in einem Leben, dessen reale Existenz Vergessen, sich-überlassen-Sein (und von allen guten Geistern verlassen), Isolation, Leid, ständig präsente Todesgefahr spiegelt? Gibt es einen, der das vermag, der dazu die Macht hat? Ist es Jesus? Der mit dieser Hoffnung und zugleich spürbarem Zweifel angesprochen wird, der sagt: „Du sagst, wenn du kannst! Alle Dinge sind möglich dem, der da glaubt."

Auf den ersten Blick scheint Jesus hier Glauben einzufordern von einem, der zweifelt. Er würde damit Glauben und Vertrauen einfordern von dem Vater des betroffenen Jungen: du musst jetzt hundert Prozent glauben und darfst nicht einmal ein kleines bisschen zweifeln, dann kann die Heilung gelingen! Denn der, der glaubt, vermag alles. Dann läge hier eine Reizung und Herausforderung zum Glauben des Menschen vor. Und der müsste sich anstrengen, solchen Glauben zu erbringen. Damit läge jetzt auf dem Vater nicht nur die existenzielle Not der Krankheit seines Kindes, es käme noch die Not dazu, nun auch den richtigen und ausreichenden Glauben zu präsentieren, damit der, an den dieser Glaube sich wendet, helfen kann.

Eine solche Glaubensdemonstration dürfte man sich aber nicht zu „hoch", schon gar nicht „dogmatisch" vorstellen – lag doch ein abgezirkelter Kanon christlichen Glaubens oder ausformulierte Bekenntnisse des Christseins so gar nicht vor, weder auf der zeitlichen Ebene der Wirksamkeit Jesu noch auf der der Entstehung der Evangelien. Glauben wird man an dieser Stelle darum eigentlich „nur" (und wie viel ist das schon!) als das Vertrauen verstehen können, das die Menschen hier Jesus und dem durch ihn handelnden Gott aktuell entgegenbringen. Nicht also die Zustimmung zu einer Art kirchlicher Erklärung von Glaubenssätzen und Grundlagen ist gefragt sondern schlicht und ergreifend das Vertrauen zu Jesus.[75]

Lohmeyer findet hier einen Glaubensbegriff, der „zunächst das Vertrauen auf die Macht Gottes" ausspricht, und meint, „dass Glaube hier eine ursprüngliche, gottverliehene Mächtigkeit bedeutet; sie erfasst den Menschen wie sonst etwa der Geist und treibt ihn zu übermenschlichen Worten." Und das geschieht Menschen, die „als `Geschlecht´ von vornherein `ungläubig´" sind. „Glaube ist der Mittler zwischen Gott und Mensch; er gibt

---

Handelns sind." Allem voran steht dabei „das *Doppelgebot der Gottes- und Nächstenliebe* (Mk 12,28-34)." (Udo Schnelle, Theologie des Neuen Testaments, Göttingen 2007 (UTB 2917), S. 392f.)

Dazu auch Johannes Schreiber: „Glaube ist für Markus πιστισ θεου (11,22), Gebetsglaube, der als unbedingtes Gottvertrauen alles vermag (11,23f) und sogar wie Gott Sünden vergibt (11,25; vgl. 2,5ff) und in dieser Haltung an der Barmherzigkeit Gottes selbst dann festhält, wenn Gott allem Augenschein nach den Glaubenden verlässt (15,34). Dieser Glaube bekennt Jesus, den Gekreuzigten, als auferstanden Gottessohn, weil durch Jesu Leben, Leiden und Sterben das Vertrauen in die selbst den Tod überwindende Liebe Gottes überhaupt erst möglich wurde." (ders., Theologie des Vertrauens, Eine redaktionsgeschichtliche Untersuchung des Markus-Evangeliums, Hamburg 1967, S. 242)

[74] So Guttenberger, Markus, S. 216: „Nachdem Jesus das Potenzial des Glaubens hervorgehoben hat, modifiziert der Vater des Jungen seine Bitte und demonstriert damit seinen Lernertrag: Er bittet in paradoxer Formulierung um die Heilung seines Unglaubens (V. 24v)."

[75] Peter Stuhlmacher: „um einen reflektierten Glauben an Jesus Christus im Sinne der nachösterlichen Bekenntnisse handelt es sich aber ... nicht." (ders., Jesus von Nazareth Christus des Glaubens, Stuttgart 1988, S. 24

ihm Macht von Gottes Macht, Art von Gottes Art, so dass ihm `alles möglich ist´, aber es ordnet ihn damit auch der größeren Macht Gottes unter."[76]

„Alle Dinge sind möglich dem, der da glaubt"[77] – das könnte man aber auch verstehen als Verweis auf den Glauben Jesu selber. Einige Ausleger gehen davon felsenfest aus[78], andere halten das für fast unmöglich[79], da vom Glauben Jesu sonst im Evangelium nicht die Rede ist – allenfalls in wenigen Hineisen wie diesem und dann in Hebräer 12,2: „Lasst

---

[76] Lohmeyer, Markus, S. 190. Zu „Art von Gottes Art" vgl. auch Martin Luther: Transformation durch das, was Gott an uns tut: „So verwandelt er uns in sein Wort, nicht aber sein Wort in uns" (s. WA 56,227,4f. /Luther, Vorlesung zum Römerbrief 3,4: „et ita nos in verbum suum, non autem verbum suum in nos mutat"; vgl. Iwand, PM I, S. 205) Bei Luther ist es zum einen so, dass Christus uns zu wahren Menschen macht in der Erkenntnis unserer Trennung von Gott, also unter Sünde. Den sich so selbst erkennenden Menschen stellt er dann damit aber auch im Angesprochensein von Gott her, in dem ihm die Sünde erst bewusst wird, in den Wandel oder die Wandlung, die ihm von Gott her geschieht. Der Mensch wird somit in Gott einbezogen, ja, er wird nahezu „göttlich".

Luther zu Psalm 5,2f.: „Denn Christus ist es, der nach seiner menschlichen und göttlichen Natur dies beides bewirkt. Im Reich seiner menschlichen Natur oder (wie der Apostel Hebr 5,7 sagt) `seines Fleisches´, da man noch im Glauben lebt, macht er uns sich selbst gleich und lässt uns kreuzigen. Dadurch macht er aus uns unseligen und hoffärtigen Göttern wahre Menschen, das heißt elende Sünder. Denn weil wir Menschen in Adam hinaufgestiegen sind zum Ebenbilde Gottes, deshalb ist Christus in unser Ebenbild herabgestiegen, damit wir wieder merken, was wir eigentlich sind. Dies geschieht in dem heiligen Geheimnis der Menschwerdung. So ist also das Reich des Glaubens das, in dem das Kreuz Christi regiert. Es macht das verkehrte Streben nach Göttlichkeit zunichte und ruft uns zurück in unsre menschliche Natur und in die verachtete Schwachheit des Fleisches, von der wir uns in unserer Verkehrtheit lossagten. Im Reich seiner göttlichen Natur und Herrlichkeit aber wird er uns seinem verklärten Leib ähnlich machen, so dass wir ihm gleich sein werden. Dann werden wir nicht mehr sündig noch schwach sein und nicht mehr der Führung und Regierung bedürfen; dann werden wir vielmehr selber Könige sein und Kinder Gottes wie die Engel. Dann wird das Wort `mein Gott´ in Erfüllung gehen, während es jetzt erst in Hoffnung gesagt wird."

(Martin Luther, Der 5. Psalm, Calwer Ausgabe Bd. 4, 1933, S. 190; WA 5, 126ff) Der Glaube stellt schon jetzt in diesen Wandel und Wandlung hinein, und zwar den Menschen, der zugleich seinen Unglauben nicht los ist, solange er in dieser Welt ist.

Nach Psalm 116,11 werde jeder Mensch „eitel und lügnerisch…, wenn er nicht allein auf Gott hofft. Denn der Mensch bleibt Mensch, bis er Gott wird, weil Gott allein es ist und der Mensch es nur dadurch wird, dass Gott ihm Anteil an sich selber gewährt." (Calwer Ausgabe 1933 Bd. 4 S. 257) Bis er Gott wird! Es geht also durchaus darum, dass der Mensch eins werde mit Gott, ja Gott werde – doch nicht am Kreuz vorbei sondern durch das Kreuz hindurch. Luther sagt es aber nicht nur mit Blick auf Karfreitag und Ostern, auch zu Weihnachten singt er: „Des sollt ihr alle fröhlich sein, dass Gott mit euch ist worden ein. Er ist geborn eu´r Fleisch und Blut, eu´r Bruder ist das ewig Gut." Und: „Zuletzt müsst ihr doch haben Recht, ihr seid nun worden Gotts Geschlecht. Des danket Gott in Ewigkeit, geduldig, fröhlich allezeit." (Choral „Vom Himmel kam der Engel Schar", EG 25, 3 und 6) Der unser Fleisch und Blut wird, der macht uns teilhaftig von Gottes Geschlecht. Eine Spur in diese Richtung legt Luther auch in der Rede vom „fröhlichen Wechsel": da legt Christus, der die Gottferne und Endlichkeit des Menschen nimmt, diesem bei, was ihn selber ausmacht: „alle Güter und Seligkeit". (Von der Freiheit eines Christenmenschen 1520, WA 7,25f.) Und darin zu leben, das tut „allein der Glaube des Herzens"!

[77] „Alles" zu vermögen, das gilt von Gott – und der Glaube ist die Weise, daran Anteil zu bekommen. Vgl. Guttenberger, Markus, S. 219. Mk 10,27: „Denn alles ist bei Gott möglich." Mk 14,36: „Vater, alles ist dir möglich." Im Glauben erfährt der Mensch Zugang zu dem Gott, der alles vermag – der aber, wie auch die Szene in Gethsemane zeigt, nicht alles tut.

[78] Dazu zählt Schniewind 125, Lohmeyer 189; 190 bemerkt er: „völlig einzigartig ist es in den Evangelien, dass die göttliche Macht Jesu durch den Begriff des Glaubens ausgedeutet wird", Lührmann 162, Dschullnig 254, J. Schreiber 240, Bonhoeffer DBW 13/415: „Die Wunder Jesu, die Wirkung Jesu, sie waren ja nichts als sein Glaube!"

[79] So besonders pointiert Peter Stuhlmacher: „In dieser ganzen anschaulich erzählten Geschichte ist nicht etwa, wie manche Ausleger meinen, vom Glauben Jesu die Rede; das besondere Gottesverhältnis Jesu wird in den vier Evangelien nie mit dem Wort `Glaube(n)´ bezeichnet!" (ders., Jesus von Nazareth, Christus des Glaubens, Stuttgart 1988 S. 24)

uns aufsehen zu Jesus, dem Anfänger und Vollender des Glaubens." (Und so müsste man es im vorigen Sinn dann auch hier erkennen: der Vater soll aufsehen zu Jesus und damit den Glauben erweisen, der sozusagen das Tor zur Hilfe öffnet. Zugleich wäre Jesus als Anfänger[80] des Glaubens aber auch der, der ihn unter uns Menschen beginnt im Vertrauen auf die Macht des Gottes, der ein Vater seiner Kinder ist.) Jesus meinte dann jedenfalls seinen Glauben, nicht den des vom Leid seines Kindes betroffenen Vaters. Er fragt nicht einen anderen nach, was in dem sei oder nicht, sondern er weist auf sich selber und auf das, was in ihm präsent ist: der Glaube.[81]

Meine Vermutung ist: die Alternative von Jesu Glauben oder Glaube des Vaters greift zu kurz.[82] Denn der Glaube als „wahrer" Glaube ist als Jesu Glaube einer, den er mitteilt und

---

[80] Die Rede von Jesus als dem Anfänger des Glaubens aus unserer christlichen Sicht muss kritisch reflektieren, dass Jesus selber in der Tradition Israels steht und lebt. Daraus kann und darf man ihn weder herausreißen noch die vorhergehende Geschichte des Glaubens ignorieren. Gleichwohl muss man einen Neuansatz des Glaubens bei Jesus erkennen. Nach Strobel liegt er dort, wo Jesus in seiner Passion, konkret: in „der bei ihm gegebenen besonderen Gottesbindung und Gotteserwartung im Gegenüber zu dem von ihm erfahrenen Nihilismus" den Glauben im Leiden durchhält (August Strobel, Der Brief an die Hebräer, NTD 9, 11. Aufl. Göttingen 1975, S. 230f.).

[81] Zum Glaubensmotiv bemerkt Guttenberger, dieses habe „der Erzähler zunächst eher beiläufig eingeführt: Das implizite Zutrauen zu Jesus, das die vier Gefährten des Gelähmten zeigten, wurde für Jesus zum Anlass zur Sündenvergebung und anschließend zur Heilung des Kranken (2,5). Bei der Heilung der Frau mit dem Blutfluss hatte Jesus ebenfalls das Zutrauen der Frau zu seiner heilenden Kraft als Glauben interpretiert und gewürdigt (5,34). Zum ausdrücklichen Motiv war es danach im Zusammenhang der Erweckung der Tochter der Jairus geworden (5,36), auch dort –mit Bedacht – im Zusammenhang einer Totenerweckung. Hier nun ist das Glaubensmotiv – einmalig in einer Exorzismuserzählung – eigenständiger Gegenstand der Erzählung geworden. Der Erzähler wird das Motiv in der ersten Hälfte des dritten Hauptteils wiederaufnehmen. Dann wird Jesus das Potenzial des Glaubens und des Bittgebets erklären (11,22-24)." (Guttenberger, Markus, S. 216f.)

[82] Dieser Meinung scheint auch Jürgen Ebach zu sein: „Wie bei dem kleinen Abschnitt aus der Berufungsgeschichte des Ezechiel" (vgl. Ez 2,1) „werden wir auch beim Text aus Mk 9 immer wieder fragen müssen, wer was tut, wer Subjekt und wer Objekt ist, oder ob es ein Tun und ein Geschehen-Lassen gibt, das sich der Alternative von Subjekt und Objekt, Aktiv und Passiv nicht fügt. (Wie einer auf die eigenen Füße kam, Bibelarbeit über Markus 9,14-29, in: ders. Hiobs Post, Neukirchen-Vluyn 1995, S. 164-182, hier S. 166) Es geht um einen komplexen Zusammenhang, in dem wirken Gott und (einzelner) Mensch, zu dem gehören aber auch die anderen Menschen wie der „Rahmen" des „Kosmos". Für dieses Gesamtgefüge gilt es ebenso sensibel zu werden wie für die besondere Rolle, die Jesus und sein himmlischer Vater darin spielen; Jesus erschließt uns Menschen seinen als auch unseren Vater. Im Geschehen ist aber auch der für seinen Sohn eintretende Vater nicht zu übersehen (den Gottfried Voigt als Beispiel des „Für-Glaubens" erkennt: „Geheilt wird der Sohn, für den der Vater glaubt. Es ist im Evangelium zweifellos darauf abgesehen, dass ein jeder selbst zu Christus findet. Aber das schließt den stellvertretenden Glauben nicht aus." Ders., Auslegung der Predigttexte Reihe III, Göttingen 1980, S. 397) Auch die Anteil nehmende Menge ist zu sehen, die in diesem Ereignis mitwirkt. Einige Ausleger und Bibelarbeiter streichen das stark heraus; ich gestehe, dass ich skeptisch bleibe; spielt da nicht auch Sensationslust und Gaffertum hinein? Und die Befriedigung, dass man Zuschauer ist und es einen selber nicht getroffen hat? Vom Text her gibt es wenige Anhaltspunkte, wie man die Menge verstehen soll; auf jeden Fall deutlich wird, dass sie involviert scheint. Zur Frage Jesu Glaube oder Glaube an Jesus vgl. auch Martin Buber, Zwei Glaubensweisen, Zürich 1950, S. 15-22. Auch Buber ist der Auffassung, dass „Jesus mit dem `Glaubenden´ sich allein meint" (18) – und er zieht daraus die Folgerung, dass „der echte Glaube kein Vorrecht Jesu" sei (19). In dieser Bewegung des Glaubens, des Hineinkommens in den Glauben, erkennt Buber den alttestamentlichen Zusammenhang dieses Begriffs von Glauben, der die Beziehung zu Gott fokussiert. Man muss freilich sehen, dass Buber damit nicht nur der Schriftstelle folgt sondern auch seiner Gesamtkonzeption der „Zwei Glaubensweisen". Dort entwickelt er einen jüdischen Glaubensbegriff, in dem der Mensch sich als Teil der gestifteten Gemeinschaft findet, der also vorausgesetzt werden kann, im Gegensatz zum christlichen Glaubensbegriff vor allem nach Paulus, in den der Mensch umkehrt. Und der erste Begriff erscheint bei ihm (in meiner Wahrnehmung und mit meinen Worten) wie das Wasser, in dem der Fisch sich bewegt, und der zweite wie der Sprung in ein anderes Gewässer (wozu man auch erst einmal glauben muss, dass es das gibt: gibt es

teilt, in den er hineinruft und hineinstellt, wen er will. Der Glaube ist primär keine Art psychologisches Identitätskonstrukt, mit dem sich die einzelnen zeigen und darstellen („performen"). Er ist primär auch kein soziales Konstrukt, durch das eine Gemeinschaft ihren Glauben gegen andere und anderes abgrenzt. In beiderlei Weise verwenden auch wir das Wort Glaube in allergrößter Gewohnheit. Doch wenden wir einmal den Blick auf das Geschehen, das beim Anfangen des Glaubens in und durch Jesus sich ereignet, dann gehört der Glaube weder dem einzelnen noch der Gruppe, Gemeinde oder Institution, sondern er ereignet sich im kommunikativen Spiel – hier zwischen Jesus und dem Vater, und der Sohn ist der, an dem dieser Wandel und dieses Geschehen sich am deutlichsten zeigt und die Jünger und die Umstehenden sind seine Zeugen. Der Glaube, um den es hier geht, der hat mit ihnen allen zu tun.[83] Den kann niemand von ihnen allen als „das ist aber mein Glaube" einkassieren, am allerwenigsten Jesus selbst, der nicht gekommen ist, um eine Wahrheit zu verkünden und sich in ihr zu sonnen, sondern er will uns Menschen wahr werden lassen als Gottes geliebte Kinder. Und um keinen anderen Glauben geht es in dieser Geschichte. Und diesen Glauben spielt Jesus hier dem Vater zu – und der greift danach, der eigenen Fragen, Zweifel und seines Unglaubens bewusst und schreit[84]: „Ich

---

also das neue Leben der Auferweckung Christi?). Im ersten ist der Mensch, was er ist – im zweiten wird er erst, was er werden soll. Doch das zu vertiefen wäre ein eigenes, zusätzliches Thema. Es greift hier zu weit.

[83] „Es entsteht die Frage, von wessen Glaube gesprochen wird. Stellt Jesus der ungläubig-zweifelnden Bitte des Vaters die Macht *seines* Glaubens entgegen oder will er den Vater zum alles schaffenden Glauben bewegen? Man wird auf beides zu achten haben. Zwar ist der Tenor der Wundergeschichte auf die hoheitliche Offenbarung Jesu abgestellt, aber dass der Glaube des Menschen sich an Jesus und *seinem* aus Gott kommendem Handeln, *seinem* Glauben entzünden soll, kann als markinische Intention angesehen werden (vgl. 11,12-14.20-22). Nicht der Vater, Jesus ist des Vorbild des Glaubens." (Joachim Gnilka, Das Evangelium nach Markus, EKK II/2, Zürich 1979, S. 48) Und er ist es dann auch für die Umstehenden und für alle, die die Botschaft dieses Evangeliums erreicht. Dazu erzählt Markus es doch!
Dazu auch Jürgen Ebach: „Ist vom Glauben *Jesu* die Rede? Dafür spricht der voraufgehende Satz, in dem nach der Macht *Jesu* gefragt war. Oder geht es um den Glauben des *Vaters*? Dafür spricht der folgende Satz, in dem der *Vater* seinen Glauben – und seinen Unglauben – herausschreit. Oder ... geht es wiederum nicht um ein klares entweder-oder, sind vielmehr im Glauben Jesus und der Vater, die Jüngerinnen und Jünger und die Gemeinde *zusammen* und zusammen *fähig?*" (Wie einer auf die eigenen Füße kam, in: ders., Hiobs Post, Neukirchen-Vluyn 1995)
[84] Ingrid Riedel (Seelenruhe und Geistesgegenwart, in: Geheilt durch Vertrauen, Hg. Reiner Degenhardt, München 1992, S. 80-100) bemerkt zu diesem Schrei: „Sein Schreien ist mit einem starken griechischen Ausdruck bezeichnet, der auch das Schreien Jesu am Kreuz, zugleich das Schreien der kosmischen Frau der Apokalypse charakterisieren kann: Ein Todesschrei also ist es und zugleich der Schrei einer Gebärenden. Etwas stirbt – das habituelle Misstrauen, samt der Vorstellung, Vertrauen irgendwie produzieren zu können – und etwas wird dafür neu geboren: die unmögliche Möglichkeit, sich anzuvertrauen. Indem er sich mit diesem Todes- und Geburtsschrei, mit seinem Nicht-Trauen und Doch-Trauen Jesus entgegenwirft, kommt er auch aus dem verzweifelten Krampf des Helfen- und Rettenwollens heraus, lässt sich und den Jungen los und fällt wie von selbst in die Geborgenheit hinein, in das Loslassen, in dem auch dem Jungen geholfen werden kann – vom göttlichen Arzt selber." (S. 94) Riedel stellt diese Beobachtungen hinein in (im positiven Sinn demütige) Überlegungen zum therapeutischen Handeln. Allerdings ist das hier benannte „wie von selbst" nur deshalb möglich, weil Jesus sich hier an diesem Ort stellt und handelt, weil er da ist und den, der sich wirft, auffängt. Ein Automatismus ist dies ebenso wenig wie eine Selbstverständlichkeit. Außerdem ist das hier für das Schreien verwendete Wort κραζειν (krazein) tatsächlich Mt 27,50 und Apk 12, nicht aber in den Kreuzigungsberichten der anderen Evangelien (eben auch bei Mk nicht) verwendet. In der Tat handelt es sich um ein besonderes Lautwerden von Menschen in besonderen Situationen, in denen eine Erregung oder eine akzentuierte Aussage deutlich zum Ausdruck kommt – und Jesus lässt sogar die Steine derart schreien, falls die ihn lobpreisenden Menschen schweigen würden (Lk 19,40). (zum Wort vgl. Walter Bauer, Wörterbuch zum NT, Sp. 885)
Lohmeyer bemerkt: „Wo immer im NT um göttlicher Dinge willen von `Schreien´ gesprochen wird, da ist es nicht Zeichen menschlicher Not, sondern göttlicher Hilfe; die Gott erfüllte Rede löst sich aus dem Menschen

glaube, hilf meinem Unglauben!" Das Ergreifen des Glaubens beinhaltet das Bekenntnis des eigenen Unglaubens und geht durch ihn mitten hindurch. So gesehen wird er nicht überwunden, als gebe es ihn nicht, als könne man ihn nun wie weg geschoben vergessen. So ist es nicht.[85] Er ist da. Aber die Macht, die er beansprucht, die wird zurückgewiesen und von der Macht des Glaubens besiegt. So lange wir in dieser Welt sind und das Reich Gottes nicht vollendet ist, haben wir mit dem Unglauben zu tun. Aber wir haben mit ihm zu tun in der Kraft der Verheißung, dass der Überwinder bei und unter uns ist.

Er ist unter uns in einem „ungläubigen Geschlecht" (V. 19), und er hat daran zu tragen. Doch zieht er sich von uns nicht zurück, was verständlich (und auch menschlich) wäre, sondern stellt sich zu uns – gilt doch von uns: es „bedarf der Mensch der `Hilfe´ vom `Unglauben zum Glauben´ und bleibt in solcher Hilfe Beides: der mächtig Glaubende und ohnmächtig Nicht-Glaubende. Deshalb ist Jesus hier als der einzig und rein Glaubende auch der einzig mächtige Helfer nicht nur vom Unglauben zum Glauben, sondern auch vom Unheil zu Heil und Leben."[86]

Ebach beschreibt den in dieser Geschichte begegnenden Glauben als eine Haltung, die der hebräischen „Emuna" entspricht, die etwas Festes, Gewisses, Verlässliches beschreibt; wir kennen das Wort als Befestigungswort zum Gebetsschluss: Amen! „Damit ist er auch kein Glaube an Jesus, sondern der Glaube Jesu an den, besser: im Gott Israels. Jesus als Glaubender kann drauf vertrauen, dass für ihn nichts unmöglich ist; Jesus handelt dabei nicht anstelle Gottes, geschweige denn als Gott, sondern in der Kraft Gottes. Deshalb geht es letztlich … um Gottes Macht gegen die Dämonen, um Gottes zum Leben befreiende Macht gegen die Mächte, die Menschen um ihr eigenes Leben betrügen. Doch ebenso wichtig ist es, nun nicht … bei der großen Ohnmacht zu landen. Der Glaubende ist nicht bloßes Werkzeug Gottes, er, sie kann als Glaubende und Glaubender handeln, weil sie, weil er in die Kraft des Geistes Gottes mit hineingenommen ist." So kann der Glaubende „alles tun, weil er weiß, dass sein Tun nicht alles ist; er kann handeln und das Entscheidende geschehen lassen. In der Begrenztheit des menschlichen Vermögens und im Vertrauen auf Gottes Macht kann, wer glaubt, ein `ich´ werden. Weder muss er sein `ich´ auslöschen, noch sich zum alleinigen Subjekt seines Geschicks aufspreizen."[87]

Das Ich des Menschen wird nicht zur Marionette gemacht und damit im Grunde wieder ausgelöscht, es wird aber eben auch nicht zur alles begründenden, entscheidenden und tragenden Instanz. In seiner gleichzeitigen Begrenzung wie Aufrichtung durch den Menschensohn erhält es seine wahre Menschlichkeit. „Wer zu sagen wagt `ich glaube´,

---

als Schrei, durch die unerwartete Stärke und Art ihre nicht menschliche Herkunft verratend." (Markus S. 188)

[85] Ostern „schiebt" auch Karfreitag nicht weg, der Auferweckte ist und bleibt zugleich der Gekreuzigte. Nur in dieser Einheit von dem „dort" und dem „hier", des himmlischen Christus und des irdischen Jesus, sind seine und der Jünger (und ihrer Nachfolger) Machttaten zu verstehen. Neuere Versuche einer angeblichen Glaubensreform, in der das Kreuz nur noch als am besten zu vermeiden gewesener Betriebsunfall gesehen zu werden scheint, gehen völlig am christlichen Bekenntnis und den Grundaussagen des Neuen Testamentes vorbei.

[86] Ernst Lohmeyer, Das Evangelium des Markus, Göttingen 1959, KeKNT Bd. 2, S. 189

[87] Jürgen Ebach, Wie einer auf die eigenen Füße fällt, in: ders., Hiobs Post, Neukirchen-Vluyn 1995, S. 175. Die Aussagen Ebachs zur Rolle und Person Jesu lassen Fragen offen, die traditionell in der Zwei-Naturen-Lehre und der Trinität verhandelt werden: wie sind Verhältnis und Wirksamkeit der göttlichen Personen Vater und Sohn zu denken? Dabei ist auch zu berücksichtigen, dass man sich dabei wohl nicht mehr auf der Ebene des Markus-Evangeliums befindet, das derartige Fragen nicht im dogmatischen Sinne reflektiert. Die hier zu stellende Frage ist, wie sich das Wirken Gottes in Jesus (vgl. 2. Kor. 5,19: Gott war in Christus und versöhnte die Welt mit ihm selber) zum Menschen Jesus verhält. Wie ist das auf der Ebene des Markus-Evangeliums zu sehen? Was bedeuten die Bekenntnisse wie 15,39: „Wahrlich, dieser Mensch ist Gottes Sohn gewesen."?

der muss im gleichen Atemzug sagen, dass er das nur als einer sagen kann, der darauf traut, dass Gott ihm immer wieder neu zum Glauben verhilft, dass also gar nicht `ich´, sondern Gott letztlich Subjekt solchen Glaubens sein kann. Einzig im Wissen um den eigenen Unglauben kann man das Gottesgeschenk des Glaubens froh und getrost bekennen; denn nur wenn er auf Gottes Tat ruht, ist er gewiss. So ist Glauben jenes unbedingte Offensein auf G o t t e s Tun hin, jenes stete Warten, das im Blick auf sich selbst immer nur das Nichtglauben feststellen könnte, im blick auf Gott aber sehr fröhlich und gewiss erkennt, dass er dieses Nichtglauben immer wieder heilt."[88]

Der Glaube ist also beides: ganz und gar Gabe Gottes (wie auch Luther bekennt in seiner Auslegung des dritten Glaubensartikels im Kleinen Katechismus), und ebenso ist er „mein" Glaube, den ich dankend empfange und in ihm lebe und der mit mir und meinem Ich „verwachsen" ist, denn dieses Ich ist in Gott hinein aufgerichtet.

Dieses Geschehen des Glaubens, das in der Perikope der Jahreslosung alle Beteiligten einbezieht, wird (idealtypisch gesagt) von zwei nicht unwesentlichen Gruppierungen oder Meinungen in Theologie und Kirche weder zur Kenntnis noch zur Wirkung gebracht. Die einen folgen der Sicht des Glaubens als einer Identitätsleistung, die der Mensch hervorbringt. Die anderen sehen den Glauben wie objektiv über die Menschen gesetzt, die ihm genügen müssen. Vielen Vertretern der liberalen Tradition in Theologie und Kirche scheint mir der Glaube so sehr in einer Art Selbstverständnis aufgehen, das Menschen sich selbst zulegen, dass ihnen weder der Geschehensbegriff des Glaubens mit seinen sozialen wie göttlichen Einschlüssen geläufig ist, noch vor allem können sie sich vorstellen, dass Gott etwas tut und nicht nur der Mensch. Das Evangelium aber bezeugt Jesus Christus und die von ihm initiierte Geschichte und Taten als ein Werk Gottes. Das wird aber weder zum Ausdruck noch zum Vollzug gebracht. Auf der anderen Seite wird der Glaubensbegriff nicht im Menschlichen enggeführt sondern in einem dogmatischen Anspruch wahrer Lehre oder wahren Glaubens, dem die Menschen sich zu unterwerfen hätten. Dann verkommt Glaube zur Zustimmung zu bestimmten Formulierungen und Sprachregelungen. Geistlich gesehen ist die eine wie die andere Isolierung des Glaubensbegriffes defizitär bis irreführend (wenn nicht „der Tod im Topf", also ungenießbar, 2. Könige 4,40). Das gilt für die im „Selbstverständnis" wie die in der „Konfessionalisierung" und „Dogmatisierung". Kann die Geschichte, in der unsere Jahreslosung ihren ersten Resonanzraum findet, hier wieder Neues aufschließen und Menschen in Bewegung bringen? Die, die bei sich selbst bleiben – und die, die meinen, dass sie sowieso Recht haben? Anders gefragt: wie könnten wir miteinander wieder lernen, diesen Satz ernsthaft mitzusprechen: „Ich glaube, hilf meinem Unglauben!"? Und zwar alle ohne Ausnahme!

Geht es doch nicht um das eigene Selbstverständnis noch um das eigene Rechthaben und –behalten, sondern um das Zeugnis des Evangeliums vom anbrechenden Reich Gottes. Und wo immer davon erzählt wird, da „wird man sich nicht damit abfinden, dass es für zu viele zu wenig Brot gibt, dass es für viele Kranke keine Heilung gibt, dass es für viele Gestörte keine Heimat in unserer Welt gibt! Wo immer man diese Geschichten erzählt, wird man sich von aussichtslos Erkrankten nicht abwenden. Die Wundergeschichten sind immer auch `von unten´ als ein Protest gegen menschliches Leid zu lesen."[89]

---

[88] Eduard Schweizer, Das Evangelium nach Markus, NTD 1, Göttingen 11. Aufl. 1967
[89] Gerd Theissen und Annette Merz, Der historische Jesus, Göttingen 1996, S. 283 Mit Hinweis auf Paulus und 2. Kor. 12,9 vergessen die Autoren nicht, dass in dieser Welt nicht alles Leid überwunden wird.

„Als nun Jesus sah, dass die Menge zusammenlief, bedrohte er den unreinen Geist und sprach zu ihm: Du sprachloser und tauber Geist, ich gebiete Dir: Fahre von ihm aus und fahre nicht mehr in ihn hinein!" Sprach man vor längerer Zeit nur von den Heilungswundern Jesu, von denen man die Legitimierungs- und Naturwunder unterschied, differenziert man seit einiger Zeit nun von den Heilungswundern die Exorzismen.[90] Das ist sachgemäß, da zur Zeit Jesu und auch der Entstehung des Neuen Testamentes den Exorzismen eine besondere Bedeutung zukommt. Die Heilungswunder belegen Jesu gesundmachende und aufrichtende Hilfe in einem Bereich, der der Schöpfung zugehört. Und zu der gehört auch der Tod, die Endlichkeit, die Unvollkommenheit und damit auch die Krankheit. Bei Jesus begegnen Krankheit und Behinderung nicht als Strafe Gottes sondern als Aufforderung zur Hilfe, Beistand und Nächstenliebe. Im hilfreichen und heilenden Zuwenden zu den Menschen bezeugt Jesus die Zuwendung und Liebe des himmlischen Vaters zu seinen Geschöpfen und Menschenkindern – aber Jesus schafft Krankheit und Tod nicht ab. Und er bekämpft „Krankheiten nicht als gegengöttliche Mächte"[91].

Den Exorzismen[92] eignet noch eine andere Dimension. In ihnen begegnet Jesus einer Macht und Kraft, die gegen Gott steht und sein kommendes Reich hindert. Wo die bösen Geister ausgetrieben werden und Menschen frei werden von Mächten, die ihr Leben besetzen und verderben, kommt das Reich Gottes zu ihnen. Von einem solchen Kampf hören wir nun, und am Ende liegt der Junge wie tot da. „Jesus aber ergriff seine Hand und richtete ihn auf, und er stand auf."

Jesus gelingt, was seinen Jüngern nicht gelang: der Junge ist frei und soll auch frei bleiben und nicht wieder von dieser sein Leben besetzenden und vernichtenden Macht ergriffen werden. Der „Dämon" ist ausgefahren und vertrieben. Für Menschen zur Zeit Jesu und der Entstehung der Evangelien war die Rede davon wohl kein Problem, da sie von der Anwesenheit der Geister in unserer Welt ausgingen. Wir haben ein anderes Weltbild, das uns diese Berichte schnell wegschieben lässt. Trotzdem halte ich es für lohnenswert, sich diesen Geschichten zu stellen: sie befragen uns nach der Schlüssigkeit unseres eigenen Weltbildes und unserer Ausblendungen genau so wie sie uns ermuntern, das hier als Besessenheit Berichtete in seiner existenziellen Wirkung auch bei uns aufzuspüren. Und es lässt uns fragen, welche Mächte bei uns das Kommen des Reiches Gottes hindern. Sich dem zu stellen, regt folglich mancherlei produktive und kreative Prozesse an.

Angeregt zum Nachdenken sind nun auch die Jünger: „Und als er ins Haus kam, fragten ihn seine Jünger für sich allein: Warum konnten wir ihn nicht austreiben? Und er sprach: Diese Art kann durch nichts anderes ausfahren als durch Beten." Nach allem bisher Gesagten kann man das nun nicht mehr als einen rein methodischen Hinweis verstehen. Vielmehr werden die Jünger von Jesus in das eben angedeutete Nachdenken hinein geführt. Haben sie ihren Auftrag und ihr angeblich eigenes Können, auch Geistern zu gebieten, zu selbstverständlich genommen? Sind sie auf einer Welle der Macht und des

---

90 Vgl. Kurt Erlemann, Kaum zu glauben, Neukirchen-Vluyn 2016, S. 69-75
91 Ulrich Bach, Die Wunderheilungen nach Markus 1 und 2, in: ders., Getrenntes wird versöhnt, Neukirchen-Vluyn 1991, S. 40-118, hier S. 46. S. 113 summiert Bach: „Kranke sind nicht von Dämonen besessen (auch nicht ein bisschen); Krankheit ist keine gegengöttliche Macht, darum muss Jesus bei den Heilungen auch nicht kämpfen wie bei einem Exorzismus, auch Kranke können `im seligen Stande sein´."
92 Gerd Theissen und Annette Merz, Der historische Jesus, Göttingen 1996, zählen zum Exorzismus das Ausgeliefertsein des Menschen an den Dämon, den Kampf zwischen Dämon und Exorzist, die allgemeine zerstörerische Tätigkeit des Dämons auch außerhalb dieser erlebten Konkretion, das Verständnis, das mit dem Exorzismus das Verschwinden des Bösen in der neuen Welt Gottes bezeugt wird. S. 265f.

Könnens geschwommen, ohne noch zu bemerken, worauf sie sich da einließen? Dass sie es mit realen Mächten zu tun haben, die sind kein Pappenstil, und dass sie denen nicht in eigener Macht gebieten können, sondern nur in der Macht dessen, den auch sie im Gebet anrufen? Haben die Jünger also gerade dies versäumt: dass ihr eigenes Tun im Glauben[93] auch immer durch dieses Nadelöhr geht, das der Vater in dieser Geschichte in die Worte fasste: „Ich glaube, hilf meinem Unglauben!"?[94] Am Ende steht hier kein wie sonst mitunter zu findender Chorschluss, der dann ja wohl das Lob Gottes zum Inhalt hat und alle gehen munter und zufrieden nach Hause. So ist es hier nicht. Die Menschen sind betroffen – und sie bleiben betroffen. Sie gehen nach Hause – geschafft, nachdenklich, aber auch: unendlich dankbar.

Die Nachdenklichkeit bleibt. Auch wenn die abschließende Bemerkung Jesu mit dem Hinweis aufs Beten (und evtl. auch Fasten) kein ausgesprochenes Rätselwort ist, ist es doch keines, nach dem nun alles klar wäre und jeder wüsste, was zu tun ist, damit unser Leben im Miteinander und in Gesundheit gelingt. Hier geht es weder um ein Rezept noch um eine schlicht anwendbare Methode, eher um die Einstimmung in eine Lebensweise, die später bei Markus in 11,20-25 wieder aufgenommen wird – wiederum in der Verbindung von Glauben und Beten. Wer an Gott glaubt und nicht zweifelt, der erfährt, dass ihm geschieht, was er im Gebet sagt – wer das Empfangen glaubt, dem wird es zuteil. Eine wahrhaft erstaunliche Zusage!
Einen Hinweis, wie diese Lebensart gemeint sein könnte, gibt Jürgen Reichel-Odié[95] mit einer chassidischen Geschichte, die sich in Bubers Erzählungen der Chassidim findet[96]: „Rabbi Pinchas sprach zum Wort der Schrift `Er ist dein Psalm und er ist dein Gott´: `Er ist dein Psalm, und er, derselbe, ist dein Gott." Gott lässt sich also nicht besitzen wie ein

---

[93] „Die Möglichkeit der Heilung ist nicht abhängig von der Machtfülle des Wundertäters –diese ist vorausgesetzt – sondern von der Fähigkeit des Hilfesuchenden, durch das Zutrauen, den Glauben, Zugang zu dieser Machtfülle zu erhalten. Die angesprochene Haltung differiert also fundamental von der gegenwärtigen Hochschätzung von Selbstvertrauen (`wenn du es wirklich willst…´, `du musst es dir zutrauen…´). Die Leserschaft wird an 6,1-6a erinnert: `Alles ist möglich´ ist eine für Mk typische Formulierung, die die unbegrenzten Möglichkeiten Gottes bezeichnet (10,27; 14,36). Diese werden durch den Glauben zugänglich." (Guttenberger, Markus, S. 219)
Es geht hier also weder um das, was die Jünger für sich gesehen „können", noch geht es darum, mit welcher Methode man sich der Kräfte Gottes „bedienen" kann – es geht um das Geschehen einer Kommunikation, in der alle Beteiligten sich so zueinander verhalten, dass die göttlichen Kräfte gewissermaßen ins Fließen und Strömen kommen. Dabei erweist sich Jesus als der Initiator und Garant dieser Bewegung. Die Jünger für sich gesehen können es in der Tat nicht, in dieser Geschichte der Vater für sich gesehen auch nicht.
[94] Sehr klar dazu Jürgen Ebach: „Wer sagt: `ich glaube´ muss ja sogleich wahrnehmen, dass dieses `glauben´ nicht von diesem `ich´ getragen sein kann. … Ich kann sagen, dass ich glaube, weil du meinem Unglauben helfen und mir dann aufhelfen wirst. Was ich allein zu bieten hätte, wäre nicht ein *Rest* von Unglauben, sondern *ganz* Unglauben." Es geht hier also nicht um Quantifizierungen auf einer uns prinzipiell erreichbaren Seins- und Handlungsebene, es geht darum, dass unser Leben eine neue Perspektive und mit ihr eine neue Qualität empfängt: die Qualität des kommenden Gottesreiches. Das ereignet sich auch an dem Geheilten und Befreiten: „Weil er so aufgerichtet wurde (Passiv), kann er selbst (Aktiv) auf seinen eigenen Füßen stehen." Genau so verhält es sich auch mit dem aktiven Können der Jünger: es ist ein empfangenes und stets zu empfangendes geistliches Können, kein Natürliches, über das sie einfach verfügen könnten. (Ebach, Wie einer auf die eigenen Füße kam, S. 177f.)
[95] Predigtmeditationen Plus, Wernsbach 2016, Zur Perikopenreihe 3, S. 338f.
[96] Martin Buber, Die Erzählungen der Chassidim, Zürich 1984 9. Aufl. S. 227. Das behandelte Bibelwort ist Dt 10,21, wobei „er ist dein Ruhm" als „er ist dein Psalm" genommen wird. Das hebräische Tehila bedeutet in der Tat nicht nur Ruhm sondern auch den Lobgesang oder Lobpreis, mit dem der Ruhm zum Ausdruck gebracht wird. (Wilhelm Gesenius, Handwörterbuch, 17. Auflage 1962, S. 871)

Ding, das ich habe, auch nicht anwenden wie eine Methode, die mir in die Hand gegeben wird. Eine Gottesbeziehung gewinne ich vielmehr in der hier angesprochenen Art der Kommunikation, nämlich in Resonanz. Gott erkenne ich im Rühmen Gottes – und das ist wie ein Klang, der auch durch mich hindurchgeht und der mich einstimmen macht. In solchem Beten geschieht mir Gott: „Das Gebet, das der Mensch betet, das Gebet selber ist Gottheit. Nicht wie wenn du etwas von deinem Gefährten erbittest: ein ander Ding ist er, ein andres dein Wort. Nicht so im Gebet, das die Wesenheiten eint. Der Beter, der wähnt, das Gebet sei ein ander Ding als Gott, ist wie ein Bittsteller, dem der König das Verlangte reichen lässt. Wer aber weiß, dass das Gebet selber Gottheit ist, gleicht dem Königsohn, der sich aus den Schätzen seines Vaters holt, was er begehrt."

Diese Sicht und Erfahrung nimmt deutliche Nähen ein zu dem, was Jesus über das Gebet lehrt und wie er selber es wohl auch praktiziert. Auch die, die ihm vertrauen, stimmt er auf eine solche Gebetspraxis ein. Gott ist keiner, zu dem man noch künstlich oder ritualisiert eine Verbindung aufnehmen müsste, ist er doch unser uns liebender himmlischer Vater, zu dem wir kommen dürfen und der schon längst weiß, was wir bedürfen. Wer bei ihm sucht, der findet, wer ihn bittet, dem gibt er, wer anklopft, dem tut er auf. Auch wenn diese Formulierungen sich bei Markus so nicht finden – inhaltlich ist diese Praxis da. So zu beten heißt: an Gott glauben. So ist auch der Glaube nicht etwas, das ich habe wie ein Ding, das ich auch von mir abtrennen könnte – Glaube beschreibt mein Verbundensein mit diesem mir zugewandten Gott. Mein Gebet ist ein „Widerhall" auf sein Zuwenden, und die Vergebung, mit der wir einander begegnen, „der Widerhall von Gottes Vergeben"[97]. Und in derselben Weise ist auch die „Wunderkraft des Glaubens … nicht selbstwirksam, sondern besteht eben in der Bereitschaft Gottes, Gebet zu erhören;"[98] das Gebet ist dann Ausdruck und Vollzug der Offenheit des Menschen im Glauben zu Gott hin.[99] Die ist aber kein menschlicher oder kultureller Habitus sondern Resonanz dessen, wie Gott ihm begegnet und was er an und in ihm wirkt. Und damit ist noch einmal unterstrichen: es geht um eine Haltung und eine Lebensart im Ganzen, nicht um eine Methode, bestimmte Ziele zu erreichen. Dabei geht es immer wieder um eine

---

[97] Julius Schniewind, Das Evangelium nach Markus, Göttingen 1977 12. Aufl. S. 147

[98] Guttenberger, Markus, S. 265.

[99] Joh. Schreiber, Theologie des Vertrauens, S. 241: „Im Unterschied zum egoistischen Gebet des Unglaubens, das als Heuchelei in langen, zeremoniellen Formeln daherkommt (vgl. 12,40), ist das Gebet des Glaubens wie der Glaube selbst auf konkrete Situationen bezogen (vgl. 13,18) und zugleich als Bittgebet Danksagung (6,41; 8,6; 14,22f.), sodass es selbst in Todesgefahr und höchster Not (14,33f.) als unbedingtes Vertrauen zum göttlichen Vater und dessen Liebeswillen konzentriert bleibt (14,36; vgl. 3,4.35)." Im Zentrum steht dabei nicht „die eigene Errettung", sondern aus der Grundhaltung zu Gott hin entspringt zugleich eine Wachheit für das Leben und die Menschen um den Glaubenden, die im Gebet vor Gott lebt.
Dieses Gebet ist gehalten vom Gebet Jesu selber (vgl. Markus 1,32-35), das ein „Kampfplatz" ist und in dem er die Seinen einschließt, sie sein lässt in der Kraft seines Namens (haben die Jünger es in ihrer eigenen Kraft versucht?). „Auf diesen Zusammenhang kommt alles an: dass das Gebet Jesu schon immer umfassender ist und weiträumiger als das Nichts, als der aufgerissene Untergrund und der verschlossene Himmel." Und dem allen sind die Jünger doch in dieser dämonischen Erfahrung begegnet! „All dies *gehört* nun in sein Gebet, findet dort seinen ursprünglichen Platz, seine für immer festgesetzte Stelle. Die Dämonen der Gegenwart (wie schreckliche fallen uns ein!) – sie befinden sich *mitten in* seinem Gebet! Sie kommen in Ewigkeit nicht mehr aus diesem Zusammenhang heraus. Sein Gebet hält sie fest, schließt sie ein. Sie können nicht mehr ausbrechen. Sein streitbares Gebet hält den Fuß drauf." (Michael Trowitzsch, Sein Gebet ist ein Kampfplatz, in: ders., Die bunte Gnade Gottes, München 1988, S. 106) Schreiber nimmt das Gebet Jesu noch in anderer Hinsicht auf: „Da er die Haltung seines Gebetes von 14,35f in seinem Kreuzestod mit letzter Konsequenz bewährt, macht er seine Worte von 9,23; 11,24 wahr: Ihm, Jesus, dem Glaubenden, dem im Gebet unbedingt Vertrauenden, ist wirklich *alles* möglich; er hat an Gottes Allmacht teil (vgl.10,27) und vermag deshalb selbst das Endgericht durchzuführen." (aaO S. 242)

Differenzierung, die schon Luther so ausdrückte: „So verwandelt er uns in sein Wort, nicht aber sein Wort in uns"[100].

Weil Gott selber das Erbarmen ist, darum handelt er sich erbarmend über die Not der Menschen. Nach nichts anderem als diesem Erbarmen greift der Beter, indem er sich zu Gott in Beziehung setzt. Im Vordergrund steht der Geber, nicht die Gabe. Indem ich mich zu diesem Geber in Beziehung gesetzt erfahre, verändert dies meine Person grundlegend. Wer nach eigener Maßgabe und menschlichem Willen nichts anderes will als „Gottes Arm bewegen" im eigenen Sinne, wer dabei vielleicht gar selber groß herauskommen will, der hat ganz und gar nicht verstanden, worum es hier geht. Das Gebet ist eine grundlegende Form der Umkehr in den Glauben an das Evangelium, denn diese Umkehr kann nicht nur eine Art geistige Zustimmung zu einem Gedankenkomplex sein, stellt es doch in ein neues Leben – in das Leben des kommenden Gottesreiches (Mk 1,15). Etliche Auslegungswege, die sich außerhalb dieses Zusammenhanges bewegen und schlicht und ergreifend menschlichen Wahrheiten und Erkenntnissen nachdenken, müssen in die Irre führen. Gerade diese Wege sind in unserer Praxis aber leider oft genug eher die Regel als die Ausnahme. Wir bleiben bei uns selbst.[101] Das Gebet hingegen ist die Lebensweise, nicht bei sich selbst zu bleiben. Wo und wie komme ich selber, kommen wir in unserer kirchlichen Praxis in diesen Fragen zu stehen? Auch diese Frage nehme ich hier mit. Wollten also schon die Jünger nur bei sich selbst im Menschlichen bleiben – und vermochten dann „nichts"? Sie sahen nur sich selbst und ihre Fähigkeiten, nicht aber Gott und dessen Möglichkeiten. Dann müsste man sagen: sie waren ohne Glauben. Vielleicht hielten sie sich selbst für glaubensvoll und bemerkten ihren Unglauben dabei überhaupt nicht. Der Vater des Jungen wird ihnen hier also gewissermaßen zum Vorbild.

---

[100] WA 56,227,4f./Luther, Vorlesung zum Römerbrief 3,4

[101] In von ihm selber ausgesprochener Deutlichkeit scheint das auch von dem Beitrag Eugen Drewermanns zu gelten (Das Markusevangelium II, 1990³). Dazu Martin Bogdahn: „Glauben und Gebet (V. 29) bezeichnen eine Macht und Haltung, die uns durchfließen kann, wenn wir uns ihr nicht mit unserem ῾Ich muss aber doch῾ und ῾Ich will aber doch῾ entgegenstellen (S. 39)" Der Seitenverweis bezieht sich auf Drewermann, der wenige Seiten zuvor eine „Hysteroepilepsie" feststellt und daraus Folgerungen zieht. Das bleib m. E. hypothetisch. Natürlich macht es Sinn, sich hier auch der Familiendynamik zu stellen und die Situation systemisch zu betrachten, jedoch: muss man deswegen auf der Ebene menschlicher Beziehungen verbleiben? Weiter Bogdahn: „Geht es hier ῾überhaupt nicht um die Person Jesu῾ (Drewermann S. 36), aber warum hält dann der Erzähler ῾den Blick unbeirrbar auf den Meister gerichtet῾ (Lohmeyer S. 185)?" (Ernst Lohmeyer, KEK II, 1959, 15. Aufl.) „… Markus lenkt den Blick vom Wundergeschehen auf den Vater, die Jünger, die Schriftgelehrten, da ῾ungläubige Geschlecht῾, und letztlich auf den bevorstehenden Leidensweg Jesu. So warnt er vor der Überbewertung dieser einzelnen Heilung und fragt danach, wie der unheile Zustand der Welt heil gemacht werden kann. Der sich dieses einen Menschen erbarmt, hat am Kreuz sein Erbarmen allen Menschen zugewandt. Der diesen einen heilt und ihn auferstehen lässt, ist in seiner Auferstehung das Heil der ganzen Welt." (Martin Bogdahn, 17. So. n. Tr. – Mk 9,14-29, in: Calwer Predigthilfen NF Reihe III / 2. Stuttgart 1993, S. 177f.) Natürlich ist auch eine tiefenpsychologische Perspektive auf die Evangelien aufschlussreich und fördert Erkenntnisse zu Tage, nur muss man sich des spezifischen Interesses dieser Sichtweise bewusst sein, in der man dann für die Evangelien wichtige Dimensionen vielleicht gar nicht mehr wahrnimmt. Für unsere Stelle bedeutet das: die Rolle und Person Jesu, wegen der hier ja das alles überhaupt nur erzählt wird. Ginge es hier nicht um einen Teil seiner Geschichte mit uns Menschen, wären das nur vergangene Ereignisse, die uns ein „schön für die Beiden" entlocken könnte oder als Material zum Verstehen bestimmter menschlicher Vorgänge, die zum Betrachten und Lernen auch für uns noch interessant sein könnten. Aber ob man das tut oder der sprichwörtliche Sack Mehl in Chicago umfällt, wäre dann im Prinzip völlig egal. Das ist es aber nicht mehr, wenn hier der Christus Gottes (bei Markus: Menschensohn) als Träger der Geschichte Gottes mit seinen Menschen handelt. Zur Auseinandersetzung mit Drewermann vgl. auch Frank Eibach, Dein Glaube hat dir geholfen, Göttingen 2009 S. 60. Er bringt eine kurze Zusammenfassung und wertet dann die Auslegung Drewermanns als „abenteuerlich".

Exkurs: Zur wichtigen Besonderheit des „Exorzismus" im „Wer bist du?"

Nach Erlemann sind die Exorzismen eine besondere Kategorie der Heilungswunder.[102]
Wie ertragreich eine gesonderte Betrachtung der Exorzismen im Markus-Evangelium ist,
zeigt folgende Beobachtung. Aus einem von einem bösen Geist besessenen Menschen
schreit dieser: „ich weiß, wer du bist, der Heilige Gottes." (2,24) Und in einem Summarium
wird erwähnt: wenn die unreinen Geister Jesus sahen, „fielen sie vor ihm nieder und
schrien: Du bist Gottes Sohn!" (3,11). Weitaus gesprächiger erweist sich der Geist, der sich
in dem Gerasener eingehaust hat: „Was habe ich mit dir zu schaffen, Jesus, du Sohn des
höchsten Gottes? Ich beschwöre dich bei Gott, quäle mich nicht!" (5,7; er handelt dann
aus, in der Gegend bleiben zu können und fährt in eine Schweineherde). Vielleicht, weil er
ein sprachloser Geist ist, hört man aus unserer Begebenheit in Markus 9 keine
dämonische Stimme erklingen, allerdings reagiert der Geist auch hier: „sogleich, als ihn
der Geist sah, riss er ihn hin und her." (9,20)
Es treten folglich in den Exorzismen personifizierbare Gegenkräfte zum Wirken Jesu auf.
Im Aufeinandertreffen mit Jesus steht dann aber nicht zur Verhandlung, über welche
Kräfte die jeweiligen Kontrahenten verfügen, also nicht nur ein „Was kannst du", sondern
die Auseinandersetzung fokussiert sich auf einer ganz anderen Ebene: auf der des „Wer
bist du?" Eben der Christus, der in der Macht des kommenden Gottesreiches handelt, und
das ereignet sich mit den Kräften der neuen Welt Gottes, den Kräften und der Macht der
Auferstehung. Das ist nicht nur genau das, was die Jünger immer wieder nicht verstehen.
Es ist auch genau das, worin der Skopus der Rede vom Messiasgeheimnis besteht: Jesus
ist im irdisch-menschlichen, historischen Verstehensbereich nicht ausreichend erkennbar;
wer er ist, das erkennt nur der, der ihn als einen ganz anderen wahrnimmt (wie bei der
Verklärung und als Auferweckten). Insofern müsste man wohl einen Großteil unserer
Exegese der letzten 250 Jahre wie auch etliche Ansätze in der Dogmatik als reine
Fortsetzung des Jüngerunverständnisses verbuchen, weil sie sich auf den (angeblichen)
historischen Jesus beschränken und die Christuswirklichkeit außer Acht lassen.
Dietrich Bonhoeffer hat in seiner Christologie-Vorlesung von 1933 genau davon
gehandelt.[103] Bonhoeffer erweist unsere gängige Rede (auch in der Nachfrage nach
Jesus) auf der Ebene des „Wie bist du?", also „der Sprache des gefallenen Adam", und
der bleibt die Christus-Erkenntnis verborgen, denn die ereignet sich nur dort, wo wir uns
der Frage aufschließen: „Wer bist du?"[104]
Gewissermaßen auf der Spur des Jüngerungehorsams und Nichtverstehens entdeckt
Bonhoeffer dann auch die liberale Theologie und Schleiermacher.[105] Zieht man diese Linie

---

[102] Kurt Erlemann, Kaum zu glauben, Neukirchen-Vluyn 2016, S. 69-71: Dämonenaustreibungen. Sie sind „ein
Sonderfall der Heilungswunder" (S. 69).
[103] Dietrich Bonhoeffer Werke DBW Band 12, S. 279ff.
[104] Wer ist und wer war Jesus Christus, Hamburg 1962, S. 15
[105] Wie viele, die sich vielleicht etwas zu leichtfüßig in ihrer bewusst „bunten" und demokratischen
Kirchenkonzeption auch auf Bonhoeffer berufen, müsste uns die von Bonhoeffer gezogene Konsequenz
erschrecken: „Ritschl und Herrmann schieben die Auferstehung beiseite; Schleiermacher symbolisiert sie;
damit zerstören sie die Kirche." (S. 29) Ist das wirklich von Bonhoeffer oder der Nachschrift des Hörers der
Vorlesung zuzuschreiben? Nur – wie kommt der darauf? Das Gesagte bzw. Geschriebene ist ein hartes
Urteil, und so gehen wir in der Kirche nicht miteinander um, wir sind es jedenfalls nicht gewohnt. Auch von
jemand wie Hans-Joachim Iwand bin ich in theologische Klarheit und treffendes dogmatisches Urteil
eingeübt, aber er versucht immer, auch nach den Stärken der gegnerischen Position anzusetzen und auch nach
ihrem Recht und der Bedeutung für die theologische Entwicklung zu fragen. Hier aber wird die andere
Position weggewischt, und sie bekommt ein noch härteres Urteil zu spüren: „Allein der Auferstandene
ermöglicht erst die Gegenwart der lebendigen Person und gibt die Voraussetzung für die Christologie, nicht

weiter, muss man folgern: nicht nur den Jüngern, sondern auch uns, die wir doch in theologischen und exegetischen Traditionen stehen, die sich als verwirrend, unklar und – wenn man das so sagen kann – zur Zerstörung der Kirche angetan zeigen, jedenfalls haben sie diesem Prozess ebenso wenig entgegenzusetzen wie seinerzeit der Großteil kirchlicher Kräfte dem Faschismus[106], uns also gilt dieses Wort am Ende des Markusevangeliums: „Zuletzt, als die Elf zu Tisch saßen, offenbarte er sich ihnen und schalt ihren Unglauben und ihres Herzens Härte, dass sie nicht geglaubt hatten denen, die ihn gesehen hatten als Auferstandenen." (14,14) Und gerade diese Ungläubigen bekommen dann den Auftrag, das Evangelium zu predigen. Die Illusion des Glaubens, den wir angeblich schon hätten, muss weichen. Es geht immer nur auch durch sein Gegenteil hindurch. Und hierbei geht es um Dinge und Mächte, die in uns selber sitzen und die man nicht auf Angehörige unterschiedlicher Positionen verteilen sollte. Auch Theologie treiben zu können in vermeintlich neutraler und nur urteilender Position ist eine Illusion, denn es ist immer auch unsere eigene Sache, die da verhandelt wird, und es gibt keine Rechtfertigung unter Absehen von sich selbst. Genau das aber will der alte Adam nicht, er will, wie Luther sagt, selber Gott spielen, und Nietzsche hat es bestätigt.

---

mehr aufgelöst in historische Energie oder ein angeschautes Christusideal." (S. 29) Da mag man Christus in historischem Bemühen und im Erstellen von Idealen die Ehre zu erweisen suchen – doch dann trifft einen das Verdikt: „Theologen verraten ihn und heucheln Teilnahme. Christus wird immer mit dem Kuss verraten." (S. 21) Ähnlich Martin Luther: Christus wird am besten verspottet im Purpur (WA 5,650, zu Ps. 22,19: „Christus non illuditur nisi in purpura."). – Interessanterweise bietet die Textgestalt derselben Vorlesung Bonhoeffers in DBW 12 eine andere Version. Es handelt sich offensichtlich um dieselbe Vorlesung, aber eine andere Mitschrift – und in der fehlt der Zusatz von der Zerstörung der Kirche. Das inhaltlich sachliche Recht, diese Dimension der christologischen Differenzen ins Auge zu fassen, ist damit nicht weg – es ist aber nicht deutlich zugespitzt. Es bleibt nicht nur die Frage, was Bonhoeffer denn wohl wirklich gesagt hat, es bleibt auch die, wie wir heute mit solchen Differenzen umgehen. In der Praxis gehen wir nach meiner Erfahrung einfach über sie hinweg und ignorieren Theologie, Christologie und Ekklesiologie zugleich. Die Ignoranz von Theologie und Glauben ist nicht nur ein allgemeines gesellschaftliches Phänomen, sie scheint weit bis in die Kirchen hinein fortgeschritten. Solche Fragen interessieren schlicht viele nicht, etliche Pastorinnen und Pastoren eingeschlossen.
Einem freundlichen Hinweis Ilse Tödts folgend, die für die DBW-Herausgabe mit verantwortlich zeichnet, erkenne ich freilich, dass mit diesen Fragen nichts weniger verhandelt wird als die Gegenwart Christi. Die Beschränkung auf die Frage nach dem Was und Wie Jesu hebelt dann die nach dem Wer Christi aus. Der Auferweckte ist ja der erste neue Mensch des kommenden, andrängenden Gottesreiches – und „der Kirche allein gegenwärtig in der ärgerlichen Gestalt ihrer Verkündigung" (DBW 12,295). Löst sich der so Verkündigte auf in Idealen der Gemeinde oder nebulös verweisende Rede, die dabei aber doch irgendwie unkonkret und inhaltsleer bleibt, dann lösen sich mit dem (Nicht-!?)Verkündigten Grund und Ziel der Kirche auf.
[106] Diese Entwicklungen lassen sich, je auf sich gesehen, nicht parallelisieren. Auch ist die heutige Situation weniger geprägt von erbitterter Gegnerschaft als vielmehr von Gleichgültigkeit, Indifferenz und Desinteresse. Da dies zugleich eine Grundstimmung gegenüber Kirche und Glaube anzeigt (weil die ja keine Rolle mehr spielen für das Leben der gesellschaftlichen Orte, an denen angeblich die Entwicklung „abgeht"), ist es auch ein Indiz für den Verlust an Öffentlichkeitsbedeutung, nicht unbedingt für eine zugenommene Toleranz. Man hält diesen „Gegner" entweder schon für besiegt und „Gottlosigkeit" (etwas weniger provokant: Konfessionslosigkeit) für normal oder er kommt wegen seiner Unbedeutsamkeit als ernstzunehmender Faktor gar nicht mehr in Betracht.
Auf jeden Fall scheint mir aber etwas anderes durchaus parallelisierbar: nämlich die Frage nach der Wahrnehmung unserer Verantwortung in diesen Prozessen. So formuliert das Stuttgarter Schuldbekenntnis im Oktober 1945 im Rückblick auf den Weg der Evangelischen Kirche zur Zeit des Nationalsozialismus in Deutschland: „Wir klagen uns an, dass wir nicht mutiger bekannt, nicht treuer gebetet, nicht fröhlicher geglaubt und nicht brennender geliebt haben." (Im Zeichen der Schuld, hgg. v. Martin Greschat, Neukirchen-Vluyn 1985, S. 45) Ist das nicht auch uns heute wie in den Mund gelegt?

Wer diesen Erkenntnisweg auch auf sich selbst hin gesehen nicht mitgeht, wer sich in der Projektion auf andere erschöpft und meint, an seinem (theologischen) Wesen solle wenigstens die Kirche genesen (wenn schon nicht die Welt), muss sich fragen lassen: Wes Geistes Kind bist du? (Lk 9,55) Die Identifikation mit dem Evangelium und seinem Auftrag darf nicht zu dem Missverständnis führen, man selber sei dadurch schon Licht und Segen und die Tatsache verdrängen, dass die Umkehrbewegung vom Unglauben zum Glauben eine in dieser Welt nicht endende ist, die uns aufgegeben bleibt und mit der wir hier nicht ans Ziel kommen. So gesehen gilt der Ruf des Vaters in dieser Evangeliengeschichte auch uns in beständiger Weise: „Ich glaube, hilf meinem Unglauben." Die Frage, wes Geistes Kinder wir sind, lässt sich also auch so fassen: Willst du selber Recht haben und behalten oder willst du ein Mensch werden, der sich in Gott und seiner Liebe findet? Und diese Liebe ist immer auch eine Liebe zu den anderen.

Die Frage wäre dann die, ob wir bereit sind, die eigene Besessenheit von uns selbst zu erkennen und sie aufzugeben zugunsten eines Vertrauens in das Evangelium Jesu Christi, also des Gekreuzigten Auferweckten.[107] Lassen wir uns in diese Umkehr neu rufen oder verbreiten wir zur Jahreslosung Pausbackenes und altgewohnte Richtigkeiten? Oder am Schlimmsten: Rechthabereien. Auch von denen kann man „besessen" sein. „Der Besessene ist der Mensch, den Luther *incurvatus in seipsum* nannte, also, sei es selbstverliebt oder verängstigt, in sich selbst verkrümmt, einzig um sich besorgt. Ihm sind weder Himmel noch Erde offen. Er haust nach Markus 5,2ff schon lebendig in Gräbern, ist wie sein Genosse aus Matthäus 9,32 stumm, also kommunikationsunfähig."[108] Gott holt uns durch und in Christus aus solcher Lage heraus: „Wir sind Zeugen seiner Wahrheit, gehen unter geöffnetem Himmel zu den Opfern der Götzen in alle Winkel auf Erden, aus

---

[107] Zu solchem Vertrauen gehört auch die Einsicht, dass sich Glaube nicht in einer vermeintlichen Objektivität sichern lässt. Ernst Käsemann sprach in diesem Zusammenhang von der Nichtobjektivierbarkeit. Was Ernst Käsemann zu den Wundern schreibt, gilt m. E. auch schon für das Wunder des Glaubens und das Leben im Glauben – und geistliches Leitungshandeln ist ja nichts Anderes als auf dieser Verantwortungsebene im Glauben zu handeln. „Im Wunder erfolgt eine Begegnung mit der Gottheit und ihrer Macht, die nach mir greift, wenn sie sich bekundet. Es geschieht nicht nur etwas Außergewöhnliches, sondern es begegnet mir einer, sei es nun die Gottheit oder der Dämon. Dass es die Gottheit oder der Dämon sein kann, ist für den Vorgang der Begegnung charakteristisch. Denn diese hat Sinn und Eindeutigkeit ja stets nur für den dadurch Betroffenen, nicht für den neutralen Beobachter. Sie verlangt so etwas wie Deutung oder Glauben und lässt sich nicht einfach verrechnen. Wo Wunder wirklich als Epiphanie verstanden wird, da wird eine Relation gesetzt und gefordert, man mag auch sagen: eine Kommunikation. Dort werden wir nicht bloß über etwas belehrt, was man an und für sich betrachten könnte, sondern, weil Macht nach uns greift, in Entscheidung gerufen, die sich als Glaube oder Unglaube bzw. Verstockung äußern mag." (Zum Thema der Nichtobjektivierbarkeit, EvB I S. 227f.) Das macht ja gerade die Beliebigkeit heutiger Theologie und die Langweiligkeit der Kirche aus, dass wir uns viel zu oft in urteilender Beobachtersituation aufhalten und dieses Angesprochensein und Entscheiden nicht mehr vollziehen. Die Akedia (Trägheit, Überdruss, Schläfrigkeit, Erschlaffung, Teilnahmslosigkeit, Gleichgültigkeit, Trübsinn; eine Tatlosigkeit, die zur Untat verkommt, und in verwechseln wir in aller Regel auch die Gleichgültigkeit mit Toleranz; vgl. Jürgen Werner, Die sieben Todsünden, Stuttgart 1999, S. 195) hat uns so oft fest im Griff...
Am Ende seines Aufsatzes summiert Käsemann: „... weder das Wunder noch der Kanon noch der historische Jesus vermögen unserem Glauben Sicherheit zu gewähren. Objektivität im Sinne der Sicherung gibt es für unsern Glauben überhaupt nicht. Das ist das Ergebnis, das die neutestamentliche Wissenschaft auf ihre Weise demonstriert." (aaO S. 236) Käsemann hat seine Gedanken 1953 zu Papier gebracht. M. E. ist aber kein grundlegender Wandel in der Beurteilung der grundlegend wichtigen Bedingungen und Faktoren eingetreten – wie auch? Und bis heute gilt: Wer den Glauben „sichern" will in Autoritätsgebilden institutioneller oder dogmatisierter Form, der tötet ihn ab.
[108] Ernst Käsemann, Die Heilung der Besessenen, in: ders., Hg. Rudolf Landau/Wolfgang Kraus, In der Nachfolge des gekreuzigten Nazareners, Tübingen 2005, S. 201

Isolation befreit, in Mut und Kraft zu gemeinsamem, sich mitteilendem und Anteil nehmendem Leben."[109]

Erlemann fasst zusammen: *„Zwischenfazit: Das Böse steht auf verlorenem Posten!* Die Exorzismen sind, den Evangelisten zufolge, Signal für die anbrechende Gottesherrschaft. Menschen, die von bösen Mächten gefesselt sind, kommen frei. Die Verdrängung des Bösen geschieht demnach nicht durch Ausgrenzung der Besessenen, sondern durch Ausweisung der Dämonen und Rückführung der Ausgegrenzten in die Gesellschaft. Im Gegenzug nimmt die Gottesherrschaft Wohnung in der Welt."[110]

(Ende des Exkurses)

(Weiter Luther 2016, Vers 30-32:) „Und sie gingen von dort weg und zogen durch Galiläa; und er wollte nicht, dass es jemand wissen sollte. Denn er lehrte seine Jünger und sprach zu ihnen: Der Menschensohn wird überantwortet werden in die Hände der Menschen, und sie werden ihn töten; und wenn er getötet ist, so wird er nach drei Tagen auferstehen.

Sie aber verstanden das Wort nicht und fürchteten sich, ihn zu fragen."

Die Jünger bleiben unverständig und begreifen nicht, dass sowohl die Erfahrung auf dem Berg der Verklärung als auch der Sieg über den bösen, Leben zerstörenden Dämon Zeugnisse sind für das in Jesus anbrechende Gottesreich. Warum Jesus zum Kommen dieses Reiches getötet werden soll und was die Rede von der Auferstehung bedeutet, ist und bleibt ihnen schleierhaft. Rätselhaft schön erscheint das Wortspiel vom für die Sache Gottes stehenden Menschensohn, der in die Hände der Menschen fällt, die ihre Sachen und ihr Ding mit ihm machen werden. Das lässt tiefer fragen auch nach dem Glauben: Machen wir in ihm auch unser Ding, legen Hand an an Welt und Leben nach eigenem Maß und Willen? Oder ist unser Glaube als der Glaube Jesu, den er uns zuspielt, eine Kraft, unsere Selbstbezogenheit zu überwinden? Uns in dieses andere Leben in der Kraft der Auferstehung hinein zu nehmen, das auch die Jünger sich nicht vorstellen konnten und das nur erreichbar scheint auf dem Weg über das Kreuz – so wie Jesus sich auch hier dem „Dämon" stellte?

(33-34) „Und sie kamen nach Kapernaum. Und als er im Haus war, fragte er sie: Was habt ihr auf dem Weg besprochen? Sie aber schwiegen, denn sie hatten auf dem Weg miteinander besprochen, wer der Größte sei."

Vom Vorhergehenden her betrachtet also in keiner Weise zufällig gerät jetzt das in den Blick, was dem Kommen des Reiches im Wege ist. Es ist nichts anderes als die menschliche Selbstbespiegelung und die Hauptsache-Ich-Haltung (heute sagt man wohl: „me first"). Die Jünger scheinen den Widerspruch in ihrem Verhalten zu ahnen, einerseits Jesus nachzufolgen, andererseits damit beschäftigt zu sein, wie sie selber am besten und wirklich gut dabei herauskommen. Wie der besessene Junge sind sie in ihrer Kommunikation und in ihrem Miteinander unter sich und mit Jesus behindert, weil sie befangen sind durch ihr Unverständnis und durch das Kleben an ihrer eigenen

---

[109] Käsemann, ebenda
[110] Kurt Erlemann, Kaum zu glauben, Neukirchen-Vluyn 2016, S. 71

Perspektive, wenn nicht vermeintlichen Wichtigkeit. Das beides hindert das Geschehen des Glaubens auf massive Weise.[111]

(35-37) „Und er setzte sich und rief die Zwölf und sprach zu ihnen: Wenn jemand will der Erste sein, der soll der Letzte sein von allen und aller Diener. Und er nahm ein Kind, stellte es mitten unter sie und herzte es und sprach zu ihnen: Wer ein solches Kind in meinem Namen aufnimmt, der nimmt mich auf; und wer mich aufnimmt, der nimmt nicht mich auf, sondern den, der mich gesandt hat."
Höre ich das, ist sofort eine andere Begebenheit, die von Jesus berichtet wird, in Erinnerung: wie er den Menschen sagt, sie sollten das Reich Gottes aufnehmen[112] wie ein Kind – und wer es nicht so aufnimmt, der kommt nicht hinein (Mk 10,15). Das versteht man ja eigentlich immer unmittelbar so, dass einem die Kinder zu Vorbildern werden, wie man glaubt. Hier aber nehme ich überrascht einen ganz anderen Akzent wahr.[113] Das Reich Gottes aufzunehmen wie ein Kind, das hieße also auch: es in mein Leben hinein zu nehmen wie ein Kind, das ich in mein Haus und meine Familie aufnehme. Dann ginge es nicht darum, dass ich so naiv, empfänglich und neugierig oder kreativ wie ein Kind dem Glauben begegne und nicht in der für uns Erwachsene so oft typischen Skepsis – dann ginge es ja ganz handfest um nötige Dinge: Bett, Tisch, Stuhl und Schrank für das Kind, das ich aufnehme; Essen und Fürsorge; Aufmerksamkeit und Begleitung. Mit dem Kind nehme ich eine Beziehung auf und eine riesengroße Verpflichtung. Und mit dem Kind nehme ich einen Menschen auf, der jedenfalls zu biblischen Zeiten eine sehr schwache und abhängige soziale Position besaß und auf den man nicht nur in körperlicher Hinsicht herunter blickte. Oft genug wurden diese Kinder, und das wohl auch durch die Jahrhunderte hindurch bis in unsere Zeiten, als billige Arbeitskräfte herangezogen. Und die – verkörpern Gott selber? Nein, das sieht man nicht – aber das zu glauben mutet Jesus

---

[111] Dazu Guttenberger: „Rivalität und Geltungsansprüche" nach der Art der griechisch-römischen „Kultur der Aristokraten", der „Guten und Edlen", bestimmen „auch außerhalb der Oberschicht das Verhalten von Männern gleichen sozialen Rangs." Das ist auch für das Agieren der Jünger und dann der sich bildenden christlichen Gemeinden von Belang. Markus schildert hier die Position Jesu dazu so: „Macht und Prestige in der Gruppe soll derjenige erhalten, der den geringsten Rang in der Gruppe einnimmt und diejenige soziale Position übernimmt, die der Leitungsposition polar entgegengesetzt ist: die Rolle des Dieners. … Die Antwort Jesu korrigiert … das Motiv der Schüler und postuliert eine Gruppenstruktur, in der Rivalität nicht mehr möglich ist." (S. 226) Freilich weiß jeder aus Erfahrung, dass man konkurrierendes und rivalisierendes Verhalten nicht einfach abschaffen kann – auch in der Kirche nicht. Wie der Unglaube zum Glauben laufen Selbstfokussierung und Machtstreben zu Nächstenliebe und Dienst immer mit. Damit ist umzugehen und es darf nicht geleugnet werden. Und der Umgang damit beginnt nicht mit dem Blick auf die anderen sondern immer mit der Nachfrage „Bin ich´s?" (Mk 14,19).
[112] An beiden Stellen hat der griechische Text Formen von δεχομαι (dechomai), was u.a. bedeutet: aufnehmen, annehmen, empfangen, nehmen, fassen, sich gefallen lassen, auch: gelten lassen. (vgl. Walter Bauer, Wörterbuch zum NT, Sp. 352)
[113] Dazu ausführlich Jürgen Ebach, Die Grammatik des Gottesreichs, Bibelarbeit über Markus 10, 13-16, in: ders., In den Worten und zwischen den Zeilen, Knesebeck 2005, S. 25-39. Ebach buchstabiert beide Verstehensweisen durch: das Gottesreich „annehmen, wie ein Kind es annimmt" und „es annehmen, wie sie ein Kind annehmen". (S. 31) Ebach erkennt in den Kindern eher die sozial Schwachen als Wesen mit dem Reich Gottes besonders affiner Eigenschaften, was immer wieder auch merkwürdige Blüten hervorbrachte. „Gefordert ist das Annehmen, Aufnehmen des Kindes als des sozial Schwächsten. Wo dies geschieht, … wird etwas vom Gottesreich sichtbar. … Ist denn das Gottesreich selbst schwach, klein, schutzwürdig, gefährdet? Muss man es nähren, aufwachsen lassen, behüten? … die Antwort lautet schlicht: Ja!" (S. 32) Mit Bezug auf Psalm 8 spricht Ebach aber auch von der Macht, „die von den kleinen Kindern ausgeht" (33) und zieht die Linie über den „unbedingten Anspruch des Kindes auf das Heute" (auch Ps. 95,7) und erkennt: „Das Gottesreich annehmen, wie ein Kind es tut, heißt dann: nicht immer noch zuerst etwas anderes zu tun zu haben." (S. 34f.) Wer die Kinder annimmt, lobt Gott. (38)

zu.[114] Und entpuppt damit unsere soziale Praxis im Umgang miteinander, hier mit den Kindern, als ungläubig. Diese unbedeutenden Kleinen, mit denen man doch so vieles machen kann, werden bei ihm zu Trägern göttlicher Dimensionen – und das nicht, weil sie naiv oder so dumm oder so klein sind, wie man sie immer wieder auch in christlichen Darstellungen verkitscht hat, sondern weil Er sich mit ihnen solidarisiert. Wo der Glaube geschieht, bezieht er alle ein – die Kleinen und Geringen vor allem.

(38-41) Aber nicht nur Jesus solidarisiert sich mit Menschen: auch Menschen, die gar nicht zu seinem Jüngerkreis zählen, berufen sich auf ihn. „Johannes sprach zu ihm: Meister, wir sahen einen, der trieb Dämonen in deinem Namen aus, und wir verboten's ihm, weil er uns nicht nachfolgt. Jesus aber sprach: Ihr sollt's ihm nicht verbieten. Denn niemand, der ein Wunder tut in meinem Namen, kann so bald übel von mir reden. Denn wer nicht gegen uns ist, der ist für uns. Denn wer euch einen Becher Wasser zu trinken gibt deshalb, weil ihr Christus angehört, wahrlich, ich sage euch: Er wird nicht um seinen Lohn kommen."

Kleinliche Abgrenzung ist nicht Jesu Sache. Der Begriff „christlich" ist bis heute nicht geschützt – wenn denn Gutes geschieht und gut gesprochen wird, was sollte Jesus dagegen haben? Und wer Jesus und den Seinen Gutes tut, dem soll es nicht vergessen sein. Die Jünger denken zwar noch nicht in Patenten, Copyright, Urheberrecht und Namenseigentum – aber sie sind da schon recht nah dran. Man muss vorsichtig und auf der Hut sein in dieser Welt, in der so viel Schlimmes und Gehässiges passiert. Da haben sie sicher Recht. Jesus aber nimmt eine andere Perspektive ein: die des Glaubens und Vertrauens. Freilich kann er genau so auch skeptisch sein: „Wer nicht für mich ist, ist gegen mich, und wer nicht mit uns sammelt, der zerstreut." (Mt 12,30) Blauäugig ist er also nicht. Aber hoffnungsvoll und freundlich. Und diese Seite will er zuerst und vor allem zeigen.

(42-50) „Und wer einen dieser Kleinen, die an mich glauben, zum Bösen verführt, für den wäre es besser, dass ihm ein Mühlstein um den Hals gehängt und er ins Meer geworfen würde. Wenn dich aber deine Hand verführt, so haue sie ab! Es ist besser für dich, dass du verkrüppelt zum Leben eingehst, als dass du zwei Hände hast und fährst in die Hölle, in das Feuer, das nie verlöscht.

(44) + (46) In der späteren Überlieferung wird als Vers 44 und 46 der Text von Vers 48 eingefügt.

Und wenn dich dein Fuß verführt, so haue ihn ab! Es ist besser für dich, dass du lahm zum Leben eingehst, als dass du zwei Füße hast und wirst in die Hölle geworfen. Und wenn dich dein Auge verführt, so wirf's von dir! Es ist besser für dich, dass du einäugig in das Reich Gottes eingehst, als dass du zwei Augen hast und wirst in die Hölle geworfen, wo ihr Wurm nicht stirbt und das Feuer nicht verlöscht. Denn jeder wird mit Feuer gesalzen werden. Das Salz ist gut, wenn aber das Salz nicht mehr salzt, womit werdet ihr's würzen? Habt Salz bei euch und habt Frieden untereinander!"

Hier geht es um Verderben und Eingehen ins Leben des Reiches Gottes – und das in einer erschreckend drastischen Weise! Maßstab und Zielpunkt dabei ist das Eingehen in das vollendete Gottesreich (s. V. 1), was dazu beiträgt, ist gut, was das hindert, sollte beseitigt und aus der Welt geschafft werden. Freilich kann man fragen: wenn nicht das mich unrein macht, was in mich hinein kommt, sondern das, was aus meinem Herzen dringt – ist dann nicht aus das Wegwerfen von Händen, Füßen, Augen keine Lösung? Das Verderben sitzt ja nicht in ihnen, geht nicht von ihnen aus, es geht nur irgendwie durch sie hindurch. So

---

[114] Guttenberger erkennt in der Umarmung des Kindes durch Jesus dessen Auszeichnung als „Gleichgestellten" (S. 226).

verstehe ich diese Aufforderungen nicht direkt, sie können sogar gefährlich sein, sondern ich erkenne in ihnen die dringliche Warnung, die Bedeutung der eigenen Haltungen und Verhaltensweisen nicht zu unterschätzen. Sie können einen ins Leben des Reiches Gottes geradewegs hinein bringen, aber eben auch: völlig davon abziehen. Darüber soll man sich ebenso wenig täuschen wie an der großen Wichtigkeit, die die „Kleinen" für Jesus haben – Menschen, die Unterstützung und Begleitung brauchen und die man darin nicht verachten soll. Es sind zum einen Menschen, denen Jesu Liebe gilt – zum anderen kann auch ich von einem Moment zum anderen zu ihnen gehören. Man täusche sich nicht über sich selbst.

In inhaltlicher Korrespondenz dazu stehen die Worte von Feuer und Salz: das Feuer läutert, es reinigt, und nichts anderes soll durch die genannten harten Handlungen des Ausmerzens erreicht werden. Ein Gericht also, das Menschen an sich selber ausüben, in vorauseilendem Gehorsam zum Gericht Gottes, um dann in diesem zu bestehen? Man sollte den Grundton von Mk 1,15 nicht verkennen noch überhören, Buße zu tun, umzukehren – ein Ton, den wir kaum noch wahrnehmen und meinen, der „liebe Gott" müsste doch froh und dankbar sein, wenn sich überhaupt noch jemand für ihn interessiert. Bevor ich mich also über die harte Rede in den Versen zuvor erzürne, frage ich mich selber, ob ich es nicht bin, der durch sie aufgerüttelt, ja: überhaupt erst noch geweckt werden muss. Haben wir überhaupt noch irgendein Sensorium für den Ernst der Reich-Gottes-Verkündigung Jesu? Oder ist uns das Evangelium inklusive seiner angeblichen Kommunikation nicht schon längst verkommen zur Bespiegelung unserer selbst? Solche Fragen werden in der Regel anderen vorgeworfen. Man sollte sie aber immer zuerst sich selber stellen. Spüren wir ruhig das Feuer, von dem hier die Rede ist! Auch in den harten Worten vom Ausreißen und Ausmerzen.

Geht es hier also um das Bewahren und Retten, ist das beim Salz nicht viel anders. Es ist dazu angetan, zu konservieren, zum Leben Nötiges zu bewahren und bereit zu halten. Sind Jesus und die Seinen Salz der Erde (vgl. Mt 5,13; Lk 34f), könnte man sich fragen, ob ihnen damit also eine besondere Aufgabe und Situation gegeben wird, die eigentlich eine Minderheitenposition impliziert – das Salz kann nie „alles" sein, jedoch immer auf das Ganze bezogen. Nimmt es diese Position und Aufgabe aber nicht wahr, dann wirkt es nicht, es verliert auch seine Salzkraft. Das scheint (als Bild) auch einen realen, stofflichen Anhalt zu haben: „In Palästina wurde Salz aus dem Toten Meer gewonnen; der hohe Salzgehalt besteht aber überwiegend aus Calcium- und Magnesiumchlorid, der Anteil an Natriumchlorid liegt bei nur ca. 30%; dieses sowie weitere Verbindungen sorgen dafür, dass Salz aus dem Toten Meer tatsächlich seine Salzigkeit verlieren kann."[115]

Diese Gefahr hat auch Matthias Loerbroks im Blick, und er spricht von einer Kirche, die etwas „auftischt, was zwar gewiss gesund und nahrhaft ist, aber nach nichts schmeckt; was die Leute satt haben, ohne je satt geworden zu sein".[116] Lasch und lau kommen wir daher, und unser oberstes Gebot scheint nicht die Gottes- und Nächstenliebe zu sein sondern dass der Laden läuft und Konflikte unter der Decke gehalten werden. Natürlich sollen wir, wie es hier ja auch heißt, untereinander Frieden halten, und das Salz „nicht in Wunden … reiben, satt diese Wunden zu verbinden". Doch „Jesus sträubt sich dagegen, dass wir um des lieben Friedens willen nur noch Unstrittiges, Selbstverständliches sagen und tun und damit fade und langweilig, geschmacklos werden; das Evangelium weit unter

---

[115] Guttenberger, Markus, S. 224; sie fügt an: „Auch Plinius kennt `fades Salz´ (sal iners, Naturalis historia 31.28)
[116] Matthias Loerbroks, Habt Salz in der Suppe, Stuttgart 2017, S. 115 Bei ihm S. 116 auch der Hinweis auf das Jüngersein als „eine Sache von Minderheiten".

Wert verkaufen, verschleudern, es selbst rausschmeißen und zertreten lassen; die Welt, wie sie ist, ungestört lassen, allenfalls immer wieder ein bisschen verschieden interpretieren, aber nicht verändern. Ein verharmlostes, ein banalisiertes Evangelium, das niemanden wehtut, aber auch niemanden tröstet, bringt keinen Frieden, sondern ist und macht ungenießbar."[117] So ist auch der Glaube in unseren Reihen in vielleicht schon größerem Ausmaß Ausdruck für eigene Selbstverständnisse[118] als für das Vertrauen auf das, was Christus bringt und tut.

IV. Glaube im Raum biblischer Theologie
"Glaube" im Raum biblischer Theologie, vor allem in alttestamentlicher Perspektive

"Wer sich besinnt und sagen will, was er glaubt, der sollte sich … zugleich immer darauf besinnen, in welcher Situation und woraufhin er das tut." Diese Feststellung im einleitenden Kapitel gilt auch hier: Wer fragt, was Glauben im biblischen Kontext bedeutet, sollte sich zugleich Klarheit verschaffen, wie er selber in seiner Situation, von den eigenen Prägungen und Interessen her, den Begriff füllt und was er darunter versteht. Nur dann wird es möglich sein, auch das Andere und das Fremde, das im biblischen Begriff begegnet, überhaupt zu differenzieren und wahrzunehmen. Um der Exegese eine Chance zu geben vor der Eisegese, also der Auslegung vor der Hineinlegung, beginne ich mit einem kurzen Vorlauf, wie ich die Rede vom Glauben in meinem Umfeld und in meiner Wahrnehmung erlebe. Wie also geschieht die Rede vom Glauben unter uns?

"Das muss ja schließlich jeder selber wissen." Eine Strichliste habe ich nicht gemacht, aber gefühlt ist das die häufigste Bemerkung, die ich in Gesprächen zum und über den Glauben zu hören bekomme. Etwas, das jeder selber wissen muss. Und das macht man mit sich selbst ab; es ist zugleich etwas, das einen isoliert. Es wird der sozialen Ebene und dem Gespräch miteinander entzogen, bis dahin, dass sich der Eindruck eines Tabus ergibt:

---

[117] Loerbroks, aaO S. 117

[118] "Wenn die Kirche nämlich in ihren von ihr selbst aufgestellten Lehren ihr Selbstverständnis pflegt und nährt, dann versteht sie nicht, wer in diesem Fall *creator* und wer *creatura* ist." (Iwand, Quousque tandem?, in: ders., NW 2, Vorträge und Aufsätze, Hg. Helmut Gollwitzer u. a., München 1966, S. 251) Ähnlich in "Die Neuordnung der Kirche und die konfessionelle Frage", ThB 9 S. 163: "Die Kirche und das Evangelium stehen zueinander im Verhältnis des Geschöpfes zum Schöpfer. Die Kirche lebt vom Evangelium, nicht umgekehrt." Die Kirchen aber waren wieder einmal weithin mit sich selbst, mit ihrer Stellung, Ordnung und Zukunft befasst, als sei das ihre vorrangige Aufgabe, für sich selbst zu sorgen. Und dabei sollte das Bekenntnis ihnen hilfreich sein. "Aber es fragt sich doch, ob das Bekenntnis ursprünglich dazu da ist, der Kirche zu ihrem Selbstverständnis zu helfen." (Iwand, aaO S. 164). Ist es natürlich nicht. Bekenntnis ist vorrangig das Zeugnis des Evangeliums vor der Welt, also eben die "Salzfunktion".
In der protestantischen Restaurationsphase der konfessionellen kirchlichen Verhältnisse in der Nachkriegszeit war das Selbstverständnis der jeweiligen Konfessionen ein unübersehbares Hindernis der Gemeinschaft der Konfessionen. Was die geistigen und bewusstseinsmäßigen "Befindlichkeiten" angeht, scheint mir dieses Problem nicht abgetan, auch nach Leuenberg (Konkordie 1973). Die Problematik scheint sich vielmehr vom Institutionellen ins Individuelle und Gruppenorientierte verlagert zu haben – es gilt, "was mir einleuchtet" oder was ich "gut finde", es bleibt aber beim "circulus vitiosus" eines jeweiligen Selbst. In einer Zeit identitärer Bewegungen feiert das Selbstverständnis als maßgebliches Kriterium fröhliche Urständ! Es ist auch vielfach in den Glaubensbegriff aufgenommen, der dann ja nichts anderes mehr zum Ausdruck bringt als eben ein eigenes Selbstverständnis, das man eben glaubt. Wo aber bleibt das uns fremd anmutende Verstehen unseres Glaubens und Lebens aus dem Evangelium heraus?

darüber spricht man nicht. Denn: „Das muss ja schließlich jeder selber wissen." Das macht man mit sich selbst ab und lässt die anderen damit in Ruhe.[119]

Der Glaube ist damit der ihm eigenen Sozialität entnommen, der einzelne in den Fragen und Lebensweisen des Glaubens sich selbst überlassen. Der Glaube wird damit von ihm notwendigen Bezügen abgeschnitten, die ihn wachsen und gedeihen lassen. Und das gilt nicht nur in der Gesellschaft allgemein, es spiegelt sich auch innerhalb der Kirchen. Denn die Atmosphäre des „jeder selber" und „Glaube ist Privatsache" hat längst auch in sie Einzug gehalten. Kombiniert mit der geistlich-theologischen Verunsicherung, in der etwas wie die „Wahrheit" des Glaubens vielen auch in der Kirche unsagbar geworden zu sein scheint, führt das zu einem weitgehenden Ausfall der Glaubensdimension. Ohne hier in den Kirchen handelnden Personen persönlich irgendetwas absprechen zu wollen, ist doch darauf zu sehen, in welcher Weise geistliches Leben und theologisches Denken gemeinde- und kirchengestaltend wirken. Der erhebliche Ausfall dieser Dimension kann einem schon als tiefer Schreck in die Glieder fahren! Wie gesagt, es geht nicht darum, persönlich irgendjemand etwas abzusprechen. Es geht darum, zu fragen, in welcher Weise geistliches Leben und theologisches Denken denn in ein *Miteinander* geraten und den Weg von Institution und Organisationen mit prägen.

Im evangelischen Bereich wird diese Situation durch zwei weitere Faktoren befördert. Zum einen hat gerade im lutherischen Bereich die Trennung der weltlichen Organisation der Kirchendinge von den geistlichen Inhalten dazu geführt, dass sich innerhalb der Kirche Strukturen und Ordnungsweisen entwickelt haben, die angeblich mit dem Glauben nichts zu tun haben. Zum anderen hat die theologische Entwicklung dazu verleitet, das göttliche Gegenüber zum Menschen ganz ins Menschliche zu ziehen und Jesus neu „in die Hände der Menschen" ausgeliefert. Glaube hängt dann nicht mehr im Wort, sondern im menschlichen Selbstverständnis. Jesus ist dann nicht mehr der Christus, sondern eine zwar hoch stehende Erscheinung menschlicher Kultur, geht aber doch darin auf, dass er nichts anderes ist als ein Mensch wie Du und Ich. In den Evangelien erkennt man nicht mehr die Passion als zentral sondern versucht, vorwiegend ethische Impulse vom historischen Jesus aufzunehmen. Nicht mehr Gottes Geist und Kraft schaffen Kirche und geben ihr Weg und Zukunft, das machen wir jetzt selber. Das Kreuz, fordern einige, soll man doch aus dem Glauben streichen, weil Gott so etwas doch nicht wollen könne. Und mit der Rede von der Sünde müsse Schluss sein.

Was mit christlichem oder evangelischem Glauben gemeint ist, ist in dem Wirrwarr kaum festzustellen. Mich erinnert es immer wieder an die Versammlung in Ephesus, von der Apostelgeschichte 19,32 berichtet: „Dort schrieen die einen dies, die anderen das, und die Versammlung war in Verwirrung, und die meisten wussten nicht, warum sie zusammengekommen waren." Liefert das zugleich auch die Beschreibung der evangelischen Kirche heutzutage? Manchmal könnte man diesen Eindruck gewinnen. Im üblichen Sprachgebrauch zielt „Glaube" längst nicht mehr auf eine von Gott geschenkte Gewissheit, er bezeichnet vielmehr Ungewissheit und einen geringeren Grat von Wissen. „Glaube" deutet längst nicht mehr die Ausrichtung auf Gottes Zukunft an,

---

[119] Häufig wird damit zugleich der Glaube als reiner Gefühlsakt betrachtet – nach Paul Tillich ist das ein Missverständnis des Glaubens. „Die Kultur geht, geleitet von wissenschaftlicher Erkenntnis, ihren eigenen Weg. Die Religion ist Privatsache jedes einzelnen und ein Spiegel seines Gemütslebens. Sie kann keinen Anspruch darauf erheben, `Wahrheit´ zu sein. Die Religion wird wohlverwahrt in die Ecke subjektiver Gefühle geschoben und kann dem kulturellen Handeln des Menschen in keiner Weise gefährlich werden. ... Aber das Gefühl ist nicht die Quelle des Glaubens. Glaube hat eine bestimmte Richtung und konkreten Inhalt. Darum erhebt er Anspruch auf Wahrheit und fordert Hingabe." (Paul Tillich, Wesen und Wandel des Glaubens, West-Berlin 1961, S. 50-52)

vielmehr meinen viele, er sei etwas Überholtes und Gestriges. Überdies versteht man Glauben als „Wahrscheinlichkeitsvermutung", das Gespür für die mit ihm verbundene und in ihm auflebende „Vertrauenshaltung" ist weithin abhanden gekommen oder vom theologischen in den rein psychologischen Bereich überführt.[120]

Dass darüber die Rede und das Gespräch über den Glauben nicht nur in der Gesellschaft allgemein sondern auch in der Kirche viel zu kurz kommt, verwundert nicht. Und dieses „weiche" Thema wird auch von anderen, „harten" und damit angeblich wichtigeren Themen verdrängt: Wie man im Alltag bestehen kann und da gut durch kommt, wie sich die Wirtschaft entwickelt, wie es um die Gesundheit steht usw. usf. – da hat man doch für so etwas Unsicheres und schwer Greifbares wie den Glauben keinen Nerv mehr. Den Himmel ist man mit Heinrich Heine geneigt, den Spatzen zu überlassen. Jedenfalls so in der Außenwirkung und in dem, was man zeigt. Wie es innen aussieht, das ist mitunter eine ganz andere Frage. Aber die stellen sich etliche nicht mehr. Bis sie vielleicht doch einmal aufbricht: Was mache ich hier eigentlich? Wer bin ich überhaupt? Und wozu? Nach einer Abendveranstaltung zur Thematik Identität und Lebenssinn sprach mich ein Mann an, der eine verantwortliche Stellung in einem größeren Unternehmen ausfüllte und sagte: „Ja, vielen Dank, darüber habe ich noch nie nachgedacht." Wie auch, wenn alle Kraft und Zeit immerzu da hinein geht, zu funktionieren.

Das Problem dabei ist nur, dass wir zum einen dazu Kulissen, Modelle, Profile und Masken nutzen, die austauschbar sind und zum anderen im Zwang zur Singularisierung eine Erwartung bedienen, die eben nicht nur unsere eigene ist sondern die ihre Macht im Prinzip daraus bezieht, dass sie sich als eine soziale Erwartung erweist.[121] Die Meinung, man verwirkliche dabei ja nur sich selbst, ist also ein schwerwiegender Irrtum.

Der Glaube findet dabei gar keinen Lebensraum mehr oder er reduziert sich zu einer Art Glauben an sich selbst. Das Lebenszentrum liegt dabei immer in mir selbst. Und es geht darum, dass ich mich selbst habe. Die illusionäre Erwartung dabei ist: Wenn ich mich selbst habe, dann wird alles gut. Dann habe ich, was das Leben ausmacht. Sei du selbst, dann hast du alles. Dabei verkennt man freilich, dass dies nur ein Teil der Wahrheit ist. Darin liegt durchaus auch Richtiges: Nehme ich mich selbst und die eigene Individualität nicht wahr, auch die eigene Sonderung von den anderen und meine je ganz eigene Art, dann kann ich kein „Ich" werden, welches das eigene Leben empfindet und lebt. Nur: In dieser Perspektive erschöpft es sich ja nicht, die ist nur eine unter anderen. Doch ist und bleibt sie wichtig. Denn im Glauben bin immer ich selber gefragt – die berühmte Gretchenfrage bei Faust: „Wie hältst du's mit der Religion?" Oder: Was glaubst denn du? Das ist eine der fundamentalen „Herzenssachen" im Leben. Das Herz ist das Zentrum meiner Person.[122]

---

[120] Vgl. Ingolf U. Dalferth, God first, Leipzig 2019², S. 111

[121] Besonders deutlich gezeigt und ausgeführt findet sich das bei Andreas Reckwitz, Die Gesellschaft der Singularitäten, Ffm. 2017. „In der Spätmoderne findet ein gesellschaftlicher Strukturwandel statt, der darin besteht, dass die soziale Logik des Allgemeinen ihre Vorherrschaft verliert an die *soziale Logik des Besonderen*. Dieses Besondere, das Einzigartige, also das, was nichtaustauschbar und nichtvergleichbar erscheint, will ich mit dem Begriff der Singularität umschreiben." (11) „Ulrich Beck und andere haben in diesem Zusammenhang von Individualisierung gesprochen und damit gemeint, dass Subjekte aus allgemeinen sozialen Vorgaben entbunden und sozusagen in die Selbstverantwortung entlassen werden. Singularisierung meint aber mehr als Selbständigkeit und Selbstoptimierung. Zentral ist ihr das komplizierte Streben nach Einzigartigkeit und Außergewöhnlichkeit, die zu erreichen freilich nicht nur subjektiver Wunsch, sondern paradoxe gesellschaftliche *Erwartung* geworden ist." (9)

[122] Reinhard Körner spricht vom Glauben als dem Glauben, der ihn trägt. (ders., Glaube, der mich trägt, Leipzig 2000) Das ist so fundamental persönlich, dass man sich selber davon eben nicht abtrennen kann.

Glaube zielt immer auf eine Gesamtsicht meines Lebens und schließlich dieser ganzen Welt.[123] Und die Frage, in welcher Weise sich die darin schwingenden Themen, Ebenen und Lebensbezüge zueinander verhalten, ist wichtig: ich und du, wir und sie (die anderen), Gott und die Welt, die mich nicht nur umgibt, sondern die mir Raum und Bühne[124] ist. Und es kommt darauf an, wie die Akzente der Aktivitäten und Fähigkeiten wie Machtpositionen darin verteilt und gesetzt sind. „Gott" ist dabei nicht nur ein Faktor unter anderen, er steht zugleich für das Ganze, für seinen Ursprung und für sein Ziel.[125] Und Glaube bezeichnet die Art und Weise, wie die Bezogenheit eines Ich auf diesen Gott erfahren und gelebt wird. Der Unglaube blendet diese Bezogenheit aus. Für den Glauben ist sie das Lebensthema schlechthin, an dem sich alles entscheidet.[126] Die gegenwärtige Kultur und Gesellschaft scheinen das alles für eher bedeutungslos zu halten; die Regale mit Literatur dazu wurden in den Buchhandlungen längst getauscht gegen solche mit Ratgebern methodisierter Spiritualität (mit dem Oberthema: Wie der Glaube an mich selbst gelingt).

Im ersten Gebot (Ex 20,2f; Dt 5,6f) jedoch ist dieser menschliche Grundbezug über sich selbst hinaus thematisiert vom Gottsein Gottes her, das der Mensch zu respektieren hat. Und da sich mit dem Bezug zu meinem Ursprung und zu meinem Ziel letztlich auch mein Leben dazwischen entscheidet, ist das rechte Verstehen und Leben in dem, was das erste

---

Genau das will der Autor: Menschen, die nach Glauben fragen, zeigen, wie Menschen „in ihrem Herzen mit der Religion umgehen, zu der sie sich bekennen." (S. 6) Glaube als Glaube an Gott, der Ursprung und Ziel von allem ist, ist so allgemein und universal, wie man sich überhaupt etwas universal denken kann. Glaube als mein Glaube, durch den ich mit Gott in Beziehung bin, ist so persönlich, wie man überhaupt etwas nur als persönlich denken kann. Denn ist Gott Ursprung und Ziel, dann entscheidet sich daran auch mein Leben. Und es ist meine Sache, die hier im Glauben verhandelt wird. Dann kann ich mich dieser Sache aber angemessen nur so stellen, dass ich es tue „mit Haut und Haar". Glaube ist Herzenssache!

[123] Paul Tillich bestimmt den Glauben „als das Ergriffensein von dem, was uns unbedingt angeht" (ders., Wesen und Wandel des Glaubens, West-Berlin 1961, S. 9). „Ein unbedingtes Anliegen ist wirksam in allen Bereichen der Wirklichkeit und in allen Teilen der Person. Denn das Unbedingte ist nicht ein Objekt unter anderen, sondern der Grund und der Ursprung aller Objekte und als solcher das integrierende Zentrum des personhaften Lebens." (aaO S. 122)

[124] Mit einer Redewendung von Calvin ist dann jedoch zu fragen, ob mir diese Bühne ein „theatrum gloriae Dei", also ein Theater/Schauplatz des Ruhmes Gottes wird oder ob ich es zu einem „theatrum gloriae `selfie'" mache – und man hört nur mein mir selbst geltendes „tritratrullala, Kasper der ist wieder da". Zu Calvin vgl. Institutio I 5,1-2.5; 14,1-2.20-22; 16,1f., dazu auch Calvins Psalmenauslegung. Vgl. Christian Link, Die Welt als Gleichnis, München 1976, S. 76-82 (Die Welt als `Darstellungsraum' der Offenbarung).

[125] Gott aus diesem Ganzen auszugrenzen und ihm einen Sonderbereich zuzuordnen, den der Religion, der Kirche, besonderer Rituale, die aber sonst mit dem Leben nicht viel zu tun haben, wäre dann kein Ausdruck von Glauben sondern eben von Unglauben. Die „Verinselung" unseres Lebens, die Schaffung je eigener Bereiche, die (nur?) nach ihren Eigengesetzlichkeiten ablaufen, die Gliederung der Sozialität in Systeme und Subsysteme, die ihren je eigenen Systemzwängen und Funktionalitäten folgen, sind dann vom Glauben her auch kritisch zu sehen und immer wieder in Frage zu stellen. Andererseits sind religiös begründete Hierarchien theokratischer Art, die Menschen unterwerfen, auszuschließen. Weder „Gott" noch „Gottlosigkeit" dürfen das Gesicht des Totalitarismus tragen.

[126] Eine wesentliche Frage ist in der Tat, wie unter den Voraussetzungen einer säkularisierten Gesellschaft Glaube gelebt werden kann: Nur von einzelnen? Und gemeinsam - allenfalls in Gemeinschaften, die sich von einem Glauben her verstehen? Und auf das Ganze der Gesellschaft und den religiös neutralen Staat gesehen: Wie und in welcher Weise kommt die Dimension des Glaubens darin vor? Grundsätzlich folgen westliche Demokratien zwei unterschiedlichen Modellen: Einmal dem französisch geprägten einer säkularen Zivilgesellschaft, die Religion tendenziell aus der Öffentlichkeit verbannt, dann dem deutschen der Subsidiarität, die Religionsgemeinschaften incl. ihrer öffentlichen Gemeinschafts- und Rechtsformen als Teil der Gesellschaft bewusst aufnimmt. Das Erste oder Alte Testament ist in dieser Hinsicht ein interessantes Modell, da hier der Glaube oder die Religion einen integralen Bestandteil des gemeinschaftlichen Lebens darstellt.

Gebot sagt, für das Leben entscheidend – es entscheidet nämlich über die Ausrichtung, die ein Leben annimmt (sowohl was sein Woher als auch das Woraufhin angeht; beides klingt in den Formulierungen des Gebotes an). Im Glauben gewinne ich nicht nur mein Leben, sondern die ganze Ewigkeit dazu, im Unglauben isoliere ich mich daraus. Im Glauben habe ich, im Unglauben habe ich nicht.[127]

Neutestamentlich zugespitzt liest sich das mit den Worten des „unechten Markusschlusses" in 16,16 so: „Wer da glaubt und getauft wird, der wird selig werden; wer aber nicht glaubt, der wird verdammt werden." Hier kommt es also zu einer sehr krassen Entgegensetzung von Glaube und Unglaube – der eine hebt in den Himmel, der andere lässt ins Verderben stürzen. Im Schrei des Vaters (in der Geschichte um die Jahreslosung begegnet Mk 9,24) begegnet die kraftvoll-dynamische Bewegung in einem von zwei Polen bestimmten Kraftfeld (Glaube und Unglaube). Es ist von beiden bestimmt, sucht aber die Bewegung zur Seite des Glaubens hin. Das wird nun alternativ formuliert: Um der Rettung und des Ankommens in Gottes begonnenem Reich willen gilt es, sich klar und deutlich auf eine Seite zu schlagen: Auf die Seite des Glaubens.

Wie aber wird Glaube in der biblischen Geschichte erfahren, benannt, wie kommt er ins Spiel? Sind Glaube und Unglaube die Art und Weise, wie der Mensch Gott in sein Leben aufnimmt oder aber eben auch nicht? Ist der Glaube so etwas wie die Brücke zwischen Mensch und Gott, und der Mensch kann sie auch nur im Glauben betreten? Im Unglauben (im Leugnen Gottes, aus welchen Gründen auch immer) ist diese Brücke mit der Erklärung der Sinnlosigkeit der Rede von Gott ebenso sinnlos wie Gott selber; wo kein Gott ist, ist auch nicht an ihn zu glauben. Im Unglauben der Ablehnung Gottes will der Mensch diese Brücke nicht betreten. Er meint, Gott nicht zu brauchen und sich selbst genug zu sein. Für beide Weisen verwenden Menschen aber häufig dieselbe Redeweise: „Ich kann nicht glauben." Das ist in diesem Zusammenhang nicht weiter zu diskutieren.[128] Jedenfalls ist klar, dass „Glauben" offensichtlich mehrere Ebenen umfasst: einen Gott glauben, eine Beziehung zu ihm suchen, in der Beziehung zu diesem Gott leben. Das Verhältnis wird also von Schritt zu Schritt irgendwie enger (anders: es wird mehr und mehr zur Herzenssache). Steckt im Glauben auch Geloben, dann bedeutet das: sich im Glauben Gott anbefehlen, das eigene Leben ihm geloben, in die Zugehörigkeit zu Gott auf das Gewisseste eintreten.[129] Doch wo man etwas tun kann, lässt sich jedenfalls theoretisch

---

[127] WA 2,715: Denn wie du glaubst, so geschieht dir. 733,35f.; WA 7,53; WA 40 I, 360,5.6; Reinhard Schwarz, Martin Luther, Lehrer der christlichen Religion, Tübingen 2016² S. 330: „Wie das erste Gebot alle anderen Gebote in Kraft setzt, so ist der Glaube nicht nur das ‚Werk' des ersten Gebotes, sondern ‚Haupt, Leben und Kraft aller anderen Werke', die dem Menschen aufgetragen sind, er ist in der Tat im Leben des Menschen das ‚umfassend Wirkliche', das ‚eine in allem', ‚so dass kein Werk gut ist, wenn es nicht der Glaube bewirkt hat, wenn es nicht vom Glauben wie von einem neuen Sauerteig ganz und gar durchsetzt ist'. Den Glauben nennt Luther das ‚Werk' der Gottesverehrung, das im ersten Gebot gefordert wird, von dem in Jes 5,12b die Rede ist, von dem Jesus in Joh 6,29 spricht." (S. 330, siehe auch S. 332) Vgl. dazu besonders auch die Schriften „Von den guten Werken" und „Von der Freiheit eines Christenmenschen"

[128] Das wäre der Zusammenhang von „nicht glauben können" und „nicht glauben wollen". In meiner Wahrnehmung wurde in früheren Jahrzehnten der mir übersehbaren Lebenszeit das „nicht können" stärker thematisiert, heute scheint das mitunter stärker gewordene „ich will nicht, wozu auch" an Bedeutung zu verlieren zugunsten einer Art Gottlosigkeit, die man schlicht und ergreifend wie selbstverständlich empfindet: das ist doch normal, eben nichts zu glauben. Aus der Sicht biblisch-reformatorischer Theologie gibt es eine erhebliche Schnittmenge von nicht können und nicht wollen, die traditionell unter dem Themen Prädestination sowie Willens(un)freiheit verhandelt wird – wenn sie das denn noch wird, unter der Hand hat sich auch im evangelischen Bereich eine traditionell eher katholisch orientierte Anthropologie durchgesetzt.

[129] „Wer das Zentrum seines Lebens in Gott gefunden hat und finden will, der wird sich lösen von sich und sich öffnen: weit hinaus in eine unvermessene, überraschungsreiche Region, ohne die Gott nicht Gott wäre.

auch das Gegenteil tun: Der Mensch kann sich von Gott entfernen, das eigene Leben von ihm abtrennen, die Trennung von Gott suchen.[130] Diese Trennung kann aus unterschiedlichen Gründen motiviert sein, etwas aus prinzipieller Ablehnung oder auch aus Protest gegen eine konkrete Wahrnehmung, die als ungeheuerlich empfunden wird (z. B. die Frage nach dem Leid, Theodizee).[131]

Wie spricht die Bibel von Glaube und Unglaube? Die Frage lässt sich hier nur sehr rudimentär anreißen. Es zeigt sich aber auch dann sehr schnell, dass es eine ihrer wesentlichen Grundfragen sein muss. Schon unmittelbar nach den Erzählungen von der Schöpfung in Gen 3 ist die Frage zu lesen: „Ja, sollte Gott gesagt haben?" (3,1) In meiner Bibel ist das die dritte Seite – schon da meldet sich der Unglaube zu Wort. Ist es so, wie es ist? Verhält es sich vielleicht nicht doch ganz anders? Warum sich an das halten, was Gott gesagt und gemacht hat? Misstrauen und Zweifel werden laut. Sie finden Gehör. Der Mensch schwingt sich auf, zu entscheiden und zu (be-)urteilen, wie Gott es tut. Er befindet über gut und böse (Gen 3,22), ja: über Gott. Warum denn soll er Gott sein Leben und die Schöpfung glauben, könnte er doch selber Hand anlegen und sich selbst zum Mittel- und Zielpunkt dieses ganzen Unternehmens erklären? Nicht du, Gott. *Ich*! Ich bin es, um den es hier geht. Ich. Na gut, ein bisschen du, wenn und wo ich dich brauchen kann, okay. Aber eigentlich doch mehr – ich. Und das zieht dann Kreise: Kains Brudermord, der schaltet den Konkurrenten aus und versucht den Zweifel zu bewältigen, ob auch ich Gott recht bin – und nicht mehr herrscht der Mensch über die Sünde, sondern sie über ihn, wo es ihm nur um ihn selbst geht; Eigennutz- und Vorteilsdenken dehnen die Macht des Bösen auf Erden aus bis ins Unvorstellbare (Sintflutgeschichte – Gott beschließt, die Erde trotzdem zu bewahren, Noah-Bund, Gen 6-9); die Menschen wollen sich einen Namen machen, einander verstehen sie nicht mehr und Gottes Namen ehren sie nicht, *das* Thema ist schlicht weg (Turmbau Gen 11). Die Urgeschichte zeichnet also

---

Es traut sich einer zum höchsten, wenn er dem Unbedingten und Höchsten, Gott, vertraut." (Traugott Koch, Mit Gott leben, Tübingen 1989, S. 75) Das ist ein anderer Weg und ein anderes Unterfangen als das, den Glauben zu vermessen, wobei wir ja die Messlatte immer selber in der Hand behalten (vgl. Ulrich Schnabel, Die Vermessung des Glaubens, München 2008³). Im „wahren" Glauben werde ich selber nicht nur zu dem, der vermessen wird, sondern auch der, der ein neues Maß seines Lebens erfährt – zugespitzt: das Maß der Barmherzigkeit.

[130] „Wer von Gott nichts für sein Leben und für das Leben der Menschen erwartet, der ist mit Gott fertig, vielleicht weil er von Gott schon alles zu wissen meint: der glaubt ihm also nicht. Denn wovon ich mir nichts verspreche, das bedeutet mir nichts, sagt mir nichts." (Traugott Koch, aaO S. 81) Was also versprechen sich Menschen von Gott – und was von der Absage an Gott? Das spitzt sich zu zu der Frage: Können Gott und Mensch gut miteinander in der Welt sein? Oder tut sich hier eine Konkurrenz auf? Eine derartige Trennung des Menschen von Gott erfolgt im Verlauf der biblischen Geschichte bereits im 3. Kapitel des ersten Buches, 1. Mose / Genesis 3. Sie bricht auf mit dem Zweifel an Gottes Wort, mit dem Verhalten gegen das, was das Wort sagt und die Trennung zeigt sich darin, dass der Mensch die Freiheit verliert, Gott zu begegnen und sich vor ihm versteckt. Das führt zu der bekannten Frage Gottes: Adam (= Mensch), wo bist du? (Gen 3,9) Diese Trennung manifestiert sich im Verlust des Paradieses (V. 23f).

[131] Die Ungeheuerlichkeit der menschlichen Wahrnehmung wird von allen Menschen empfunden, gleich, welchen (Un-)Glaubens sie sind. Sie erfährt dann allerdings eine spezifische Tönung, die Anna Seghers in „Das siebte Kreuz" so beschreibt: Die Häftlinge des (Konzentrations-)Lagers mussten auf dem Lagerplatz antreten, um den wieder eingefangenen Flüchtlingen konfrontiert zu werden. „Das war die Stunde, in der sich alle verloren gaben. Diejenigen unter den Häftlingen, die an Gott glaubten, dachten, er hätte sie verlassen. Diejenigen unter den Häftlingen, die an gar nichts glaubten, ließen ihr Inneres veröden, wie man ja auch bei lebendigem Leib verfaulen kann. Diejenigen unter den Häftlingen, die an nichts anderes glaubten als an die Kraft, die dem Menschen innewohnt, dachten, dass diese Kraft nur noch in ihnen selbst lebte und ihr Opfer nutzlos geworden sei und ihr Volk sie vergessen hätte." (Berlin 2018, S. 306)

nach dem Bekenntnis des Schöpfungsglaubens und die „kurze Freude" über Gottes gutes Werk Gottes Tun dadurch aus, dass sie beschreibt, wie Gott und sein Segen durch den Menschen verunstaltet werden und ohne Gottes mitgehendes und haltendes Bestätigen seiner Schöpfung diese keine Zukunft hätte. Zugleich wird schon hier deutlich, wie der Bezug auf Gott für den Menschen zurücktritt hinter der Alltagsbewältigung, die verquickt ist mit der Bedeutung und Rolle des Menschen selber.[132] Der Mensch, der sich doch von Gott empfängt, tut so, als mache er sich selbst und als liege alles an ihm. Und das will er bestätigt sehen in dem Namen, den er sich bei diesem „Spiel" erringt. Leugnet der Mensch auch nicht die Existenz Gottes, so sucht er doch einen distanzierten Umgang mit ihm und verweigert die Gemeinschaft, die Gott den ihm angemessenen Platz gibt. Der „offizielle" Glaube ist also auf merkwürdige Weise vermischt mit einer Art Unglauben; kommt er schon um Gott nicht herum, versucht er doch, so weit es geht sich selbst als Maß und Wille zu nehmen und Gott zu umlaufen. Oder zu unterlaufen, wobei er aber Gott noch im Munde führt? Auch das ist eine „Zivilisierung Gottes" und Ausdruck einer „civil religion", die Gott anderen Maßstäben und Zielen unterordnet. Die Gestalt des Gebers aller Gaben, ja des Lebens überhaupt, gewinnt damit Formen des Gegners, der dem Mensch entgegen steht, ihn relativiert und begrenzt und ihn erinnert, wer er eben doch nicht ist, und das Leben hat er nun mal nicht selbstverständlich in sich. Kann der Mensch das nicht ertragen? Ist er per se also, jedenfalls immer auch, der faktisch Ungläubige?

Glaube und auch das hebräische Wort für Glaube (mit der Wortwurzel *amn*) tritt dann hervor in der mit Gen 12 einsetzenden Abrahamsgeschichte: Abram ist der, der Gott glaubt und ihm vertraut auch dort, wo er nichts in der Hand hat oder „nur" Gottes verheißendes Wort im Ohr. Aber er weiß nicht sicher, wie es ausgeht und wann und ob es gut ausgehen wird. So ist Glaube von Anfang an Gewissheit in der Ungewissheit und Zuspruch, der gegen den offenen Widerspruch der Verhältnisse gehört und auf den hin Schritte und Wege gewagt werden.[133] Glauben heißt zu leben im Segen gegen und trotz

---

[132] Das spiegelt sich m. E. auch deutlich in der Gleichnisgeschichte vom großen Abendmahl in Lukas 14,15-24. Eigentum, Arbeit und Familie laufen Gott den Rang ab: Was ich habe, was ich kann und wer zu mir gehört werden die lebensentscheidenden Fragen, von denen Gott nur noch wie „abgebunden" erscheint. Nicht zufällig nennt Anna Seghers als Hindernis für eine sich engagierende Mitmenschlichkeit genau diese Bezüge. In „Das siebte Kreuz" (Berlin 2018 S. 299) erzählt sie von einem Paar, das sich trauen lassen will. Als der Bräutigam das Aufgebot bestellen will, steht vor der Tür des Bürgermeisters ein SA-Posten. „Der Bräutigam war im gleichen Sturm, nicht weil er ohne Braunhemd nicht leben konnte, sondern weil er in Ruhe arbeiten, heiraten und erben wollte, was ihm sonst ohne Zweifel unmöglich gemacht war." (S. 299) Die Sorge um sich selbst und das eigene Lebensgelingen drängt nicht nur Gott aus dem eigenen Leben fort, Menschen, die Beistand und Hilfe nötig hätten, werden ebenso an den Rand geschoben und vergessen.
[133] Darum, so Paul Tillich, eigne dem Glauben immer auch Mut. Mut braucht es, um in der Teilhabe um Unbedingten und der „bleibenden Trennung von ihm" (ders., Wesen und Wandel des Glaubens, aaO S. 115) dennoch verbunden zu bleiben.
Dies ist der Mut, im Glauben gewissermaßen einen Schritt in die Luft zu tun. Ich setze meine Schritte auf die Brücke der Hoffnung auf einen Grund, der mir selber nicht verfügbar ist, der mich aber als Verheißung Gottes erreicht. Gott selber spielt mir in seinem Wort diesen „weiten Raum" (Ps. 31,9) zu. Martin Heimbucher verweist auf Hebr 11,1: „Was aber unser Hoffen angeht, so ist die Unsichtbarkeit dessen, worauf wir hoffen, gerade das entscheidende Merkmal der Hoffnung. In einem der großen Hoffnungskapitel der Bibel, Hebräer, finden wir dazu einen Programmsatz: `Es ist aber der Glaube eine feste Zuversicht auf das, was man hofft, und ein Nichtzweifeln an dem, was man nicht sieht.´ Hier sind glauben und hoffen in ihrer Bezogenheit auf das Unsichtbare ganz nah beieinander gerückt: Glauben und Hoffen wären dann vor allem: eine Haltung, ja ein erkennbares Verhalten. Glauben wäre ein Be-Stehen, ein Aufrecht-Stehen, zu jemandem stehen, und auch: zu einer bestimmten Sache stehen, nämlich: zu den in

all des Fluches, der (auch) in der Welt ist. Davon erzählt die Geschichte Abrams und die der anderen Väter und Mütter im Glauben. Die Geschichten erzählen, wie Menschen Festigkeit, Hoffnung und Kraft finden mitten in Wandel, Rückschlägen und Ohnmacht im Vertrauen auf den Gott, der ihnen begegnet – und mitten in all ihren eigenen Mängeln und Fragwürdigkeiten sowie ihrem eigenen Unglauben. Der Glaube hat also sein Gegenteil irgendwie immer bei und in sich, und niemals ist er selbstverständlich. Und er gibt zu denken, zu fragen, auch zu leiden.

Kein Wunder also, nach der Abrahams- und Vätergeschichte vor allem in den Klagen Israels nach dem Glauben zu forschen. Wie bewährt er sich, wird bewahrt oder verloren? Vom Glauben sprechen da aber nur direkt drei Stellen: Ps 27,13; 116,10; 119,66; ferner Ps 78,22.32 und Ps 106,12.24.[134] „Wichtiger sind für uns eine Reihe verwandter Begriffe wie vertrauen (*batah*), hoffen (*qiwwah*), harren (*hikkah*), sich bergen (*hasah*) und dergleichen, vor allem aber Sätze, Bilder, Verse, ganze Dichtungen, in denen der Glaube sich ausspricht." Das alles zu verfolgen und aufzusuchen sprengt hier den Rahmen – aber deutlich ist: Glaube als Vertrauen zu Gott und Befolgen seines Wortes ist mehr als ein ritualisierter Glaube und anderes als eine öffentliche Religion, es bezieht sowohl das Herz des Menschen ein als auch seine Haltung im Leben der Welt, die dem Menschen nicht einfach gehört sondern die als Gottes Schöpfung erkannt und in den Mitmenschen und Geschöpfen als solche angenommen werden will.

In dem zu leben, was Gott gibt, ihn als Geber und nicht nur die Gaben wahrzunehmen, Gott zu danken und zu loben, aber auch zu fragen und zu klagen, darin vollzieht sich der Glaube. Sich nicht in den Gaben festmachen und sie festzuhalten[135], sondern sich in Gott festzumachen und die Gaben zu teilen, das ist Leben im Glauben. Nicht den eigenen Namen groß zu machen sondern Gottes Namen als Quelle der Lebendigkeit wahrzunehmen und zu ehren, darin besteht Glauben in der Erkenntnis, dass ich – wie ich

---

Gott und in Christus begründeten Hoffnungen. Und dieses Bestehen wäre ein Erweis, man kann sogar übersetzen: ein `Beweis´ für die Wirksamkeit des Unsichtbaren.
`Ich setze den Fuß in die Luft´ - auf dem Unsichtbaren bestehen.
Kann man, können wir auf dem Unsichtbaren bestehen? Ich glaube, wir haben gar keine andere Wahl. Hilde Domin stellt ihrem Gedichtband `Nur eine Rose als Stütze´ zwei Verszeilen des spanischen Dichters Lope de Vega voraus: `Dando voy pasos perdidos por tierra, que todo es aire.´ `Vergebliche Schritte tue ich auf Erden, denn alles ist Luft.´ Sind unsere Schritte auf der Erde verloren? Versinken wir, Adam und Eva, mit allem, was wir erstrebten und getan haben, im Staub, diesem Gemisch aus Luft und Erde? In dem Gedichtband gibt Hilde Domin selber eine Antwort: `Ich setzte den Fuß in die Luft und sie trug!´ ..." (Dr. Martin Heimbucher, Worauf wir hoffen dürfen, Klosterbrief Nr. 54 Frenswegen Dez. 2016 S. 24; die Hinweise auf Hilde Domin finden sich in dies., Sämtliche Gedichte, Ffm. 2011 5. Aufl. S. 47)
Ingolf U. Dalferth weist darauf hin, dass in Religionen das, was man zunächst für „Luft" oder gar inexistent hält, in besonderer Weise thematisiert wird. Es spielt sich gewissermaßen in besonderen Situationen und Erfahrungen ein, die der Mensch aber wahrnehmen und für sie aufgeschlossen werden muss. Wer einem oberflächlichen Wirklichkeitsverständnis folgt, wird sich eher „religiös unmusikalisch" (Max Weber) zeigen. „Alle Religionen ... kennen Anlässe, an denen sich die Präsenz des Sichnichtzeigenden deutlicher als sonst erschließt, und sie halten diese als ihre Grundeinsicht, Offenbarung oder Urstiftung in Ritual und Lehre in Erinnerung." Und: „In Religionen wird symbolisch thematisiert, `was sich im Sichzeigen der Sache nicht zeigt´, jedes Sichzeigen von etwas aber unabweisbar als Hintergrund begleitet und bestimmt, auch wenn es nur da ist, indem es sich entzieht´. (B. Waldenfels, Phänomenologie der Erfahrung und das Dilemma einer Religionsphänomenologie) (I.U. Dalferth, Umsonst, Tübingen 2011, S. 117) Das Religiöse ist spürbar und es wirkt, ist uns aber letztlich nicht greifbar, wie Herkunft und Zukunft uns immer auch unverfügbar bleiben.

[134] Zur Stellenauswahl und dem folgenden Zitat vgl. Hermisson/Lohse, Glauben, aaO S. 39.
[135] Das lässt sich vielfach individuell wie familiär beobachten (nicht nur an anderen, auch an sich selbst), aber auch öffentlich und politisch. Die Rede von der „Festung Europa" bringt das ebenso zum Ausdruck wie ein Programm des „America first".

das Leben nicht selbstverständlich in mir habe – so auch den Glauben nicht, und beides empfange ich von Gott[136], teile es in der Liebe und im Streben nach Gerechtigkeit mit den Menschen und im Gotteslob mit Gott. So gesehen ist der Glaube nicht etwas Statisches, auch kein Objektbestand von zu glaubenden Dingen, sondern eine Bewegung, in die ich mich gestellt sehe und in der sich mein Leben bewegt. Und so sind mit dem Glauben auch das Lieben und das Hoffen gleichursprünglich in Gott und von ihm nicht zu trennen. Alles andere erweist sich als unwahrer Trug, auf den man sich nicht verlassen kann.[137] Unwahr und darum haltlos ist alles, worauf man sich nicht verlassen kann. Die Grundbedeutung von *amn* (das ist die hebräische Wortwurzel, die für den wie das Glauben steht) ist fest, sicher, zuverlässig sein[138]; Glaube ist das, was Halt bietet in einer haltlosen Welt. Und das ist eine Haltlosigkeit, die der Mensch in sich trägt – er ist und bleibt angewiesen, Halt und Festigkeit zu erfahren und zu bekommen, damit er leben (und glauben) kann. Der Glaube ist das, worin der Mensch Halt findet (tief in sich doch wesentlich *außerhalb* seiner selbst) und was ihn auf den Weg bringt mit dem, der allein Halt geben kann, weil er die Quelle ist von Glauben, Hoffnung und Liebe – und er ist der (Gott), der dafür einsteht. Vorausgesetzt ist also bei diesem Glaubensbegriff keine neutrale Welt, und der Glaube würde dann eine Theorie über diese Welt bieten, für oder gegen die man sich frei entscheiden könne, auch nicht ein Regelsystem, das Lebensgelingen verspricht, wenn man sich an seine Prinzipien hält, sondern Halt und Kraft in einer Welt, deren Halt und Bestand ebenso wenig selbstverständlich scheint wie das Verfügen über die Kraft, sie zu gestalten und in ihr zurecht zu kommen, so dass das Leben gut wird.

So geht es im Glauben immer um die Frage, auf welcher der möglichen Seiten ich stehe, und es geht immer darum, Kraft und Mut zu erfahren in einer Welt, in der die Anfechtung und die Mutlosigkeit (und der dann drohende Unglaube) immer irgendwie zumindest potenziell „mitlaufen". Glaube ist somit nicht nur immer in die Entscheidung gestellt, was das Leben in der Welt angeht, in der ich mich bewege, er „ruht" gewissermaßen auf dem anderen Brückenpfeiler, den Gott gesetzt hat und der sein „Ja" dokumentiert. Glaube ist immer „ein Sich-Stützen auf das, was Gott in diese Welt hat herabkommen lassen, als wir noch Feinde waren, immer ist es ein Wissen, dass alles gut gemacht ist von der Anderen Seite, vollkommen-gut, unwandelbar-gut."[139]

---

[136] Genesis 2,7; Römer 10,17. Die erste Stelle spricht für sich selbst und bezieht sich eben nicht nur auf Adam „persönlich" sondern auf Adam (= Mensch) als geschaffenes Wesen überhaupt, sie meint also prinzipiell jeden Menschen. Die zweite Stelle ist zumindest in der alten Lutherübersetzung missverständlich, „der Glaube kommt aus der Predigt", was dort aber gar nicht steht sondern ακοη (akoee), das heißt Hören, Botschaft – und gemeint ist das Hören auf die Botschaft und das Wort Christi. Der Mensch empfängt Leben wie Glauben. Es fängt eben nicht mit uns an, sondern unser Tun und Lassen ist Resonanz, ist Antwort, oder eben auch verweigerte Antwort in der Illusion eines vermeintlichen Selber-Stehen-Könnens im nur Eigenen.

[137] Vgl. Hans Wildberger, in: Jenni/Westermann ThHAT I, Sp. 177 – 209, hier 183

[138] Wildberger aaO 178

[139] Kornelis H. Miskotte, Glaube – von Gottes Gnaden, Predigt zu Lukas 22,31-32, in: ders., Predigten, Hg. Hinrich Stoevesandt, München 1969, S. 186. Darin S. 191: „Glaube und Unglaube – das sind absolute Gegensätze, aber ein Gläubiger und ein Ungläubiger sind keine absoluten Gegensätze; in dir und mir und allen sind die Prozentsätze verschieden, aber wir alle haben Teil an *einer* Wirklichkeit, die die 'unsere' ist. Der Gläubige und der Ungläubige sind beide der Eitelkeit unterworfen, sie stehen unter der Macht der Umstände und der Begierden, sind beide der Saugkraft des Fleisches, den Wirbelwinden des Bösen preisgegeben, sie sind beide Weizen *und* Spreu; und was den Gläubigen zum Gläubigen macht, ist ein Geheimnis, das oberhalb aller Erfahrung, in einer anderen, ewigen Ordnung lebt und sich bewegt. ... Was den menschlichen Menschen zum gerechten Menschen macht, ist gerade der Glaube, nämlich der Glaube an Gott, welcher gerecht macht, und nicht der Glaube an irgendein Gerechtsein. Was Glauben zu wahrem Glauben macht, ist dies, dass er nach außen gerichtet ist, von sich selber abgewendet, dass er in

Wir leben in einer Welt und sind auch selber in einem Leben, von dem das nicht unumwunden gilt. Es muss noch herauskommen, was wir sein werden und was das Leben der neuen Schöpfung ist. In diesem Werden auf Gott zu hoffen, seinem Wort zu vertrauen und auf seine Liebe zu setzen, das tut der Glaube. Darum ist die Stimme der Propheten besonders wichtig, die immer wieder in einer Welt des Unglaubens den Ruf zum Glauben (aber im Gerichtswort auch die Bestätigung des Unglaubens an den Menschen) laut werden lassen.

Neben der immer wieder laut werdenden Klage der Propheten über den Unglauben im Volk Gottes kommt in besonderer Weise im Prophetenbuch Jesaja der Reiz zum Glauben heraus. „Glaubt ihr nicht, so bleibt ihr nicht" ruft der Prophet mit einem wunderbaren Wortspiel aus, in dem „glauben" und „bleiben" sich im Hebräischen spiegeln (7,9). Fest wird, wer seinen Halt in Gott findet und nicht in fragwürdigen Verbündeten, nach denen der König Ahas gerade Ausschau zu halten scheint. Jesaja sucht ihn auf, als er gerade die Wasserleitungen Jerusalems begutachtete – sie sind strategisch wichtig im Fall der Belagerung. Überhaupt ist man in Jerusalem gerade (man schreibt das Jahr 733 v. Chr.)[140] mit vielen äußeren Absicherungen und Vorbereitungen für den Kriegsfall befasst und damit so beschäftigt, dass die Zusagen Jahwes (Gottes) für sein Volk kaum noch im Ohr oder vor Augen sind. Man hat schließlich zu tun und droht sich von der schwierigen Lage verrückt machen zu lassen. Darüber droht auch Gott und das Vertrauen auf ihn, wenn auch nicht gänzlich vergessen, so doch ganz hintan gestellt zu werden. Der Prophet „erwischt" den König mitten in seiner Arbeit an der Walkerackerstraße – in diese ungewöhnliche Konkretion steigt der biblische Bericht hinab, wo sonst hört man in der Bibel Straßennamen? Es muss sich also um eine bleibend wichtige Szene handeln. In der Tat verankert sie den Glauben entgegen aller Allgemeinheiten in ein sich ganz konkret vollziehendes Vertrauensverhältnis, und um das geht es „hier und jetzt", nicht erst dann, wenn die Gefahr vorüber ist. Der Glaube hat also seinen Ort in der Geschichte und nicht in einem nachherigen Reflektieren in Tempel oder Studierstube, wenn die Gefahr überstanden ist. Und was der Prophet dem König zu sagen hat, ist dieses selber Geschichte machende Wort: „Glaubt ihr nicht, so bleibt ihr nicht." Die hebräische Phonetik ist im Deutschen nicht einzufangen: „ ʾim loʾ taʾaminu, ki loʾ teʾamenu"[141], welches das Bleiben hörbar im Glauben verankert.

Auf jeden Fall setzt der Prophet mit diesem Wort eine nicht wieder fort zu denkende Marke, die den Glauben charakterisiert als die Weise, mit der der Mensch dem Wort und Tun Gottes entspricht. Und dabei macht der Mensch sich nicht in sich selbst fest. Das ist schon aus dem Zusammenhang zu schließen: In sich selbst und im eigenen Vermögen suchen sich die Judäer festzumachen im politischen und strategischen Taktieren, worauf

---

seinen Gegenstand versunken ist und insofern von sich selber nichts weiß, auf sich selber nicht achtet, seine eigene Gestalt vergisst, seine eigene Kraft nicht misst." Dieser Glaube ist in mir, aber nicht von mir. (197) „Der Glaube und der Gläubige decken sich nie." (209) Das gilt auch von der Kirche: „Der Glaube der Kirche ist gerade das, dass nicht der Glaube der Grund ihres Lebens ist, sondern Christus." (219)
[140] Siehe Hermisson/Lohse, Glauben, S. 58.
[141] Hans-Walter Wolff, Frieden ohne Ende, Neukirchen 1962, S. 23. Martin Buber schlägt als Übersetzung vor: „Wenn ihr nicht vertraut, dann bleibt ihr nicht betreut", um das Wortspiel wiederzugeben (Wolff aaO S. 9), Wolff selber sagt der Wortbedeutung folgend: „Habt ihr nicht Glauben, so habt ihr nicht Bestand" (ebenda), überträgt dann aber selber in „Wer kein Amen erklärt, der kein Amen erfährt" (aaO S. 23). Das bleibt aber schon irgendwie in einer merkwürdigen „do ut des" (ich gebe, damit du gibst) – Atmosphäre hängen, und es führt eine Kondition ein, wo eigentlich die (unverfügbare) Gabe vorrangig ist – es ist im Deutschen wirklich kaum wiederzugeben. Man könnte auch so versuchen: „Das Wort Gottes gibt Halt, der Mensch selbst nur verhallt." Unsere eigenen Worte sind in der Tat oft nur Schall und Rauch. Wie immer auch - man bleibt sprachlich immer „unter" dem Hebräischen.

aber der Prophet die Aufmerksamkeit richtet, ist die Verheißung Gottes, auf der Land und Königtum stehen. Dieser Glaube hier steht und ruht durchaus nicht auf Eigenem, er verlässt sich auf das, was Gott sagt. In solchem sich Ereignen kommt biblischer Glaube zu stehen.

Auf eine Art Mehrdimensionalität sei am Rande hingewiesen: Der Prophet, der sich nicht zufällig in Begleitung seines Sohnes mit dem Namen Schear-Jaschub (= ein Rest kehrt um)[142] befindet, spricht Ahas persönlich als Vertreter und Repräsentant des Gottesvolkes an. Und beiden, König wie Volk, bebt in der bedrohlichen Lage das Herz (Jes 7,2). Der Glaube, der diese bebenden Herzen, des Königs wie der anderen Menschen, wieder fest machen kann, steht hier auf dem Plan wie zugleich auf dem Spiel. Er spielt sich ab auf diesen beiden Ebenen, die miteinander in Beziehung sind: der persönlichen und der öffentlichen. Auf beiden Ebenen zugleich bewegt sich dann auch die Antwort Ahas auf die Aufforderung, auf den Glauben zu setzen und Gott auch öffentlich beim Wort zu nehmen. Ahas weicht aus, aber nicht in der Form offensichtlichen Unglaubens, sondern verborgen unter einem Wort des Glaubens kommt sein und des Volkes Unglaube zur Sprache: „Ich will's nicht fordern, damit ich den Herrn nicht versuche." (Jes 7,12)[143] Und „wer glaubt, der flieht nicht" (Jes 28,16). Er hält stand, wo andere „einpacken", denn er steht fest auf dem von Gott gegründeten Grund- und Eckstein. Wieder macht die bedrängende politische Lage Unruhe, die sich in Bewegungen und Handlungen aus Verzweiflung Abfuhr und Abhilfe zu schaffen droht. Das können religiöse und magische Praktiken sein, das können politische Handlungen sein und außenpolitische Bündnisse, das kann beliebige Flucht irgendwohin sein – wenn nur Ruhe, Schutz und Geborgenheit winken. Da geht es nicht mehr um Wahrheit sondern nur noch darum: Wer (oder was) helfen kann, hat recht. Die Handlungen sind nicht mehr bestimmt von einer Zuversicht, einer Hoffnung oder Klarheit – sie geschehen aus Verzweiflung, aus Verzagtheit und Verwirrung. Dieser Orientierungslosigkeit setzt der Prophet ein Gotteswort entgegen: „Siehe, ich lege in Zion einen Grundstein, einen bewährten Stein, einen kostbaren Eckstein, der fest gegründet ist. Wer glaubt, der flieht nicht." Es handelt sich um eine gegründete Feste, nicht um eine angenommene oder erdachte – und der sie gründet, ist Gott. Die Unruhe greift nach den Menschen, durch den Lauf der Dinge und die Veränderungen wie Herausforderungen ihres Lebens. In Jesaja 22 war es ein missverstandener Verlauf der Geschichte. Als sei mit dem Abrücken der Assyrer eine Lösung geschehen! Da wurde das Freuen und Feiern der Jerusalemer geboren aus einer Illusion, wenn nicht der Verzweiflung: ach, morgen sind wir eh tot, so wollen wir heute essen, trinken, fröhlich sein (22,13; in 1. Kor 15,32 auch sinngemäß als Verzweiflungswort

---

[142] Wird also König Ahas nicht hören und Gottes Geschichte nur durch das Gericht weitergehen können, und es wird nur ein Rest des Volkes sein, der auf diesen Wegen zu Gott umkehrt und die Wege in die Zukunft Gottes mit seinen Menschen geht?

[143] Dies ist ein frühes Beispiel zu der Zeit, als der Glaube persönlich wie öffentlich ins Spiel kommt, wie sich der Glaube unter seinem vermeintlichen Lautwerden zurückzieht und verzagt. Unter scheinbaren Bekunden vollzieht sich doch das Gegenteil: eine Reaktion des Unglaubens. Man führt Gott und Glauben ins Spiel, zugleich aber distanziert man sich und zieht sich von ihm zurück. Also: Man nimmt ihn nicht ernst, das geht aus verschiedenen Gründen doch gar nicht. So entsteht ein „doublebind", wie man es auch heute kennt etwa beim Beschwören von Werten oder auch der öffentlichen Zuordnung kirchlichen Tuns zu einer Art Zivilreligion. Man spricht von Gott und Glaube, begegnet aber immer wieder nur sich selbst und den eigenen Worten und Möglichkeiten. Gott als wirkendes oder gar mächtiges Element in den Vorgängen gibt es eigentlich doch nicht, auch wenn er benannt wird. Man lässt ihn und bleibt bei sich selbst. Am Ende steht ein Volk bzw. eine Kirche, die nur noch mit sich selbst beschäftigt ist. Gilt da nicht gerade heute uns und unserer Kirche dieses Wort ganz neu und mit einem Gewicht, das nicht schwer genug einzuschätzen ist: „Glaubt ihr nicht, so bleibt ihr nicht."?

aufgenommen; vgl. auch 28,7f!). Hier ist es die befürchtete Katastrophe, auf die so viele Menschen warten, die vor dem Leben hocken wie das sprichwörtliche Kaninchen vor der Schlange. Und nun sagt der Prophet nicht: Das ist ja gar nicht so, er verweist vielmehr in dem ganzen Durcheinander und großer Orientierungslosigkeit dorthin, wo die Ruhe ist im Sturm, wo die Festigkeit ist mitten in allem, was fällt und stürzt. Und wer in diesem fest gegründeten Grund- und Eckstein gründet, der wird so fest werden wie dieser. Nur: man muss sich halt darauf stellen. Darum ist, wer glaubt, nicht beunruhigt. Nicht, dass er dazu nicht Grund hätte, beunruhigt zu sein. Diesen Grund sieht er vielleicht sogar mehr als andere, die den Sturm klein reden und die Gefahren leugnen. Aber er weiß, wo der Halt zu finden ist.

Warum will Israel/Juda gerade das nicht tun? Warum suchen sie nicht die Ruhe in Gott, warum fliehen sie geradezu von Gott fort, so schnell, aber schnell sind die Verfolger auch! Dabei liegt ihre Stärke ganz woanders: „Wenn ihr umkehrtet und stille bliebet, so würde euch geholfen; durch Stillesein und Vertrauen würdet ihr stark sein." (Jes 30,15). Hier steht für Vertrauen das bereits erwähnte *batah*, das vor allem bei Jesaja und Jeremia sowie in den Psalmen begegnet.[144] Das Vertrauen steht für eine Sicherheit, in der der Mensch aufgehoben ist, die ihn birgt. „Spezifisch theologischer Sprachgebrauch liegt im AT überall da vor, wo vorausgesetzt wird, dass allein das Vertrauen auf Jahwe wirklich begründet und tragfähig ist, und dass keine andere Größe letztes Vertrauensobjekt sein kann. Dies trifft auf fast alle Stellen zu, in denen *bth* vorkommt; unser Wort ist also ein eminent theologischer Terminus, der sich in seiner Bedeutung den Synonyma *'mn* hi. 'glauben', *hsh* 'Schutz suchen' annähert..."[145]

Glauben bedeutet also, sich festzumachen in Gott und ihm zu vertrauen. Hier bei Jesaja fokussiert es nicht einen menschlichen Habitus allgemeiner Art sondern speziell die Resonanz auf den Ruf und Zuspruch Gottes, auf den der Mensch sich einlässt, in dem er Raum findet. Dies ist ein Raum, den er selber nicht geschaffen hat, den er aber mit erfüllt und lebt. Er darf ihn betreten und zum „Allerheiligsten" seines Lebens machen. Das wird er gerade so und darin, dass nichts in seinem Leben mehr von diesem Herzstück unberührt bleibt.

Der zweite Jesaja bestärkt in 43,10 das Gesagte: in Gott allein ist Halt zu finden, dafür ist sein Volk sein Knecht und sein Zeuge, „damit ihr wisst und mir glaubt und erkennt, dass ich's bin": da hinein sind sie von Gott her gestellt und aufgestellt! Für „glauben" steht hier wieder eine Form von *amn*, die noch in der Ausrichtung auf Gott durch das „mir" verstärkt ist – und so bedeutet es hier, Gott zu glauben, ihm zu vertrauen, ihn beim Wort zu nehmen und in seinem erwählenden Wort fest zu sein, also wiederum eine Festigkeit zu gewinnen, die nicht in meinem menschlichen Glauben wurzelt sondern die gründet in der Festigkeit und Gewissheit der göttlichen Zusage. Gewissheit stellt sich nur in dieser Reihenfolge ein: glauben und erkennen, nicht umgekehrt.[146]

---

[144] E. Gerstenberger, Artikel *bth*, vertrauen, in: Hg. Jenni/Westermann, Theol. Handwörterbuch zum AT, München 1984, Sp. 301

[145] Gerstenberger aaO Sp. 303f.

[146] Vgl. auch Johannes 6,69; für erkennen steht hier nicht das intensive und ganzheitliche *jd'a* sondern eine Form von *bjn*, das den Akzent stärker auf bemerken, wahrnehmen hat (Gesenius, Wörterbuch, S. 93). Es geht mehr um Begreifen und Verstehen (H.H. Schmid, Artikel *bjn*, Hg. Jenni/Westermann, Theol. Handwörterbuch Sp. 307) als um das dem *jd'* (erkennen) eignende Geschehen der Hingabe mit der Akzentuierung, dass ich nichts wirklich erkennen kann, wenn ich mich ihm nicht „innig" widme. Objektivierende Einordnung ist eben noch lange nicht Erkennen! Dazu gilt es, sich auf den Weg zu machen, wie die Jünger mit Jesus auf dem Weg sind und wie Israel mit seinem Gott unterwegs ist. Zugespitzt würde

In besonderer Weise Beachtung bei der Frage nach dem Glauben fand Jes 7,9. Glaube bezeugt hier die Brücke zwischen dem Diesseits und der dem Menschen jenseitigen Gotteswelt, in Verbindung gesehen mit Jes 28,16 und Psalm 116,10 („Ich glaube, auch wenn ich sage: Ich werde sehr geplagt."). Der Glaubende hält Gott für wahr und vertraut darauf, auch noch im aktuellen Erleben des Gegenteils, „dass Gott sich selbst zur Geltung bringt, sich selbst bewahrheitet – und, entsprechend," besteht er auf diesem Wort „als auf etwas, was Gott wahr macht und geschehen lässt."[147] Wer nicht glaubt, hat keinen Bestand. „Das Sich-Verlassen auf den wahren Grund der Existenz muss aber notwendig den Charakter des Glaubens haben, weil es die Relation zu einem Ansprechenden ist, welches gelten zu lassen – als das in sich selbst Beständige und darum Verlässliche und Bestand Gebende anzuerkennen – die einzige der Existenz entsprechende Weise ist, ihre Bestandes gewiss zu sein."[148] Der Mensch kann nicht bleiben in sich selbst, weil er das Leben nicht in sich hat, auch den Glauben nicht, er kann nur bleiben in dem, von dem das gilt.[149] „Nur die Relation zu dem wahren, lebendigen Gott kann Glaube sein. ... Glaube im alttestamentlichen Sinn heißt nicht: etwas über Gott denken, sondern: etwas von Gott erwarten. Er glaubt nicht das Vorhandensein Gottes, sondern das Kommen Gottes."[150] Das aber geht mitten ins Zentrum der Botschaft Jesu vom nahe kommenden Reich Gottes.

Stuhlmacher weist darauf hin, „dass seit dem Propheten Jesaja im 8. Jh. v. Chr. (vgl. Jes 7,9; 28,16; 30,15) kein jüdischer Prophet oder Lehrer mehr so vom Glauben gesprochen hat wie Jesus hier." Und Jesus spitzt noch zu: „Der Glaubende gewinnt an dem Handeln des allmächtigen Gottes Anteil, wenn er sich im Gebet Gott zuwendet und dieser für ihn handelt."[151]

Nimmt man die drei genannten Stellen einmal in den Zusammenhang von Markus 9:

-   glaubt ihr nicht, so bleibt ihr nicht; allein der Glaube ist die Gegenkraft zum Unglauben und gewährt Hoffnung und Zukunft;
-   wer glaubt, der flieht nicht; so flieht der glaubende Jesus auch nicht unter der Last, die ihm die Menschen zu tragen geben, die Jünger eingeschlossen;
-   durch Stillesein und Hoffen würdet ihr stark sein, aber ihr wollt nicht; das könnte auf die Jünger verweisen, die in eigener Kraft tun wollen, was nur in der Kraft Gottes geschehen kann. „Warum können die Jünger den Jungen nicht heilen? Die

---

die These dann lauten: ich kann nicht wirklich erkennen, wem ich mich nicht zuwende, ja es muss mir verborgen bleiben, was ich nicht liebe. Den Menschen auch noch in der Abwendung von Gott liebend zu sehen und so den zu schaffen, der dieser Liebe würdig ist, das ist das Werk, das Gott tut. Sich auf dieses Geschehen selber liebend einzulassen, sich einzulassen auf Gott, der es tut, und zugleich sich einzulassen auf den Nächsten, dem dieses Werk immer mit mir gilt, das wäre neutestamentlich glauben. Grundgelegt ist dies aber schon hier bei Jesaja und im Ersten Testament.

[147] Gerhard Ebeling, Jesus und Glaube, in: ders., Wort und Glaube, Tübingen 1960, S. 214.

[148] Ebeling, aaO S. 216

[149] Ebeling, aaO S. 217, verweist auf A. Weiser (ThW VI; 189f.): „Glaube und Sein (ist) für Jesaja identisch; denn in ... Jes 7,9 ... ist das `Bestand haben´ im Sinne der menschlichen Gesamtexistenz nicht etwa als Lohn für den Glauben gedacht, so dass der Glaube die Voraussetzung der Existenz wäre, sondern ... ist damit die Identität von Glauben und Bestand (= Existenz) ausgesprochen; positiv gedeutet würde der Sinn des Wortes also lauten: im Glauben selber liegt die besondere Seinsweise und der Bestand des Gottesvolkes. Dies und die Ablehnung jeder Angst vor und alles Vertrauen auf Menschenmacht, die doch vergänglich ist, sowie die Einbeziehung der alleinigen Furcht vor Jahwe in das Glaubensverhältnis zeigt weiter, dass für Jesaja der Glaube die einzige Existenzform bedeutet, die jede andere selbständige Haltung des Menschen oder Bindung an jemand anderen als Gott radikal ausschließt." Dann folgt ein Verweis auf M. Buber: nur wenn ihr standhaltet, habt ihr Bestand.

[150] Ebeling, aaO S. 218

[151] Peter Stuhlmacher, Jesus von Nazareth Christus des Glaubens, Stuttgart 1988, S. 24

Geschichte gibt die eindeutige Antwort: Sie können es nicht, *weil* sie es sich selbst zutrauen, weil sie ihre eigene Macht ausprobieren, weil ihnen anscheinend gar nichts anderes übrig bleibt, als es mit der eigenen Macht zu versuchen. Die weitere Geschichte und vor allem der Spruch an ihrem Ende sagen: Es geht nur durch Gebet."[152]

Vätergeschichte, Prophetie und die sich auch in den Psalmen zeigende Lebendigkeit des Gottesverhältnisses weisen den Weg, die ersttestamentliche Rede vom Glauben zu erahnen und ansatzweise zu verstehen. Glaube bedeutet Geborgenheit und Ruhe unter Gottes Zusage. Im Glauben betritt der Mensch den einzigen Raum, in dem er „bleiben" kann. Aus allem anderen muss er davon. Halt, Festigkeit, Zukunft – sie liegen nicht schon in mir, wie Abraham breche ich zu ihnen auf. Der Gott, dessen Halt mir im Glauben zum Trost wird, und das heißt ja zu einer Lebenskraft, lässt mich meinen nur mir eigenen Raum verlassen und den Ort betreten, an dem er mir meine Füße auf weiten Raum stellt. „Getröstet werden bedeutet bereuen, das heißt, sich anders besinnen, damit einverstanden sein, dass die Aufmerksamkeit vom eigenen Kummer abgelenkt wird, einen anderen Gegenstand, ein anderes Motiv, einen anderen Wunsch in das eigene Bewusstsein hereinzulassen. Denn Kummer will nichts anderes als Kummer. Er ist das vollkommene Beispiel für Einseitigkeit."[153] Der Kummer ist auch das, was immerzu den Unglauben zu gebären droht. Die Beschränkung auf sich selbst provoziert den Kummer, weil es in mir selber zu eng ist und ich mich schließlich stoße an mir selbst. Glaube und Trost bedeuten die Wende da heraus und ins Leben hinein, vom Unglauben zum Glauben. Der Glaube öffnet mir aus nur meiner Wirklichkeit die Tür zur Wirklichkeit Gottes und macht mein Leben vielseitig.[154] Vielseitig in der Freude: „das ist meine Freude, dass ich mich zu Gott halte und meine Zuversicht setze auf Gott den Herrn, dass ich verkündige all dein Tun." (Psalm 73,28) Der Glaube bleibt nicht stumm, aber er ist gleichzeitig zuhause in der großen Stille, in der redet er nicht selber sondern hört – hört auch sich selber zu im Beten der Psalmen und im Lesen der Schrift. Und wird darin doch weit hinaus gehoben über sich selbst. Der Glaube muss nicht alles selber wissen. Aber er weiß um den und hofft auf den, der weiß. Und an den hängt er sich in allergrößter Gewissheit. Und „Höchstes ist, im Glauben gewiss, zugesagt *für* alle Erfahrungen des Lebens: nämlich *in* der eigenen Ungewissheit dieser nicht ausgeliefert zu sein; sondern unbedingt, was immer auch kommt, gefasst sein zu können, weil Gottes Gutsein von Gottes Seite aus jedem *bleibt*."[155] Wer glaubt, der bleibt. Das Wort Gottes gibt Halt, der Mensch selbst nur verhallt.

[152] Frank Crüsemann, Der Glaube und die Mächte des Todes, in: Hg. Reiner Degenhardt, Geheilt durch Vertrauen, München 1992, S. 25
[153] Leon Wieseltier, Kaddisch, München 2000, S. 398
[154] Wieseltier, ebenda
[155] Traugott Koch, Mit Gott leben, aaO S. 139

V. Predigt – Verkündigung – Gottesdienst

Die Redewendung, ein Text sei uns „gegeben" oder „aufgegeben", ist mir noch geläufig.[156] Sie nimmt darauf Bezug, sich nicht nur nach eigenen Kriterien etwas gut Passendes (oder was man dafür hält bzw. wovon man es erhofft) als Grundlage für eine Ansprache oder Predigt auszusuchen. Sie bringt zum Ausdruck, dass unserem Handeln und Entscheiden eine Gabe vorausgeht, die uns mit ihrem Geschehen sogleich auch zur Aufgabe wird.[157] Positiv hervorzuheben sind Predigerinnen und Prediger, die nicht damit angeben, wie sehr sie mit diesem so schweren Text zu kämpfen hatten und was sie alles daran setzen mussten, den breiten „garstigen Graben", der uns nicht nur zeitlich von diesem Text trennt, zu durchschreiten – und ihn dann entweder überwunden zu haben und uns eine Antwort zu bieten, was der Text uns heute sage. Oder auch: festzustellen, dass der eben alt sei und uns heute nichts mehr sage.

Man könnte auch anders heran gehen und akzeptieren, dass der für diesen Tag oder dieses Fest ausgesuchte Text sicher kein Zufall ist und einen Sinn haben wird.[158] Und dann, wie bei einer Jahreslosung, gespannt darauf zuhalten wie auf ein unverhofftes Geschenk, das anzunehmen und auszupacken auch mir Interessantes bescheren wird. Eine Gabe und Vorgabe, die zur Aufgabe wird, macht uns immer wieder klar: es fängt nicht mit dir (mir) an und es hört nicht mit dir (mir) auf. Die Art und Weise, wie heute teils auch Predigten inszeniert werden, erweckt aber gerade diesen Eindruck.

Ich möchte anders herangehen und die jetzt zu geschehende Verkündigung verstehen als ein Geschehen auf einem langen Weg mit dem langen Atem Gottes. Bei einem Evangelientext setzt dieser Weg mit Jesus aus Nazareth ein, von dessen Wirken und Reden wir hören. Mit Jesus einzusetzen kann aber, folgt man auch dem Zeugnis der Evangelien, die im Ersten Testament bezeugte Geschichte nicht übergehen. Sie beschreibt den Raum, in dem Jesus lebt, lehrt und wirkt. Zugleich spiegelt der Text weitere Stationen: die oft nur schwer greifbare mündliche Überlieferung der Ereignisse und Worte samt deren Kommentierungen und Ergänzungen. Nicht selten wird das

---

[156] Geläufig ist mir auch zumindest die Ahnung, dass der wenigstens formal noch geschützte Zeitpunkt des Gottesdienstes am Sonntagmorgen weder Willkür noch Zufall ist. Er erinnert an die Auferstehung und ist damit von großer Bedeutung. Zum einen ist es sicher Ausdruck gesellschaftlicher Veränderungen in den Lebensstilen und Aktivitäten der Menschen, wenn heute immer stärker nach anderen Orten und Zeiten für den Gottesdienst gesucht wird als traditionell vorgegeben, und da sollte man sich auch flexibel zeigen. Wenn darüber aber die Verortung des Gottesdienstsprungs an den Gedanken kommt, geht mehr verloren als eine Sitte oder Tradition. Das könnte dann auch Ausdruck der Tatsache sein, dass uns auch in der Kirche der Bezug zu Jesus Christus verloren zu gehen droht und wir uns selbst als die allein Maßgeblichen aufspielen. Darum sollte man in aller Freiheit zu neuen Orten und Zeiten die Kirchen und den Sonntagmorgen nicht aufgeben. Das ist mehr als eine pure Äußerlichkeit – und man sollte sich auch klar machen, dass das Judentum sich im babylonischen und gewiss auch anderen Exilen nicht nur durch die Glaubensstärke der jeweiligen Menschen als eigene Größe erhielt sondern auch durch solche angeblichen Äußerlichkeiten wie Speisegebote, Sabbathalten und Beschneidung.

[157] Ich weiß, diese Formulierung ist grenzwertig. Sie könnte genau zu dem verführen, was die Jünger in unserer Geschichte in Verlegenheit bringt: Zu können meinen, was man doch nicht kann. Als menschliche Rede ist auch die Predigt ein „Werk". Um so wichtiger ist es, auf das zu achten, was von den Werken im Glauben ohnehin gilt: sie gelten nicht in sich selbst sondern wachsen von anderswo her – und auf etwas hin, das sich unserem Wirken entzieht.

[158] Das bedeutet nicht, unkritisch zu sein. Bei der neu getroffenen Perikopenordnung sehe ich auch, dass grundlegend wichtige Texte auf Sonntagen gelandet sind, die z. B. in der Trinitatiszeit weit hinten gar nicht jedes Jahr vorkommen (wie das Gebot der Feindesliebe Mt 5,38-48 am 21.Sonntag nach Trinitatis; da kann man dann sechs oder gar zwölf Jahre warten). Allerdings gerät eine Auswahl auch nie vollkommen. Die Frage nach den Kriterien stellt sich trotzdem.

Erzählte dabei in Formen genommen, die sich bieten (wie etwa die von Wunderberichten). Dann wird das Überlieferte verschriftlicht, aber nicht einfach aufgeschrieben, was zuvor mündlich erzählt wurde, sondern in Zusammenhänge gebracht und mit weiteren Kommentaren und auch Schriftzitaten aus dem Ersten Testament versehen. Und all diese Stufen der Entwicklung unseres schließlich les- und hörbaren Textes haben ihre Schwerpunkte, Perspektiven, Interessen und auch Meinungen dazu. Alle scheint dabei aber eines zu vereinen: Sie wollen keine Biografie Jesu (nach dem Maß einer neuzeitlichen Persönlichkeit) bieten, sondern sie bezeugen, wie und als wen sie Jesus erfahren haben und was ihnen in seiner Begegnung mit Menschen wichtig ist – und was dafür im jeweiligen „heute" wichtig bleibt.

Es ist zugegeben nicht immer einfach, diese Stufen und Perspektiven zu differenzieren und z. B. zu sagen, was ganz klar auf Jesus zurückgeht und was von anderen eingetragen wurde.[159] Obwohl die Forschungslage an einigen Punkten dazu verwirrend scheinen mag, lassen sich Grundzüge von Jesu Lehren und Wirken schon aufzeigen.[160] Zu einem auch historisch schlüssigen „Leben Jesu" kommt man dabei freilich nicht. Und das war auch vermutlich gar nicht der Wille der mündlichen wie schriftlichen Überlieferer. Denn die interessierten sich nicht für die „Persönlichkeit" Jesu, wie man davon in der aufbrechenden Neuzeit spricht, auch nicht für sein „Selbstverständnis", denn ihnen ging es gar nicht darum, wer dieser Jesus für sich selber ist. Sein Leben, Sterben und Auferstehen sind ganz davon geprägt, wer er vor und für Gott und für uns Menschen ist. Davon ist die literarische Form des „Evangelium" geprägt, dessen erstes das nach Markus ist. „Die Erzählung stellt den Aufstieg und das gewaltsame Ende von Jesus von Nazareth dar und legt dieses Geschehen als dem Plan Gottes folgend aus."[161]

Und so muss jeder Ausleger und Prediger oder Auslegerin und Predigerin darauf achten, was die jeweiligen Perspektiven und Interessen sind, auch unsere heute, und gewahr zu werden versuchen, aus welchem Grund und mit welcher Zielrichtung dieser Überlieferungsprozess, in den wir mit unserem Predigen und Verkündigen eintreten, denn einmal begann und wie wir den sinnvoll und angemessen aufnehmen. Dass dabei auch die Exegese ohne systematisch-theologische wie wissenschaftstheoretische Klärungen nicht auskommt, das liegt auf der Hand. Und auf derselben liegt die Erkenntnis, dass es eine voraussetzungslose und „objektive" Auslegung nicht gibt. Umso wichtiger ist es, sich der jeweiligen Setzungen bewusst zu sein und selbstkritisch mit ihnen umzugehen.

Frage ich nun nach den Ansätzen und Zielen für die Verkündigung, dann gehe ich davon aus,

- dass ich mit dem im Text Überlieferten herkomme von der Situation des Wirkens und Lehrens Jesu als Zeugnis und Verkörperung des in ihm nahe kommenden Gottesreiches,
- dass die Ereignisse nicht aus historischem Interesse zusammengefügt und überliefert wurden sondern als Zeugnis und Hinweis darauf, wer Jesus ist (der

---

[159] Zu unserer Geschichte vgl. Joachim Gnilka, Markus, S.49, der zu Mk 9,28f feststellt: „Das hier vorliegende Problem ist auch nicht das des Markus, sondern das einer Gemeinde, die im Vollzug ihrer eigenen exorzistischen Tätigkeit an ihre Grenze gestoßen und ratlos geworden ist. Der vormarkinischen Geschichte ging es um die Vollmacht Jesu, nicht um ein Rezept für exorzistische Betätigung, Markus ging es um den Glauben."
[160] Siehe Gerd Theissen/Annette Merz, Der historische Jesus, Göttingen 1996 und weitere Auflagen.
[161] Gudrun Guttenberger, Markus, S. 15

Menschensohn, der Christus) und dass der damals derselbe heute ist und derselbe dort auch derselbe hier,

- dass es hier nicht um einen weiteren beliebigen Beitrag zu allgemeinen Lebensfragen und Problemen des menschlichen Lebens geht sondern um das Begegnen von Mensch und Gott,
- dass schon beim Besehen des Jüngerunverständnisses im Markusevangelium klar wird, dass es kein Verstehen an der Verortung und Praxis des eigenen Lebens vorbei geben kann, das eigene Leben wird davon ergriffen und verändert: das „Verstehen" des Glaubens gelingt nur dort, wo man selber in diesen Glauben eintritt, sonst versteht man etwas anderes als das, worum es den biblischen Texten geht,
- dass es den biblischen Texten darum geht, das Zeugnis des Christusglaubens zu initiieren und weiter zu führen, damit Menschen zu allen Zeiten ihr Leben in der Wirklichkeit des Christus leben, also im sich nahenden Gottesreich und auf dessen Vollendung hin.

Anders gesagt: es ist für Auslegung und Verkündigung maßgeblich und äußerst einflussreich, ob ich mich in zufälliger Geschichtslage und der ihr verpflichteten Maßgeblichkeit moderner Wissenschaft im allgemein nachvollziehbar sein sollenden Diskurs sehe (was man als eine Perspektive durchaus auch sollte, sonst klinkt man sich aus dem gegenwärtigen Geschehen aus und endet im Nischenabseits), oder ob ich mich an einer Stelle im Überlieferungs- und Verkündigungsprozess sehe, der vom Anfang des Gottesreiches herkommt und ich mit ihm auf seine Vollendung zugehe. Damit trete ich aus dem Raum der Zufälligkeit in den der Setzung und dem der relativen Beliebigkeit in den des Christus-Zeugnisses. Dabei muss ich mir im Klaren sein, dass dieses Zeugnis in der ersten Perspektive nicht zu gewinnen ist. Natürlich kann ich mich auch in „vernünftigen" Gedanken dem Glauben nähern, aber machen und begründen kann ich ihn nicht. Der Glaube, der auch im gesellschaftlichen und wissenschaftlichen Diskurs zu Wort kommen und verantwortet sein will, kann in diesem doch nicht gründen. Er gründet „davor". Und er zielt auf etwas, das weit darüber hinaus liegt. Trotzdem ist er in ihn verwickelt, dem muss er sich stellen – darf sich dabei aber nicht von ihm fremden Kriterien „einwickeln" lassen.

Damit ist implizit zugleich gesagt, dass – solange wir in dieser Welt sind – dem Verstehen und Nachfolgen Jesu Grenzen gesetzt sind, Anfechtungen und Zweifel stets zum Leben der Glaubenden dazu gehören und sie selber nie davon ausgehen können, schon „verstanden" zu haben. Der Weg der Nachfolge ist ein Weg ständigen Lernens und neuen Verstehens, der immer wieder in den Anfang zurückkehrt und sich von dort neu orientiert. Das hindert und wehrt auch der Gefahr, Gott und den Glauben zu systematisieren und zu meinen, damit „hätte" man diese beiden in irgendeiner Weise sich verfügbar gemacht. Auch im Buddhismus gibt es den Rat: Sagt dir einer, er habe den Buddha gesehen – glaube ihm nicht! Also: Bleibe auf dem Weg. Wähne dich nicht angekommen, so lange du es nicht bist. (vgl. Mk 13,21 Parr.) Auch wir haben Gott nicht „gesehen" in dem Sinne, dass wir ihn verstanden hätten und über ihn verfügten[162] – dann

---

[162] Wenn Hiob in 42,5 bekundet, Gott gesehen zu haben, dann führt dies gerade zur gegenteiligen Kenntnis als von vielen, die Gott sehen wollen, erhofft; Hiob bekennt, dass er über Gott weder gedanklich noch pragmatisch verfügen kann. Weil sie das tun, jedenfalls versuchen sie es, haben die Freunde Hiobs nicht recht von Gott geredet (42,7). Vgl. dazu auch Exodus 33,12-23, wo Mose Gott zu sehen begehrt.

wäre Gott auch kein Gott sondern unser Popanz. Es bleibt immer Unklares, es bleibt immer ein Stuhl frei wie im Judentum für Elia. Anhand des hinkenden Jakob (Genesis 32,23-32) sagt Rudolf Landau über alle Sytematisierer und Gottesbegreifer: „... all dies Systematisieren und Gott und Menschengeschichte in Systeme zwingen, die hoch daher kommen und denkerisch tadellos zu sein scheinen, haben nichts ... an sich von jenem Hüftschlag, die Theologen hinken nicht."[163]
Wir teilen mit allen Menschen auch die Not der Unerlöstheit und die Anfechtungen, die uns Leben und Glauben schwer werden lassen. Iwand lässt in einer Predigt zu 2. Kor. 12 Paulus sprechen: „Und darum bleibe ich wenigstens immer angewiesen darauf, dass Gott mir gnädig ist, ein Darüberhinaus kenne ich nicht, ich kenne nur ein immer tieferes Dahinein, und ich weiß und ermesse eben daraus, dass ich immer tiefer lerne, allein von der Gnade zu leben, dass diese Gnade Gottes unerschöpflich ist, dass er mir in Jesus Christus ganz nahe ist."[164] Wer wollte auf seinen Trost hoffen, der die Anfechtung flieht? Wer wollte auf seine Liebe hoffen, der sich selbst genug ist?

Manchmal begegne ich der Meinung, dies alles sei etwas für Menschen früherer Generationen gewesen, wir seien doch darüber hinaus. Sind wir das wirklich? Die Hoffnung, die es tatsächlich einmal gab, die Wissenschaften würden das Leben und seine Bedingungen durchdringen, dann würde alles bewusst und schließlich alles gut, und wir wüssten auch über alles gut Bescheid, diese Hoffnung hat sich als Illusion erwiesen – wir haben immer nur Teile und Perspektiven, nicht das Ganze. Und vor den sog. Urknall zurück konnte auch keiner: Das Geheimnis des Ursprungs und das Warum und Wozu der ganzen Welt wie unseres persönlichen Lebens ist und bleibt offensichtlich ein Geheimnis. Auch die wirtschaftlichen und politischen Bestrebungen, Gerechtigkeit werden zu lassen, Armut und Hunger zu besiegen, haben Vieles vorangebracht – aber unsere Welt nicht neu, und die großen Utopien gleich welcher Couleur stehen wie beschämt da und man spricht vom „Ende der großen Erzählungen" (Jean-Francois Lyotard) und schließt dabei die Religionen ein. Prinzipiell stehen wir in gar keiner so verschiedenen Lage zu den Menschen von eh und je: Wir wissen nicht, woher wir kommen, wir wissen nicht, wohin wir gehen, unser Leben ist uns Zufall oder Geschenk, lästig oder beglückend, aber keine der großen Fragen ist wirklich gelöst. Medizin und Wohlstand helfen uns nur, besser darüber hinweg zu gehen. Für die Menschheit als ganzer gilt das keineswegs, dessen sollten wir uns bewusst bleiben oder werden. Und es sind nicht wenige Probleme, die sich – bei allen Erfolgen der Menschheit – doch zuspitzen. Gehässigkeiten und Verkehrtheiten haben keinesfalls aufgehört, in angespannten Situationen und im Schutz digitaler Kommunikation nehmen sie sogar wieder zu. Beim besten Willen kann ich nicht erkennen, dass die Fragen und Themen, mit denen die biblischen Geschichten und Texte uns konfrontieren, belanglos geworden wären. Eher das Gegenteil scheint mir der Fall.

---

[163] Rudolf Landau, Brannte nicht unser Herz, Stuttgart 2018, S. 85. Statt in schlüssig durchkonzeptionierten Leuchtturmkirchen vollkommene Ansprachen in überzeugender Rhetorik vom Stapel zu lassen sollte man also den Mut aufbringen, ruhig einmal zu hinken und sich auch als Mensch zu erkennen geben – wobei man nicht im alten Adam versinken sollte und auch den neuen in Christus bezeugen darf und soll. Der auferweckte Christus trägt die Wundmale und er berührt die Wunden der Menschen, weil er uns berührt in unserer ganzen Tiefe. Wir aber meinen, wir müssten nur glänzen? Oder Glauben ohne Unglauben vorweisen? Oder mit unserem Unglauben kokettieren? Oder uns keine Mühe geben? Nichts davon ist auf sich gesehen wahr. Hierzu auch Tomas Halik, Berühre die Wunden, Freiburg 2015³: „Wenn `credere´ (glauben) von `cor dare´ (das Herz geben) abgeleitet ist, dann muss ich bekennen, dass mein Herz und mein Glaube *nur dem Gott gehören, der seine Wunden zeigen kann.* ... Mein Gott ist der verwundete Gott." (15)
[164] Zitiert nach Rudolf Landau, aaO S. 87

Das heißt aber auch: Die Erfahrung der Anfechtung ist eine Realität. Dabei ist die Anfechtung zum Unglauben, die alle Menschen erleiden, zu unterscheiden von der Anfechtung im Glauben, wobei die Übergänge auch hier fließend sind, weil auch Glaubende normale Menschen sind. Dennoch ist die Differenzierung wichtig. Wem also predigen wir? Das sind unter der einen Perspektive Menschen, die unter dem starken Eindruck von Leid- und Verzweiflungssituationen von einem Vertrauen auf Gott fortgezogen werden. Wie soll man einer „guten Kraft"[165] vertrauen können, wenn das erlebte Geschick einem den Mut nimmt? Wie soll man vertrauen und hoffen, wenn man immer wieder enttäuscht wird? Wie soll man hoffen, wenn die Lasten nicht abnehmen oder gar noch an Gewalt zunehmen? Wie soll man am Guten arbeiten, wenn die Macht des Bösen nicht zu brechen scheint? „Gehofft, gekämpft und doch verloren": das ist eben auch eine Erfahrung, die Menschen machen. Und die kann sie brechen.

Und dann hat man es mit dem Beten versucht – und es hat sich nichts verändert. Und ist es zu leugnen, „dass die unerhörten Gebete in nicht zu bemessendem großen Maße dazu beigetragen haben, kirchliche Verkündigung obsolet zu machen, den Glauben auszuhöhlen, die Zweifelsfragen schwer sein zu lassen"[166]? In einer „meiner" früheren Gemeinden hatte jemand an eine Hauswand geschrieben, sehr groß und nicht zu übersehen: „Beten nutzt nichts." Das ist nicht nur eine Ausrede oder Flucht vor dem Glauben, das mag es hier und da auch sein, aber es scheint mir eine echte Infragestellung, so wie es in der Geschichte zu unserer Jahreslosung eine echte Probe ist, auf die sich alle

---

[165] Vgl. Martin Luther King: „Wenn unsere Tage verdunkelt sind und unsere Nächte finsterer als Tausend Mitternächte, so wollen wir stets daran denken, dass es in der Welt eine große, segnende Kraft gibt, die Gott heißt. Gott kann Wege aus der Ausweglosigkeit weisen. Er kann das dunkle Gestern in ein helles Morgen verwandeln. Darauf gründet sich unsere Hoffnung…" (Martin Luther King jr., Kraft zum Lieben, Konstanz 1980, zuerst 1964, S. 171)

„Aber im Laufe der Jahre sind die schlichten Worte von Mutter Pollard mir immer wieder in den Sinn gekommen: ´Gott wird dir doch immer helfen.´
Dieser Glaube verwandelt den rauen Sturm der Verzweiflung in die Brise der Hoffnung. Die Worte eines Wandspruchs, der in der vergangenen Generation in vielen Häusern frommer Familien zu finden war, sollten in unseren Herzen eingegraben sein:
      Die Furcht klopfte an die Tür.
      Der Glaube antwortete.
      Niemand trat ein."   (MLK, aaO, S. 187)
„Glaube ist das allseitige Sichöffnen für den göttlichen Einfluss." (MLK, aaO S. 197)
Aus der Ansprache in der Waldbühne Berlin am 13. September 1964:
„Es ist der Glaube, der uns anhielt zu gehen.
Es ist der Glaube, der uns fähig gemacht hat, dem Tod ins Auge zu schauen.
Es ist der Glaube, der uns einen Weg gezeigt hat, wo es keinen Weg zu geben schien.
Es ist der Glaube, der uns unsere täglichen Kreuzigungen ansehen lässt in dem Wissen, dass Gottes Welt durch die Kreuzigung geändert wird, und dass es keine Auferstehung gibt ohne Kreuzigung.
Es ist der Glaube, den ich euch Christen hier in Berlin anbefehle, ein lebendiger, aktiver, starker, öffentlicher Glaube, der den Sieg Jesu Christi über die Welt bringt, ganz gleich ob es eine östliche oder eine westliche Welt ist.
Es ist der Glaube, mit dem ich nach Hause zurückkehre in den Süden der Vereinigten Staaten,.
Mit diesem Glauben werden wir fähig sein, vom Berg der Verzweiflung einen Stein der Hoffnung abzutragen.
Mit diesem Glauben werden wir fähig sein, miteinander zu arbeiten, miteinander zu beten, miteinander zu kämpfen, miteinander zu leiden, miteinander für die Freiheit einzustehen, weil wir wissen, dass wir eines Tages frei sein werden." (MLK, aaO S. 221f.)

[166] Rudolf Landau, Brannte nicht unser Herz in uns, Stuttgart 2018, S. 40

miteinander gestellt sehen.[167] Da sind so viele „Unerhörtheitserfahrungen und Verlust des Gottvertrauens", die Rudolf Landau kommentiert: „Die unerhörten Gebete sind m. E. ein abgrundtiefer und immer offener zutage tretender Abbau des Glaubens und der Gleichgültigkeit gegenüber den von den Kirchen `verkündeten´ Botschaften." Im nicht erhörten Bittgebet steht „der Name Gottes auf dem Spiel" und die „Resignation nimmt überhand."[168] Vielleicht wäre es ein erster Schritt, da Leid und die Klage zum Ausdruck zu bringen und nicht wegzureden und die „Unmöglichkeit einer jeden Theodizee"[169] zuzugeben und wahrzunehmen, wie Gott „immer auf dem Spiel steht ... in seiner Welt"[170] – und dann helfen keine „klugen" Sätze und kein Wegreden und vermutlich doch nur das Begehen der Wege, die Jesus uns voraus gegangen ist in seiner Passion und an unsere Seite tritt. Und dann geraten wir in eine Theologie, die nicht im klugen angeblich schlüssigen System beginnt, sondern „im Schrei"[171], und es gibt nicht nur kein richtiges Leben im Falschen[172], es gibt auch keine richtige Lösung an der Auflösung des Falschen vorbei, und man kann es nur so wegtragen, dass man es auch auf sich nimmt, sonst bleibt alles nur ein vordergründiges Spiel der Gedanken, und wir nehmen das Leid nicht ernst. Diese Fragen lassen sich theoretisch nicht lösen, auch nicht theologisch befriedigend verarbeiten. Sich zu erbarmen heißt auch, aufzuhören, der Illusion nachzulaufen, als könne man das tun.

Nachfolge sieht anders aus. Zu ihr gehört, die Leidenden dem Bündel des Lebens anzubefehlen, vom dem 2. Samuel 25,9 die Rede ist und sie im Gebet, in Solidarität und Nächstenliebe darin einzubinden und die um sie herum dazu. Und dem zu vertrauen, der genau dieses Werk zuallererst tut.

Die zweite Art der Anfechtung ist aber noch eine andere. Sie entsteht nicht nur durch das Ausbleiben unserer menschlichen Erwartungen und Hoffnungen an ein gutes Leben. Sie ist die Art, die Martin Luther eigentlich als Anfechtung verstanden hat und wie man sie auch bei Johannes vom Kreuz findet in der Erfahrung der „dunklen Nacht". Das ist nicht die Anfechtung durch das Geschick, das ist die Anfechtung im Glauben selbst und im Entzug Gottes, der sich von dem, der ihm vertraut, nicht mehr finden lässt.[173] Aber von

---

[167] Sie gilt Jesus, der unter dem Unglauben selbst noch seiner Jünger leidet; sie gilt dem Vater mit dem kranken Sohn, die wiederum enttäuscht werden können; sie gilt den Jüngern, die nicht heilen konnten; sie gilt den Schriftgelehrten, die sich offenbar in gleicher Lage befinden; sie gilt der Menge, deren Rolle nicht wirklich klar wird, die sich zwischen gespannter Ehrerbietung und geilem Gaffertum bewegt.

[168] Rudolf Landau, aaO S. 274

[169] Rudolf Landau, aaO S. 278

[170] Rudolf Landau aaO S. 278

[171] Rudolf Landau aaO S. 281

[172] Adorno, Minima Moralia, Ffm. 2014, 9. Auflage, S. 43

[173] „So sollten auch wir all unser Unglück nicht anders ansehen und annehmen, als zündete uns Gott damit ein Licht an, damit wir seine Güte und Wohltat in unzähligen anderen Stücken sehen und erkennen möchten." (ML, Das schöne Confitemi, LD 7,312)

„... die Sonne zu erkennen durch solch eine trübe, dicke, finstere Wolke und Wetter, und wagt es, den herzlich anzurufen, der ihn schlägt und sich so gar unfreundlich gegen ihn stellt.

Das ist Kunst über alle Kunst und allein des heiligen Geistes Werk, den Gottfürchtigen und rechten Christen bekannt, wovon die Werkheiligen nichts wissen; ... Denn diese Kunst ist menschlicher Natur unmöglich." (ML, aaO, s. 322)

„Aber es ist eine Kunst, sich selbst zu verleugnen. Wir haben dran zu lernen, so lange wir leben, ebenso sehr wie alle Heiligen vor uns, neben uns und nach uns tun müssen. Deshalb, wie wir die Sünde noch fühlen, so müssen wir den Tod auch fühlen. Und wie wir kämpfen müssen, dass wir die Sünde los werden und fest an der rechten Hand Gottes hangen, die uns sein Wort verkündigt, so müssen wir auch mit dem Tode und Todesfürsten oder Todesamtmann, dem Teufel, kämpfen, bis wir ganz frei werden. ... ich will nicht von meinen noch von Menschenwerken reden; ich weiß jetzt nichts von mir und meiner Heiligkeit. Sondern des

dieser Anfechtung scheint hier an unserer Stelle nicht die Rede zu sein; mag sein, sie deutet sich in Mk 9,19 an. Und wer von uns vermag diese Anfechtung zu ermessen? Wir befinden uns doch zumeist an ganz anderer Stelle, wie sie mir von zwei ganz unterschiedlichen Menschen und Perspektiven aus beschrieben scheint, die ich nur beispielhaft aufrufen will. Die eine Stimme ist die von Papst Benedikt XVI. Unter den Bedingungen unserer gegenwärtigen Existenz in ihrer Widersprüchlichkeit und für viele Menschen immer undurchdringlicheren Komplexität „kann die christliche Differenz nur durch eine gelebte Haltung der Hoffnung behauptet werden". „In einer Gesellschaft, wo Vertrauen immer mehr gesetzlich reguliert und rechtlich gesichert wird, stellt das Vertrauen als Umsonst der Gabe den Einbruch einer qualitativen Differenz innerhalb der Zeit dar, die alle Menschen leben" – so Marcello Neri in seiner Einführung zur Predigt von Papst Benedikt anlässlich seines Pastoralbesuchs in der Schweiz 1984.[174] Allen Versuchen, Leben und Glauben zu kontrollieren, wird mit dem sich daraus abhebenden und differenzierenden Geschehen von Zeugung und Geburt eine aus dem Kontrollzwang und Beherrschungsideal herausführende Spur gelegt: „die Spur einer wechselseitigen Abhängigkeit, worüber niemand Herr ist."[175] Der Weg des Glaubens zeichnet in die Welt, die der Mensch sich anzueignen und zu beherrschen trachtet, und in das Leben, das der Mensch sich verfügbar machen will (und das ist die Haltung der westlichen Kulturen, die global herrschend wurden), eine differenzierte Lebensweise ein, weil Gott die Welt nicht verlässt. „Gottes Geist befreit den Menschen aus der Gefangenschaft der Schuld, aus der Verstrickung in selbstsüchtiges Denken und Streben."[176] Dabei gibt er dem Gebet eine Schlüsselstellung. „Der Herr hat dem Menschen das Gebet aufgetragen, damit er die Welt von seinem Herzen her umforme, damit er sie verwandle im Heiligen Geist; damit er sie menschlicher mache; damit er in ihr zusammen mit Christus das Reich Gottes erbaue. Im Gebet vor allem liegt für uns Christen unsere Stärke, in ihm liegt die Quelle unserer Hoffnung."[177] Das Gebet hilft, die Welt vor unserem direkten Zugriff zu bewahren und unsere Münder und Hände von einem gewandelten Herzen leiten zu lassen.

Was da zu wandeln ist, hat Roger Willemsen auf seine Weise in Worte gefasst. In seiner kleinen Schrift „Wer wir waren" beschreibt er unser Leben in fortschreitender Distanz zu herausfordernder Vitalität und unmittelbarem Spüren des Lebens, von dem wir uns also immer weiter entfernen: „Alle Modifikationen mündeten in dieser großen Bequemlichkeit und Verfügbarkeit, die wir kurz genossen, dann kaum mehr empfanden und durch einen neuen Lebenszustand ersetzten: die Überforderung, die Abstumpfung, die Kapitulation vor der Entmündigung. Ja, wir brannten aus in aller Reibungslosigkeit."[178] Die fortschreitende Entfremdung des Lebens vom Leben selbst und die Orientierung an seinen künstlichen Abläufen nimmt den Sinn und die Sinne. Wir verschwanden in dem, was wir für wirklich hielten. „Wir lebten als der Mensch, der sich in der Tür umdreht, noch etwas sagen will, aber nichts mehr zu sagen hat. Wir agierten auf der Schwelle – von der Macht der Einzelmenschen zur Macht der Verhältnisse. Von der Macht der Verhältnisse in

---

Herrn Werke, die hab ich vor mir, davon will ich reden, die rühme ich, auf die verlasse ich mich, der ists, der von Sünden und Tod hilft." (Martin Luther, Das schöne Confitemi, WA 31,I. S. 151f.; LD 7 S. 343f.)

[174] Hg. Joh. H. Claussen und Martin Rössler, Große Predigten, Darmstadt 2016, S. 352

[175] aaO S. 353
[176] aaO S. 359; damit stellt Benedict unsere Lebensweise gut evangelisch (im ursprünglichen Sinn) von ihrer Überwindung im Evangelium her da.
[177] aaO S. 360
[178] Roger Willemsen, Wer wir waren, Ffm. 2016 4. Auflage S. 36

die Entmündigung durch Dinge, denen wir Namen gaben wie `System´, `Ordnung´, `Marktsituation´, `Wettbewerbsfähigkeit´. Ihnen zu genügen nannten wir `Realismus´ oder `politische Vernunft´. Auf unserem Überleben bestanden wir nicht. Denn unser Kapitulieren war auch ein `Mit-der-Zeit-Gehen´."[179] Wir achten ja darauf, immer mit der Zeit zu gehen und nicht aus der Zeit zu fallen. Die Jünger tun es auch und verhandeln nun in unserer Geschichte mit den Schriftgelehrten und deren Jüngern, wie man es richtig macht und in den Griff bekommt. Und darüber verlieren sie es. Das ist die Lage der Menschen, die in der Geschichte vorkommen. Und, so meine ich, es ist auch unsere Lage.

Als Kirchen handeln wir ähnlich. Kirche als Institution neigt dazu, Glaube zu verwalten, und als Organisation, ihn zu „performen" und zu „eventisieren". Dabei droht der Glaube jeweils in eine Objektstellung zu geraten, mit ihm wird etwas gemacht, er wird in etwas hinein gepresst, das nicht er selber ist, und dieses andere verformt ihn, bleibt dann nicht nur eine Inkulturation sondern droht zu einem Inhalts- was auch heißt Beziehungsverlust zu führen, nämlich zum Verlust der Gottesbeziehung.[180] Genau das werfen doch schon die Propheten etwa im 8. Jahrhundert vor Christus dem Gottesdienst- und Kultbetrieb in Juda und Israel vor. Genau das wirft auch Jesus dem Tempel- und religiösen Selbstrechtfertigungsbetrieb zu seiner Zeit vor. Es herrscht ein äußerlich vielleicht gar beeindruckender religiöser Betrieb, doch das Herz ist anderswo, im Zweifelsfall eben nicht bei Gott, sondern bei sich selbst. Es ist der Unglaube, der am natürlichen Menschen[181] klebt und von ihm nicht loszureißen zu sein scheint. Und am schlimmsten wird der, wenn er sich ein „frommes" Gewand gibt: „Christus non illuditur nisi in purpura…" schreibt Luther in der Auslegung des Psalms 22. „An Stelle der Kleider Christi ist nun die Kirche angetan mit der Glorie des Imperiums (es handelt sich um das heilige röm. Reich), nicht auf das Wort und den Glauben, nicht auf die Schrift stützt sie sich, sondern auf den weltlichen Arm vertraut sie, und auf seine blutbefleckte Macht… Christus wird am besten verspottet, wenn er in Purpur gehüllt ist… so wird die Kirche Gottes gezwungen, sich behängen zu lassen mit dem unheilsschwangeren Glanz einer Scheinherrschaft und den Spott zu tragen und sitzt in erschreckender Gestalt (nämlich des gefesselten Christus) mitten im Imperium."[182]

Gibt Kirche sich so, geben wir uns so, im kirchlichen Tun und Lassen auf anderes zu setzen als auf das Evangelium, dann setzen wir auf unser eigenes Begründen und Vermögen und ignorieren die der Kirche von Anfang an mitgegebene Frage, „wie sie damit leben soll, dass sie Teil der gebrochenen Welt ist und damit nicht nur an der heilenden, befreienden Macht Christi, sondern auch an der Ohnmacht der Welt teilhat. Die Erzählung macht deutlich, dass diese Spannung als Bestandteil des Glaubens begriffen wird und dass die Kirche immer zwischen Unglaube und Glaube schwebt. Denn der Glaube ist keine ein für alle Mal verliehene Garantie für ein vollmächtiges, erfolgreiches Handeln, sondern bleibt unverfügbare, immer neu zu erbittende Gabe."[183]

---

[179] Willemsen aaO S. 52
[180] Genau genommen kann ich aus der Gottesbeziehung nicht herausfallen, denn einzig sie gewährt mir ja das Leben. Einzig sie kann mir den Raum geben an der Quelle des Lebens. Was aber geschehen kann: dass ich mich dieser Beziehung verschließe.
[181] Auf den natürlichen Menschen und damit auch auf uns selbst sollten wir die prophetische Kritik beziehen und nicht dem anti-judaistischen Kurzschluss verfallen!
[182] WA 5,649, 37ff; Iwand, PM I, 199
[183] Frank Eibisch, Dein Glaube hat dir geholfen, Göttingen 2009, S. 60f.

Die Predigt kann demzufolge nicht zum Ziel haben, einen Glauben und Methoden oder angebliche Gestaltwerdungen des Glaubens so zu setzen, dass damit der Unglaube vertrieben wäre und ein klares und schlüssiges Glaubenskonzept nun die Gemeinde und die Kirche regiere, dem sich alle einzuordnen hätten. Wer so vorgeht – und so ein Vorgehen ist in der Geschichte der Kirche gar nicht so selten – muss damit rechnen, dass er den Weizen mit dem Unkraut, also den Glauben mit dem Unglauben ausreißt (Mt 13,24-30). Die Alternative ist nicht, auf Klarheit zu verzichten, aber sie dort zu suchen, wo sie zu finden ist: Im Hören auf das Evangelium von Gottes Tun und in der Ausrichtung des Glaubens und Tuns daran und nicht an Vorgehensweisen, die wir in uns selbst finden oder von anderswoher übertragen. Das wesentliche biblische Denkmodell führt nicht zum Anknüpfen und Umsetzen sondern in eine andere Bewegung, die so beschrieben ist: Sterben und Auferstehen. Das ist es, wozu Jesus gekommen ist – und es findet sich auch in unserer Geschichte: Jesus rührt den von den Umstehenden für tot geglaubten Jungen an und richtet ihn auf (ηγειρεν, von εγειρω, egeiro, aufrichten, da geht es um das Aufrichten von Schlafenden, Kranken und Toten, ein für Jesus typisches Tun, das auch beredt auf das Geheimnismotiv bei Markus weist: was er an anderen tut, das weist voraus und wird verständlich in dem, was an ihm selber geschehen soll, und damit wird es zum Zeugnis des in ihm anbrechenden und kommenden Gottesreiches).[184]

Der Glaube an das Evangelium lebt im Vertrauen, das wächst auf ein Wort der Liebe hin. Darum gilt: Der Glaube macht das Leben schön. Er macht es schön, weil er es dem Zufall entreißt. Der Zufall verdunstet – wie die Morgennebel in einem warmen Sonnenlicht – unter den Zusagen: Du bist gewollt, du bist geliebt, du bist begleitet. Solche Gewissheiten liegen nicht im Erleben der Dinge und des Lebens selbst. Auch wenn sie schon darin liegen mögen, so sind und bleiben sie doch unsichtbar. Damit sind sie stets bezweifelbar und bleiben ungewiss. Ohne das Wort der Liebe ist das Leben auf dieser Welt wie eine Wüste, die in ihrer Kargheit ständig die Grenze und Bedrohung des Lebens zeigt. Nichts ist selbstverständlich. Und alles steht immerzu auf Messers Schneide. Gleichwohl aber kommt eine Ahnung auf von der Schönheit. Saint-Exupéry sagt: „Ich habe die Wüste immer geliebt. Man setzt sich auf eine Sanddüne. Man sieht nichts. Man hört nichts. Und währenddessen strahlt etwas in der Stille."[185] Ahnend lässt es sich wahrnehmen, doch bleibt es in aller Gewissheit ungewiss. Viele von uns ahnen es nicht einmal mehr, weil wir weder die Stille kennen noch das Strahlen in ihr wahrnehmen. Wie bei den Menschen, denen der Kleine Prinz begegnet, ist unser Leben ausgefüllt mit allerlei anderem.[186] Das

---

[184] Vgl.Walter Bauer, Wörterbuch zum NT, Sp. 425
[185] Antoine de Saint-Exupéry, Der kleine Prinz, Düsseldorf 1955, S. 76
[186] Der erste ist ein König: Er will das Leben (und die Menschen) beherrschen. Der zweite ist ein Eitler. Sich selbst betrachtet der als die wesentliche Mitte von allem, die Bewunderung verdient. Den eigenen Lebenswert erfährt der Eitle durch die Bewunderung von anderen – er erweist sich als zustimmungs- und beifallsabhängig. Das steuert ihn. Darauf trifft der Kleine Prinz auf den Säufer. Das Leben, das sich ihm versagt, sucht er gegen einen seine Seele betäubenden Ersatz auszutauschen. Dafür schämt er sich. Er läuft vor sich weg, ist nicht bei sich – eben: nicht bei Trost.
Dann folgt der Geschäftsmann. Er wähnt sich reich, weil er mit Zahlen jongliert, die angeblich anzeigen, was er besitzt. Das macht ihn reich, meint er – aber er weiß mit dem Reichtum nichts anzufangen, außer ihn immer weiter anzuhäufen. Mit dem Laternenanzünder begegnet dann ein Mensch, der in seiner Funktionalität aufgeht. Er funktioniert nach einem tradierten Schema, dessen Voraussetzungen sich längst überholt haben. Trotzdem hält er daran fest. Er ist nicht offen für Veränderungen und das, was sich wandelt. Er zieht durch, was er einmal gelernt hat. Er hat seine Prinzipien. Und die gelten.
Eine andere Illusion neben den Prinzipien ist die der angeblich objektiven Erkenntnis, durch die das Leben in den Griff zu bekommen sei. Darin fühlt man sich im Leben sicher. Dafür steht der Geograph. Er hält Abstand

halten wir dann für das Leben. Und dann suchen wir den Brunnen nicht mehr, von dem der Kleine Prinz sagt: „Es macht die Wüste schön, ... dass sie irgendwo einen Brunnen hat."[187] Doch dieser Brunnen will erst einmal gefunden sein. Dann tritt zum Licht, der die Nebel vertreibt, das erquickende Lebenswasser hinzu.

Ob es sich um uns selber, „ob es sich um das Haus, um die Sterne oder um die Wüste handelt, was ihre Schönheit ausmacht, ist unsichtbar!"[188] Und doch ist diese Schönheit nicht nur hinter den Dingen und Erscheinungen, sie ist auch in ihnen. Zwar ist das noch in Ambivalenz, denn das Vergehen und Verderben liegt zugleich in ihnen, nicht nur das Leben, auch das Sterben. Sie haben keinen Bestand. Und was wäre ein Leben, das keinen Bestand hat? Zuletzt eben doch der Tod. Es ist eine Schönheit, die das Vergehen schon in sich trägt, und die weist auf das Ineinander von Liebe und Tod. Das lässt freudig erschaudern, beides zugleich. „Schön sind die Blumen, schöner sind die Menschen in der frischen Jugendzeit; sie müssen sterben, müssen verderben: Jesus bleibt in Ewigkeit."[189] Der Glaube an das Evangelium lebt im Vertrauen, das wächst auf ein Wort der Liebe hin. Auf ein Wort, das sagt: Du bist kein Zufall, denn ich habe dich und dein Leben gewollt. Ich habe dich geliebt von Ewigkeit her. Darum berge und halte ich dich und bin bei dir. Wem solches gesagt wird, der erstrahlt darin voller Schönheit wie die Wüste durch den Brunnen erstrahlt in Schönheit. Denn nun verbirgt sie unter dem Leben nicht mehr nur den Tod, sondern die Quelle und die Fülle des Lebens.

So machen sich der Kleine Prinz und der Pilot in Saint-Exupérys Geschichte ans Werk, denn sie haben Durst nach dem Wasser aus dem Brunnen. Der Pilot gibt dem Jungen zu trinken. „Ich hob den Kübel an seine Lippen. Er trank mit geschlossenen Augen. Das war süß wie ein Fest. Dieses Wasser war etwas ganz anderes als ein Trunk. Es war entsprungen aus dem Marsch unter den Sternen," das war der Weg, den sie zurückgelegt hatten, „aus dem Gesang der Rolle," der war der Vorgang des Schöpfens, „aus der Mühe meiner Arme. Es war gut fürs Herz, wie ein Geschenk." Eigentümlich: obwohl sie selber dabei aktiv waren, erleben sie es als ein Geschenk. „Genau so machten, als ich ein Knabe war, die Lichter des Christbaums, die Musik der Weihnachtsmette, die Sanftmut des Lächelns den eigentlichen Glanz der Geschenke aus, die ich erhielt."[190]

Das Leben wird neu. Ein Lichtstrahl fällt herein, der ist nicht irgendein Licht, in dem ist DAS Licht. Und dieses Licht vertreibt alle Dunkelheit. „Ein Tag sagt's dem andern, und eine Nacht tut's kund der andern, ohne Sprache und ohne Worte; unhörbar ist ihre Stimme." (Ps. 19,3f.) Und die Stille spricht – wie die Dunkelheit strahlt; „so wäre auch Finsternis nicht finster bei dir, und die Nacht leuchtete wie der Tag. Finsternis ist wie das Licht." (Ps. 139,12)

So macht der Glaube das Leben schön. Er macht die Finsternis hell. In Einsamkeit macht er Gott nah. Die spröde, trockene, verdurstende Seele führt er zum frischen Wasser (Ps. 23,2), die zu ihm rief: „Es dürstet meine Seele nach dir, mein Leib verlangt nach dir, aus trockenem, dürren Land, da kein Wasser ist." (Ps. 63,2) Gott aber ist Wasser und Licht. Er ist der, der lebt und Leben schenkt. „Du sendest aus deinen Odem, so werden sie

---

vom wirklichen Leben, die Forscher informieren ihn (der berühmte „Elfenbeinturm" der Wissenschaft). Ob etwas schön ist, weiß er nicht. Er schreibt sich dagegen alles auf. „Was man schwarz auf weiß besitzt..." – nur wozu, bleibt offen. Die Menschen in ihrer Schönheit bleiben unsichtbar.

[187] Saint-Exupéry, ebenda
[188] Saint-Exupéry, ebenda
[189] EG 403,4; Münster 1677
[190] Saint-Exupéry, aaO S. 79

geschaffen; und du machst neu das Antlitz der Erde." (Ps. 104,30) Neu und schön machst du auch mich.

Dein Wort der Liebe, Gott, macht unser Leben schön. Es liegt schon in der Schöpfung selber, denn sie ist ja das Werk deines Wortes. So können wir es ahnen, doch wir können es nicht halten und finden keine Gewissheit darüber. Denn im Zugriff auf das Leben entzieht sie sich uns. Und immerzu verwandeln wir die ahnende Gewissheit in unser eigenes Vergehen, in dem wir uns finden und doch nicht finden. Denn wo wir meinen, uns gefunden zu haben, sind wir schon wieder fort geschritten. So vermuten wir sie, die Gewissheit des Lebens, irgendwo „dahinter". Wir beginnen zu zweifeln, und das nicht grundlos, dass das Leben schon im Leben sein könne. Und dann kommen unsere Strategien, es zu erkennen und es festzuhalten.

Den Brunnen vergessen wir dann meist. Und den Marsch unter den Sternen, den wir gar nicht mehr zurücklegen, und den Gesang der Rolle, den wir nicht mehr hören, weil wir uns dem Vorgang des Schöpfens nicht mehr widmen. Auch in unseren kirchlichen Strategien gehen wir nicht mehr oder kaum noch den Weg zum Brunnen, zum Zeugnis der Schrift und der Sakramente. Sondern wir schauen aus nach dem, womit wir „bei den Leuten ankommen" könnten und wie wir in all den Alltagsfragen, die uns abseits davon bestimmen, bestehen können. Und wir nutzen die Winde nicht mehr, das Wort Gottes in seinem Lebenswasser hervorzuholen, dass doch da ist und durch das alles besteht, auch wir. Und die Kirche erst recht.

Diese Worte Gottes sind etwas ganz anderes als unser Gerede, als unser Begründen und Argumentieren auch in unseren Predigten.[191] Denn diese Worte bezeugen Gott in der

---

[191] „Im Sagbaren muss das Unsagbare aufgehoben bleiben. Wo dieser Hintergrund fehlt, wird alles Sprechen von Gott gott-los." (Hubertus Halbfas, Der Sprung in den Brunnen, Düsseldorf 2001³, S. 81) „Mit einem gedachten Gott sind wir gewiss bald am Ende, denn mit den Gedanken vergeht auch der Gott." (aaO S. 126) Auf gerade diese Gedanken aber scheinen wir kirchlich zu sehr zu setzen in Programmen, Konzeptionen und Strategien, die dann aber doch nichts austragen. „Allein, wer Gott in sich hat, nimmt Gott göttlich, und dem leuchtet er in allen Dingen." (aaO S. 127) Die ZEIT betitelt am 13. Dezember 2007 einen Beitrag von Evelyn Finger gerade so: „Schluss mit dem Geschwätz!" Sie moniert, die meisten Pfarrer würden nur Seelenwellness liefern. Sie kritisiert die Anwandlungen, Predigen als Ereignis zu gestalten, dabei aber über die Eventhaftigkeit den Inhalt zu verlieren und die Gemeinde wie Konfirmanden zu belehren oder wie ein Publikum zu unterhalten. Doch „mit einer Superpredigt ohne Inhalt und mit Religion ohne Utopie sind" wir alle „schlecht bedient" (DIE ZEIT Nr. 51/2007 S. 49) Wer dem Evangelium folgt, muss mehr wollen: „Nicht nur ist der Glaube an Gottes Gnade für diese Welt ein Werk dieser Gnade selbst," und die will in der Predigt verkündigt werden, „sondern nur als solches, als Gottes eigenes Werk, kann der Glaube in der mimetischen Praxis einer christlichen Kirche, also auch in ihrer homiletischen Tätigkeit, thematisch werden." (Hans-Georg Geyer, Wahre Kirche, in: ders., Andenken, Theologische Aufsätze, Tübingen 2003, S. 241) Verkündigung und Mimetik spielen dabei zusammen, ohne dass letztere die erstere belegen und begründen könnte. Fällt sie aber aus, fehlt der Verkündigung die Verleiblichung, ohne die es keine Resonanz und kein Gotteslob gibt. Das Wirken des Evangeliums als einer Kraft Gottes macht aus unserer Welt eine „*Welt im Übergang*" (Geyer aaO S. 250), den Christus selber vollzieht in seiner göttlichen Feindesliebe bis ans Kreuz, und geistlich leiten und lehren ist nichts anderes als eben diesen Weg bezeugend und wirkend mitzugehen – was, wie Luther beschreibt, in eine Eröffnung des Lebens führt, die die Sünde am Kreuz erkennt und darum unser Leben als von ihr befreit. „Die Begründung ist: Die Sünden der ganzen Welt sind nicht dort, wo sie anschaulich sind und empfunden werden. Denn für die Theologie gibt es keine Sünde, keinen Tod in der Welt. Aber für die Philosophie und die" Vernunft „... sind die Sünden nirgendwo sonst als in der Welt... Das ist alles ganz und gar gottlos. Die wahre Lehre besagt, dass in der Tat keine Sünde in der Welt ist, weil Christus die Sünde besiegt hat an seinem Leibe." (WA 40I 29,7ff in Lat.; Übersetzung Hans Iwand, PM I, 547) Er hat aller Feindschaft der Menschen mit Gott und damit auch der Menschen untereinander den giftigen Zahn gezogen. Wir sind befreit zur Versöhnung – durch sein Tun an uns, nicht in und aus uns selbst. Dass Sein Werk an und in und dann auch durch uns geschehe, das ist erster und letzter Inhalt geistlichen Leitens und

Welt, und zwar in der Welt im und durch seinen Christus. Ist das wahr, dann ist Gott und ist auch der Glaube an ihn aber kein „Dahinter" mehr hinter den Dingen und hinter unserem Leben. Dann geht es im Glauben gerade darum, dass wir im Leben Gottes sind mitten in unserem Leben hier und jetzt. Die Frage, die sich dann stellt, ist die, ob unser Predigen so ein Christuszeugnis ist, in dem Gott sich selbst bezeugt durch sein Wort – oder ob wir meinen, ihn aus seinem Dahinter immer noch erst hervorholen zu müssen. Und dabei verhaspeln und verrennen und wir uns nicht nur, sondern wir machen uns zu Narren mit einem Vorhaben, das wir nicht leisten können. Denn es ist unmöglich, dass der Mensch Gott hervorbringe. Wer sich solchen Narrendienst auferlegt oder meint, auferlegt zu bekommen, der muss darunter zerbrechen. Oder er bzw. sie wird zur komischen Figur, vielleicht auch nur schlicht unglaubwürdig, was auch nicht besonders schön ist.

Statt das Wort zu sagen, dass uns gegeben ist, statt das Lebenswasser fließen zu lassen, in dem wir neue Menschen werden dürfen, statt das Licht aufleuchten zu lassen, dass über uns und über all unseren Möglichkeiten schlicht und einfach erstrahlt, verenden unsere Predigten dann in Argumentationen, Erlebnissen und moralischen Aufrufen. Wie oft höre ich von menschlichen Ermutigungserfahrungen, die angeblich den Glauben stärken – jedenfalls den des Predigers, damit aber meinen noch lange nicht. Schön für dich, bin ich zu sagen geneigt. Wie oft höre ich das Verständnis für allerlei Zweifel und das Schlechtmachen biblischer Zeugen, Paulus scheint dafür besonders beliebt, er ist ja auch eine schwierige Person. Und wenn man der Predigt dann aber über ein „aber doch" in den Gedankengang des Paulus folgen soll, frage ich mich: Wozu denn? Was prägt und trägt das „aber doch" der Verkündigung über unsere Zweifel und Fragen, ja unsere Skepsis hinaus? Dann müssen Predigerin oder Prediger es allein tragen, Gott aus seiner Verborgenheit und seinem Geheimnis hervorzuzerren. Solchen Akten beizuwohnen ist nun nicht sonderlich glaubensstärkend.

Im Leben Gottes sind wir durch das, was Wort und Sakrament uns zusagen. Doch der Sprung in diesen Brunnen scheint auch in der Kirche vielfach verpönt. Lieber befasst man sich mit sich selbst und der gesellschaftlichen Rolle, die gerade noch greifbar erscheint. Als einer unserer Söhne in den Polizeidienst vereidigt wurde, sprach auch ein Pastor. Es tat gut, mit wie viel Wertschätzung er vom Polizeidienst sprach. Und er brachte einige bedenkenswerte ethische Gedanken auf der Basis des Aristoteles. Zum Schluss seiner Rede wünschte er Gottes Segen – aber das war das einzige, was hier noch an Gott erinnerte und wo der Glaube überhaupt noch vorkam. Haben wir im Namen Gottes nichts mehr zu sagen, beeindrucken nur noch durch die Performance unserer Person und in gesellschaftlichen Rollen? Wie vielfach wir Gott und den Glauben auch in unserer kirchlichen Praxis schuldig bleiben, ist eine wirklich erschreckende Erkenntnis.

Halten wir es für zu wenig und zu gering, dass unser Leben schön werde im Glanz der Ewigkeit und wir neu werden in der Erquickung durch göttliches Lebenswasser? Oder glauben wir das schlicht selber nicht? Doch ein Wort ist uns gegeben, das macht unser Leben schön. Denn es stellt uns mitten hinein in das, was Gott an uns tut. Jede Predigt ist eine neue Nagelprobe, ob wir in ihr nur uns und unsere Rolle zelebrieren, ob wir zu Gefallen sein wollen, oder ob wir Zeuginnen und Zeugen des Wortes werden, das allein

---

Lehrens. In der Sorge um solche „Mimesis, die weder etwas herstellt noch an der Identität ihres Akteurs interessiert ist", die durch dieses Tun allererst zum Vorschein käme, können der Inhalt wie das Ziel solchen Tuns „nur von dem bestimmt werden, was die Substanz ihrer Aktivität ausmacht" (H. G. Geyer, aaO S. 240): das Zeugnis des Evangeliums in Wort und Tat in völliger Abhängigkeit vom Wort und Wirken Christi und des von ihm und vom Vater ausgehenden Geistes.

unser Leben schön macht: weil durch dieses Wort Gott zu uns findet und wir zu ihm. Auch so gesehen ist die Bitte oder der Schrei „Ich glaube, hilf meinem Unglauben" äußerst hilfreich und für den nicht zu versäumen, der sich an die Predigtarbeit heran macht.

Bilder und Kunst

In der Literatur zu Markus 9 wird immer wieder ein Bild genannt: **Raffael**s „Transfiguratio Christi" (Vatikanische Museen). Da sieht man nicht nur den Durchbruch Christi in die jenseitige Welt himmlischer Herrlichkeit, die ist tatsächlich im oberen Bilddrittel zu erahnen. Neben Jesus erscheinen Elia und Mose, gleich darunter liegen die offensichtlich verwirrten Jünger wie erschlagen am Boden. Der Szene auf dem Berg ist in der unteren Bildhälfte eine weitere aus der Geschichte Markus 9,14ff. zugeordnet – offensichtlich gleich die erste, die in Vers 14 berichtet wird: man sieht eine Menge in heftigem Gespräch, unter den gestikulierenden Männern am Bildrand rechts unten der Vater mit dem kranken Sohn, auch der reißt seine Arme, den rechten hoch, den linken runter, ist ihrer offensichtlich nicht selber Herr. Der Vater hält den Jungen, sein Gesicht verrät Enttäuschung und Ohnmacht. Und oben aus der leuchtenden Wolke ahnt man die Stimme: Dies ist mein lieber Sohn, den sollt ihr hören – aber was macht ihr da unten für einen Lärm? Da hört ihr ja gar nichts mehr, nur noch euer eigenes Geschrei. Unwillkürlich frage ich mich, was denn die helle Welt oben (die verstörten Jünger hindern mich, diese Welt eine heile Welt zu nennen) mit der dunklen und so heftig verwirrten da unten zu tun hat? Fast erinnert das Geschehen in seiner Heftigkeit an Psalm 2, an das Toben und Tosen der Heiden und wie sie da Rat halten – und dem gegenüber die himmlische Welt. Was sich im Bild noch nicht andeutet, das ist der Weg, der Jesus und die ihn begleitenden drei Jünger mitten in die andere Szene unterhalb des Berges führt. So entsteht eine fast „unerträgliche Spannung"[192], zu deren Illustration das Bild sicher einsetzbar wäre. Wenn man das denn möchte – ich ziehe hier die eigenen Bilder der Predigthörenden vor.

Mehr noch spricht mich ein Bildnis **Ernst Barlach**s an, „die Begegnung", die zum Motiv Glaube und Unglaube aber eher eine andere Geschichte andeutet: die Begegnung mit dem „ungläubigen" Thomas (Joh 20,24-29). Es heißt auch „das Wiedersehen" (1926), manche sagen auch „das Erkennen". „Der Auferstandene spielt in diesem Stück eine eher verhaltene Rolle. Er hält Thomas, richtet ihn auf, trägt ihn, er-trägt ihn. Aber er hält doch auch Distanz, wartet, wendet sein Gesicht leicht zur Seite, Wehmut in seinen Zügen, nichts von österlicher Freude." Darin entspricht die Skulptur der Verhaltenheit in unserer Geschichte Mk 9. „Eine Antwort, verbindlich, allgemein und allezeit gültig gibt er nicht – doch er hält ihn! Und er wird ihn auch als Jünger erhalten.
Was verbindet die beiden? Die Hände! Und die Hände des Thomas liegen nicht in den Wundmalen, sondern zur Umarmung bereit auf den Schultern des Freundes: wird er sich aufrichten, wird er den anderen umarmen können? Was sagt diese Geste … für das Glaubenlernen?"[193]
Neben dem Wort sind es in Markus 9,27 auch die Hände, Jesu Hände, die den Geheilten schließlich aus dem Daliegen wie tot aufrichten und neues Leben schenken. Zum Markus-

---

[192] Doris Gräb, „Schließ auf das Land, das keine Grenzen kennt", 17. So. n. Tr., Predigtstudien 2010/2011, Reihe III 2. Halbband, Freiburg 2010, S. S. 210
[193] Helmut Ruppel und Ingrid Schmidt, Von Angesicht zu Angesicht, Aufmerksamkeit für Ernst Barlachs Bilder vom Menschen, Neukirchen-Vluyn 1984, S. 12

Text direkt bietet sich die Barlach-Skulptur nicht an, wohl aber, wo die Thematik Glaube und Unglaube weitergehend thematisiert wird. Jesus ist auch hier der, der den Zweifelnden hält, ihm Glauben zuspielt und damit die Haltung des Glaubens allererst ermöglicht.

Auch eine **Bach-Kantate** gibt es zu unserer Stelle: „Ich glaube, lieber Herr, hilf meinem Unglauben" (BWV 109); sie bezieht sich freilich trotz dieses Titels nicht nur auf Mk 9 sondern das alte Sonntagsevangelium aus Joh 4. Dem einleitenden Chor gleichen Titels folgt das Rezitativ „Des Herren Hand ist ja noch nicht verkürzt" (mit Bezug auf 4. Mose 11) und die Arie „Wie zweifelhaftig ist mein Hoffen". Dieses wird ermutigt durch das Rezitativ „O fasse dich, du zweifelhafter Mut", denn, so die den Mut stützende Arie: „Der Heiland kennet ja die Seinen". Die Kantate wird abgeschlossen im Choral „Wer hofft in Gott und dem vertraut".[194] In die Kantate spielen außer den genannten Stellen Jes 38 und 42 hinein. Das Libretto spannt also einen Bogen, der erheblich größer ist als Markus 9.[195] Inhaltlich kommt nicht eine bestimmte biblische Geschichte zum Ausdruck sondern das unbedingte Vertrauen des Menschen zu Gott in und trotz der Anfechtungen und Beschwernisse, in denen der Glaubende sich zu bewähren hat.
(An dieser Stelle beschränke ich mich auf diese Hinweise.)

Kernaussagen der Jahreslosung: Glaube – Unglaube – hilf! – du, ich

Das letzte Glied in der Reihe, das „du, ich" mag man am ehesten übersehen – aber im Grund steckt in dem alles andere drin. Ich glaube – hilf du meinem Unglauben! In dieser Beziehung findet der Glaube seinen Ort, den er sonst nicht hat. Wer sich hier auf Begriffe zurückzieht, die dann so oft anders gefüllt werden als aus dieser Beziehung heraus, der verpasst das Wesentliche, der umgeht gewissermaßen das „Kraftwerk", aus dem hier die ganze Bewegung kommt.
Sie scheint ja zunächst ganz anderswo herzukommen: aus der Verzweiflung des Vaters, der seine ganze Ohnmacht spürt angesichts des Geschicks, das seinen Sohn getroffen hat und immer wieder und weiter trifft. Wie oft habe ich das erlebt: „Dich leiden sehen und nicht helfen können..." Das belastet Menschen nicht nur, es kann sie bis in den sprichwörtlichen Wahnsinn treiben und an allem zweifeln lassen. Was ist das für ein Leben, ist das noch Leben? Aus so einer Situation will man doch nur noch raus, aufhören soll sie, endlich vorbei sein! Da wird man selber wie einer, den man noch gar nicht kannte. Und man geht innerlich noch ganz andere Optionen durch als Flucht, Resignation oder Angriff. Abgründe tun sich auf, und immer wieder ist man einfach nur noch fix und fertig. Die Hoffnung hängt sich an jeden „Strohhalm", nach dem man dann greift. Wird der nächste auch wegbrechen?
So mag es um diesen Vater gestellt sein, der von Jesus hört, der könne was, ja, das sagte man von vielen – kann der wirklich was? Lohnt es, auch diesen noch zu konsultieren? Auf jeden Fall, sagt die eine Stimme tief innen drin: Wir dürfen nichts unversucht lassen! Was soll's denn, sagt eine andere, die sich immer öfter einspielt – nur wieder eine neue Enttäuschung droht, wie soll man das aushalten? Und die erste Enttäuschung ist ja schon da, als Jesus selber nicht da ist, nur seine Jünger.[196] Aber von denen hatte man ja auch

---

[194] Die kompletten Werke von Johann Sebastian Bach, Inhaltsverzeichnis aller CDs, Holzgerlingen 2010, S. 72
[195] Vgl. Hans-Joachim Schulze, Die Bach-Kantaten, Leipzig 2006, S. 466-468
[196] Ich folge dem Ablauf auf der Endstufe der Redaktion, wenn auch davon auszugehen ist, dass die Zusammenstellung von Verklärung und Exorzismus in Mk 9 auf die „Regie" des Evangelisten zurückgeht.

schon gehört, dass sie „etwas" können. Doch auch sie können nicht helfen. War das also hier wieder nichts und auch die Jesusbewegung entpuppt sich als „Flop"? Außer Spesen wieder mal – nichts gewesen?

All das ist nicht nur Hintergrund der folgenden Szene, in der tritt dann Jesus selber auf. Das ist mehr als Kulisse, die sich auch anders inszenieren ließe. Denn hier tritt der Mensch auf in seiner Ausweglosigkeit, in seiner Hilflosigkeit, in seiner Angewiesenheit; Schleiermacher hätte hier vielleicht sein „schlechthinniges Abhängigkeitsgefühl" wiederentdeckt, aber es ist doch mehr und noch anderes als ein Gefühl, das man hat. Es ist eine Macht, die hat einen selber und man selber scheint das Leben nicht mehr zu haben, schon gar nicht mehr in der eigenen Hand. Und so sucht man einen, der es wieder in die Hand bekommen kann und der es einem wieder in die eigenen Hände zuspielen kann. Solches Leben konnten die Jünger Jesu hier nicht neu schaffen. Ein Leben, das wirklich auch Leben ist, sich nicht nur so nennt und an dem man dann doch zu zerbrechen droht.

Aber – vielleicht doch Jesus selber? Kann er es? In dieser verzweifelten Hoffnung tritt der Vater nun Jesus entgegen. Da vollzieht sich seine Begegnung, in der er „ich" sagt, mit dem Du Jesu. „Meister, ich habe meinen Sohn hergebracht zu dir, der hat einen sprachlosen Geist." Und dann folgt die Schilderung der Krankheit, der Besessenheit und was sie mit dem Jungen macht. Und ich spüre schon nur beim Lesen das Erschrockensein, die Angst, ahne die Erschöpfung in diesem jahrelangen Kampf, in dem sie so oft unterlagen. Ist denn alles sinnlos, ausweglos? Kann niemand helfen, wirklich keiner? Und dann sagt der Vater: „Wenn du aber etwas kannst, so erbarme dich unser und hilf uns!" Ist es der Mut der Verzweiflung, die ihn das sagen lassen? Ist es die neu aufkeimende Hoffnung, in jeder neuen Begegnung mit einer anderen Person seien doch alle Chancen wieder neu gegeben? Eines haben beide Perspektiven gemeinsam: es liegt in ihnen eine Kraft, ein Herangehen, ein Hinausgehen aus sich selbst und der Situation zu einem anderen – und wo vorher nur ein ich und ein wir waren, das wie eingeschlossen ist von der schlimmen Situation, da bricht dieses Eingeschlossensein auf: Du, kannst du was, kannst du uns helfen? Und in dieser Ohnmacht ist schon auch Macht und sie lässt sich schon ein wenig spüren: als Macht der Verzweiflung von innen her, als Macht der Hoffnung auf dieses Du hin, das ja vielleicht wirklich helfen kann, von außen her. Mit großer Macht stecken Vater und Sohn fest in ihrer schlimmen Lage. Mit großer Macht die Frage nach der Hilfe – die muss ja mindestens ebenso mächtig sein.

Der Vater scheint das ja Jesus zuzutrauen. Er macht nicht nur die Konditionalität auf: Wenn du etwas kannst, dann… – er spricht ihn an wie einen, der Macht hat: erbarme dich unser, so spricht man nicht zu jedem! Erbarmen, das kann doch eigentlich nur Gott haben, allemal sonst einer, der die Macht hat, den Menschen Verfügtes außer Kraft zu setzen. Beides steckt in diesem Satz: der aus der Verzweiflung geborene Zweifel ebenso wie ein großes und mächtiger werden wollendes Vertrauen. Es gärt sozusagen in diesem Mann. Und bevor Jesus sich dem Jungen zuwendet, wendet er sich diesem Gären zu in diesem Mann und Vater, als müsse zuerst der – fast möchte man sagen: - geheilt werden, bevor es an den Sohn gehen kann! Also auch hier – eine Befreiungstat? Wovon aber wird der Vater befreit?

„Jesus aber sprach zu ihm: Du sagst, wenn du kannst! Alle Dinge sind möglich dem, der da glaubt." Es ist keinesfalls unwichtig, wie Jesus hier bei Markus spricht! Er nimmt die Rede des Vaters auf: die Konditionalität, die der Vater eröffnete: wenn – dann. So denkt unsere analytische Skepsis, die die Welt zerlegt und auseinander nimmt und (vermeintliche) Ursache und (vermeintliche) Wirkung betrachtend trennt. Und dann sehen wir zu, wie wir die erkannten Beziehungen und Wirkungsverhältnisse am besten für uns und unsere Interessen nutzen können. Und dazu machen wir einen wichtigen Schritt: Wir distanzieren uns daraus, sonst können wir nicht reflektiert handeln. So beurteilen wir uns selbst und andere und die ganze Welt. Das hat nur eine Folge, besser: ein schon in diesem Vorgang liegende Dimension, eben die Trennung. Und das ist nicht nur eine Trennung von Ursache und Wirkung und auch noch dem, was dazwischen passiert. Wir trennen uns selber ab aus dem Geschehen und tun – meist völlig unbedacht – so, als könnten wir uns selbst wie absolut setzen. Nur: Diese Neutralität ist eine Illusion. Denn wir sind und bleiben drin, ganz und gar drin in dem, was geschieht. Daraus erwächst eine irrtümliche Haltung, die uns als natürlichen Menschen immer und überall nicht nur auf den Versen bleibt, sondern die uns anhaftet. Und das ist genau die Haltung, auf die Genesis 3,1: „Ja, sollte Gott gesagt haben …?"

Was macht Jesus jetzt? Er nimmt diese vermeintliche, illusionäre Neutralität und Distanzierung fort. Er verändert die „wenn-dann"-Struktur in eine „wer-der"-Struktur: Wer glaubt, dem sind alle Dinge möglich.

Und distanziert glauben lässt sich eben nicht. Konditionalitäten aufspürend und nutzend glauben wir nicht, vertrauen wir nicht, geben wir uns weder hinein noch dran, sondern da werten und benutzen wir, brauchen etwas oder jemanden für einen Zweck, den wir verfolgen. Wir empfangen und geben uns also nicht, wie es im Glauben geschieht, sondern wir beobachten, stellen fest und nutzen. Wir sind „user", Kunden – und „der Kunde ist König" und der in der vermeintlichen Mitte steht und Menschen, Mächte und Dinge für sich nutzt und miteinander ins Spiel bringt, der ist wie ein Gott. Der kann es. Und er macht das, weil er es kann. Eine Haltung und eine Lebensart der Menschen, also von uns, in der Leben und Schöpfung an den Rand des Abgrunds geraten.

Gibt es daraus – Rettung? Ja, es gibt sie. Jesus verkörpert sie. Aber bevor er etwas tun kann, bevor sie Platz greifen kann, ist eine Veränderung nötig. Ein Wandel fort von der falschen Haltung des vermeintlich wissenden und könnenden und das „wenn-dann"-Verhältnis anwendenden Menschen in eine andere Haltung, und die drückt sich aus auch in eine anderen Sprachstruktur: wer – der.

Wer mit dem „Wer" einsetzt, der nimmt die Distanzierung weg. Und mit ihr nimmt er die Objektivierung fort. Und er stellt alles wieder in einen Zusammenhang, der verloren war. Das ist ein Zusammenhang, der von Gott herkommt und in den das „verlorene" Leben wieder hineingestellt wird: das Kommen des Gottesreiches, anders: die Nähe des himmlischen Vaters zu seinen Menschen. Nichts weniger als solches Kommen tritt dem Vater und dem Sohn in Jesus entgegen. Der in der ganzen Situation und der in ihm versammelte Unglaube, das aus-Gott-gefallen-Sein, muss erkannt und ausgesprochen werden, um neu in diese Beziehung hinein zu finden. So viel von dem, was wir vermutlich für Glauben halten, verdeckt diese Lage nur, aber wandelt sie und heilt uns nicht.

Dietrich Bonhoeffer hat das deutlich ausgesprochen: „Wir glauben ja an allerlei, wir glauben sogar an viel zu viel – wir glauben an die Macht, wir glauben an uns selbst, wir glauben an andere Menschen, wir glauben an die Menschheit. Wir glauben an unser Volk, wir glauben an unsere Religionsgemeinschaft – wir glauben an neue Ideen – aber wir glauben über dem allen an den Einen nicht – an Gott. Und dieser Glaube an Gott würde uns nämlich den Glauben an alle die anderen Mächte nehmen, unmöglich machen. Wer an Gott glaubt, der glaubt in dieser Welt an nichts (anderes), denn er weiß, es zerbricht und vergeht, aber er braucht auch an nichts `anderes´ zu glauben, denn er hat ja den, von dem alles kommt und in dessen Hände alles fällt."[197]

Genau das scheint der Vater hier zu spüren, zu ahnen, das ist die Macht, das ist der Glaube, den Jesus ihm hier zuspielt. „Alle Dinge sind möglich dem, der da glaubt." Das sagt Jesus von sich selber. Aber er sagt es nicht zu sich selbst, er sagt es dem Vater, und die Jünger und die Menge und wohl auch die Schriftgelehrten hören es mit. Jesus bringt den Glauben ins Spiel, der sein Glaube ist, der in seinem engen Verhältnis zu seinem Vater besteht, mit dem er eins ist im Gebet und in dem und in dessen Macht und Kraft er lebt. In solchem Glauben zeigt Jesus sich als der Menschensohn, der eben nicht nur ein Kind der Menschen ist, sondern ein Mensch Gottes. Er ist der Mensch, wie Gott ihn gemeint hat und meint. Der muss sich nicht am Ende des Tages vor Gott verkriechen und verstecken und alle möglichen „wenn-dann"s aufspüren, um zu bestehen. Er lebt aus Gott und in Gott. Und in dieser Offenheit zu Gott ist er Gottes Geschöpf und Ebenbild. Wenn man so will: Der wahre Mensch. Doch indem Jesus gerade dies wieder in Kraft setzt und ins Leben bringt, unterscheidet er sich auch von uns anderen Menschen, die wir das nicht können: dieses Gottesverhältnis wieder ins Spiel zu bringen, es in Kraft zu setzen. Darum auch bei Markus nicht nur die Frage, was Jesus kann, sondern wer er ist. Wem wir uns in ihm anvertrauen dürfen: der Stimme, die die Stimme des Vaters ist. Auf die, auf den sollt ihr hören! Und in diesem Hören werdet ihr „heil". Und darin, dieser Stimme zu folgen, werdet ihr gerettet – aus eurer vermeintlichen und illusionären Absolutheit und Distanziertheit und eigenen Entscheidungsmacht heraus gerettet in ein Leben hinein, das dieser andere euch längst bereitet hat. Und so mag auch hier die Frage aus Johannes 11 mitschwingen, und sie tut es mit dem Verweis in der Verklärungsgeschichte auf Kreuz und Auferweckung: „Glaubst du das?"

So spricht Jesus hier auch den Vater an, und „sogleich schrie der Vater des Kindes: Ich glaube, hilf meinem Unglauben!" Er sagt „ich", er ist ganz und gar präsent, er richtet sich auf in dieses Ich, auch von Jesus dahin neu aufgerichtet, aber es ist kein Ich-sagen im Sinne eines „Spitze, dass ich da bin" und wie toll ich bin, es ist ein Ich, das zugleich seinen Unglauben bekennt, ihm aber nicht erlegen bleibt. Und man möchte anders als im

---

[197] Predigt zu Markus 9,23-24; DBW 13, London 1933-1935, Gütersloh 1994, S. 414. In dieser Predigt nachlesenswert ist auch die Frage von glauben wollen, können, nicht können! „Kannst du glauben? so glauben, dass dein ganzes Leben ein einziges großes Trauen und Wagen auf Gott geworden ist oder werden will, so glauben, dass du nicht rechts und links siehst, sondern auf Gott hin tust, was du tun musst, so glauben, dass du Gott gehorchst? Kannst du glauben? Wenn du glauben könntest, ja, dann wäre die Hilfe schon da. Dann ist dir nichts mehr unmöglich." (S. 413)

Bonhoeffer stellt fest: „wir glauben an viel zu viel" –täte es uns also regelrecht gut, ganz neu einen uns helfenden wenn nicht rettenden Unglauben zu lernen? Dazu Kornelis H. Miskotte: „Gottes Sein ist nirgendwo anders zu finden als in dem, was er *tut*. So auch der geheiligte Mensch: er ist nirgendwo anders zu finden als in dem, was er tut, und er wird gewogen nach dem Gehalt seiner Taten. Der Anfang und das Prinzip bleibt aber ein eigenartig-fremdes Vertrauen auf diesen Fremden in seiner innigen Nähe, und unmittelbar im gleichen Akt, im gleichen Augenblick, ist das *Gottesgabe des Unglaubens* – so wie ja das Sein Gottes selbst die fortwährende kreative Leugnung ist wider die Gottesmacht der Natur, der gefallenen Engel, der Pharaonen und der Heroen. Dieser Gott bedeutet die Entgöttlichung der Welt; und die Heiligung, die er an uns vollzieht, ist die Entgöttlichung, Entzauberung der Welt für *uns*." (ders., Biblisches ABC, Neukirchen-Vluyn 1976, S. 139) Demnach geht es bei der Furcht Gottes zugleich um die Furchtlosigkeit gegen die Welt und die sie vordergründig bestimmenden Mächte (vgl. Joh 19,11; Kol 2,20) – wo das Vertrauen zu Gott groß ist, werden die kosmischen Mächte klein, wo der Glaube Platz greift, wird der Unglaube entthront. Anders: der Glaube findet den ihm gebührenden Platz, und das unangemessene Überbewerten der Weltmächte wandelt sich in Unglauben gegen sie. „Dass dieser Unglaube so fortwachse, dass er uns zur `zweiten Natur´ wird – ja, das ist ein langer Weg, ein Kampf, ein Prozess, das wird im engeren Sinn des Wortes die Heiligung genannt." (Miskotte aaO S. 139f)

angedeuteten Lied weiter singen, nicht, wie Spitze, dass ich da bin und du neben mir da bist, nein, Spitze, dass Du, Jesus, mir gegenüber da bist. Und du bleibst ja nicht gegenüber, an meine Stelle trittst du und mehr noch ganz und gar in mich hinein. So spielt Er uns Glauben zu, Glaube, der nicht an mir selber hängt und an meiner vermeintlichen „Tollheit" (man beachte den Doppelsinn!), sondern ganz und gar an und in Ihm!

Das ist ein Glaube, der alle Sicherheiten verlässt (auch hier ein Doppelsinn: ich verlasse, um mich auf einen anderen zu verlassen) und sich ganz stellt auf diesen Einen. Dieser Glaube ist ein Vertrauen vor und jenseits aller Begriffe, die man dann für Jesus findet (Menschensohn, Gottessohn, Messias/Christus, Kyrios/Herr, Meister/Lehrer, Heiland/Retter, ...) – und er lebt vor ihnen und jenseits ihrer. Und keines der Worte vermag in Gänze zu sagen, wer er ist. Das weiß nur der Glaube und in ihm der Glaubende. Der hat sich selber nur so, dass er sich selbst ganz und gar verlässt – und das Paradoxe ist, dass er sich gerade so nur hat und empfängt und auf den Weg kommt, im Empfangenen zu leben und es zu teilen, es zu teilen in Lob und Dank, es zu teilen in Zuwenden und Lieben. Und in dem Moment, in dem man da wieder einen substantivischen Begriff daraus macht, ein Dogma, ein System, eine Ethik, da droht das alles wieder zu gerinnen und das verklumpte Blut in den Adern der Glaubenden zu stocken, und es wird wieder wie der Tod im Topf, den wir aus unseren Kirchen leider viel zu oft kennen. Als könnten wir, was auch die Jünger nicht konnten. Wir können es auch nicht.

Und wie so oft bei Markus in seinem Evangelium tritt nun nicht nur Jesus hervor, sondern ein ganz gewöhnlicher einfacher Mensch, der uns zum Anhalt und Vorbild des Glaubens wird wie dieser Vater. So wie der sollt ihr es machen und euch selber ganz dran geben. Und eure Sache und eure Sorgen Gott befehlen.

Das Gebet in der angehängten Jüngerbelehrung, es steht doch für nichts anderes als für das Du Gottes, in dem und in dessen Kraft Jesus lebt und wirkt und in das wir hinein dürfen. Die Jünger vermochten genau das nicht, sie waren immer noch befangen in ihren hausgemachten[198] „wenn-dann"-Strategien, und sie erkennen bis zum Ende und bis in die Auferweckung hinein nicht deren Ablösung durch das „Wer Gott vertraut, dem wird alles möglich". Nein, nicht alles, was ihm in den Kopf kommt und durchs Herz geht, aber alles, wofür Gott steht und wozu seine Liebe und seine Gerechtigkeit uns ermächtigen!

Der Glaube, der uns möglich ist, ist immer ein Glaube, der unseren Unglauben einschließt und der Jesus braucht, um des Unglaubens mächtig zu werden. Jesus fragt, wie lange er dieses ungläubige Geschlecht noch ertragen soll – und er erträgt es bis ans Kreuz, da erträgt der den Unglauben von uns Menschen, und darum ist ohne das Kreuz und die Auferweckung hier nichts wirklich zu verstehen. Nicht ohne die Klärung und das Erkennen, wer er für uns ist.

Und dann wird „alles" möglich. In diesem Glauben. In diesem Erkennen. Es ist ein Erkennen, das erkannt hat, in welch tiefem Elend wir Menschen sind[199]: in dem Elend

---

[198] Auf dem Wochenmarkt am Fischwagen, wenn ich die Frikadellen hole, kommt als erstes die Frage: „die Hausgemachten?" Und dann sage ich „Ja." In der Kirche, wo gepredigt wird, fragt mich keiner: „die Hausgemachte?" Ich würde antworten: Nein, die von Christus. Wir haben zu viel Hausgemachtes und sind darauf auch noch stolz. Wir haben zu viel Selbstverständnis und zu wenig Verstehen des Evangeliums, von dessen Befolgen ganz zu schweigen. Aber wir kritisieren uns dafür auch nicht, denn auch in der Kirche spricht man nicht mehr über den Glauben, jedenfalls nicht den eigenen (darum oft nur noch wie ritualisiert), nicht über den wer-der Glauben, dafür umso mehr über allerlei wenn-dann, und wenn wir dies oder das manchen, dann haben wir Zukunft. Haben wir?

[199] Martin Luther zu Psalm 130,1 „Aus der Tiefe rufe ich, Gott, zu dir": „Wir sind alle in tiefem, großem Elend, aber wir fühlen nicht alle, wo wir sind." (WA 18,517; LD Bd. 5,159) Nämlich in einem Leben, das sich Gottes

nämlich, nicht freiweg glauben und vertrauen zu können. Paulus erkannte, wie sehr unmöglich ihm der Glaube war, gerade in dem Versuch, ihn zu „können". Und alle bisherigen Versuche dazu in seinem Leben, und die sahen sehr, sehr fromm und ergeben aus, die legt er zur Seite, erachtet sie wie nichts, erkennt, wie nichts er darin doch tatsächlich vermochte und hängt sich ganz und gar an diesen Christus, und erkennt: „Ich vermag alles durch den, der mich mächtig macht" (Phil 4,13). Und zugleicht bleibt es die Erkenntnis, was ich alles auch nicht vermag, schon gar nicht aus eigener Kraft. Und diese Spannung bleibt in uns, wie der alte und der neue Mensch gleichzeitig in uns sind. Und darum bleibt der Aufruf zu täglich neuer Umkehr, zum Ersäufen des alten Adam, damit der neuen Mensch aufersteht in unser Leben und es sein Leben wird, das wir haben und leben. Dass wir dieses neue Leben im Glauben haben, das ist unmöglich bei uns selbst, aber es ist möglich in Gott.

In Gott erhalten wir Anteil an seinen Möglichkeiten. Und mit ihnen treten wir heraus aus dem „circulus vitiosus" (Zirkelschluss, Teufelskreis) um uns selbst und unsere Möglichkeiten, um unser Gelingen und das Gutwerden nur unseres Lebens, und beten mit: Dein Reich komme – zu uns. Dein Wille geschehe – bei und durch uns. Und hören: „Seid mutig, seid getrost! Lebt von der Wirklichkeit her, die mit dem Namen Jesu in der Welt Akt geworden ist, nicht mehr von eurer, von des alten Adams Namen her gekennzeichneten, begrenzten, durch Tod und Sünde und Gericht begrenzten Wirklichkeit. Die Welt, mit der ihr es zu tun habt, ist unterlegen, vergesst das nicht. Ihr, nicht sie, habt den Sieg im Rücken."[200] Mit der Kraft dieses Glaubens ist euch alles möglich in Gott und im Namen Jesu Christi. In seinem Sieg soll auch uns „alles" möglich sein.

In diesem Sieg lebt kein Mensch wie selbstverständlich, nur im Hören auf das Wort und im Einfinden dazu im Gebet. Alles andere wäre ein Erstürmen des Himmelreiches über das schier Unmögliche hinweg und am „engen Tor" oder der „schmalen Pforte" vorbei, und es würde alles verderben. Wir könnten erschrecken, wenn und wo wir in der Geschichte der Kirchen, vielleicht aber auch der nur unseres eigenen Lebens, solche Falschheit aufspürten und unserer ganzen Verkehrtheit auf die Schliche kämen.

Was möglich ist, das ist eben nicht selbstverständlich. Was wir von anderen hören, was bei ihnen möglich wurde, muss deswegen bei uns noch lange nicht wirklich sein. Und der

---

nicht gewiss ist, das sich wie ein Zufall zu ergeben scheint und oft genug zur Last wird und zuletzt so viele Fragen offen lässt. Was wissen wir schon, worauf können wir trauen? Wo ist Halt, Zukunft, Leben? Es ist der „alte" Mensch, dem es so ergeht, dem Menschen „in Adam", der festsitzt in seinen Grenzen und seinem Verhängnis zum Tode, in seinen versammelten Unmöglichkeiten also. Das ist der „alte Mensch". Der neue Mensch aber, das ist der „in Christus", dem Jesus die Liebe und das Leben zuspielt, den er vor Gott recht macht. Dem neuen Menschen wird das dem alten Unmögliche möglich: zu leben im Vertrauen und in der Hoffnung. Zu leben in der Liebe. Zu leben auf Gott hin von Gottes Zusagen her. Psalm 130,5: „Ich harre des Herrn; meine Seele harret, und ich hoffe auf sein Wort." Das ist das Wort, das Jesus hier zum Heilwerden spricht: mächtiges Wort, dem nichts mehr unmöglich ist. Der Besessenheit ist nur so Herr zu werden, dass die Seele sich ganz und gar an einen anderen hängt, an den, der allein mächtig ist. Wer den im Glauben ergreift, dem vertreibt er den Unglauben. Auf dieses Wort hoffen, ihm vertrauen, es stets erwarten: das ist Glauben. „Das ist: meine Seele ist ein wartendes oder harrendes Wesen geworden, als spreche er (der Psalmist): All meiner Seele Wesen und Leben ist nichts anderes gewesen, als ein bloßes Warten und auf Gott Harren. Ich habe Gottes so fest geharret, dass meine Seele eine Harrerin geworden ist und ihr Leben gleichsam völlig ein Harren, Hoffen, Warten ist." (WA 18,519; LD 5,162) So hängt sich der Glaube ganz an Gott. „Und dieses Wort und Verheißen Gottes ist der ganze Unterhalt des neuen Menschen, der lebt nicht von dem Brot, sondern von diesem Wort Gottes (Matth. 4,4)." (Luther, ebenda)

[200] Hans-Joachim Iwand, Predigt-Meditationen 1, Göttingen 4. Aufl. 1977, zu Joh. 16,23b-33, S. 15

Unglaube muss immer wieder vom Glauben überwunden werden. Zunächst mal sind wir Möglichkeitswesen. „Als Möglichkeitswesen leben Menschen von Möglichkeiten, über die sie nicht verfügen, die sie sich nicht selbst geben oder schaffen können und die sie auch anderen nicht zu geben vermögen, weil sie nicht in ihrer Verfügung stehen, sondern ihnen nur zufallen können. Wir haben diese Möglichkeiten nicht, so dass wir sie nur verwirklichen müssten, sondern ihr Auftreten unterbricht unsere Verwirklichungsprozesse, weil sie Neues möglich machen, das mehr ist als nur anderes, das zuvor schon möglich war."[201] Dass unser Leben eben kein purer Zufall ist und „die Welt Gottes Schöpfung ist, ist ihr nicht anzusehen", spüren wir auch nicht wie von selbst. Wir sind auch keine transzendenten Wesen, allenfalls „sich selbst transzendierende Wesen". Und „stets können Gegenrechnungen aufgemacht werden", die unsere Glaubensversuche vielleicht gar als möglich erweisen, aber eben nicht als schlüssig oder gar zwingend und man könne gar nicht anders.[202] Glauben bleibt ein Wagen, solange wir in dieser Welt sind. Der Glaube beschreibt eine Haltung, in der das eigene Leben wie das Leben und die Welt überhaupt als Gottesgabe begegnen und genommen werden. Dies geschieht nicht automatisch, es wird uns zugespielt in Erfahrungen, wie sie auch in der Geschichte um unsere Jahreslosung berichtet werden. Das sind Erfahrungen und für den Glauben aufschließende Worte, denen zufolge ich dann Gott überall im Spiel sehe – und wer solches nicht teilt und nicht hört oder sich dem verschließt, der „sieht Gott ... nirgends". „Und weil sich jeder Mensch entweder so versteht oder nicht versteht, leben alle Menschen ... entweder im Glauben oder im Unglauben – im Glauben, insofern sie sich in den wechselnden Situationen ihres Lebens an Gott wenden in Dank und Bitte, Klage und Anklage, im Unglauben dagegen, insofern sie das nicht tun, sondern Gottes Gegenwart ignorieren, nicht bemerken oder aktiv bestreiten."[203]
Folglich kommt alles darauf an, die mit Christus gegebene Möglichkeit, die allererst er selber uns zuspielt und die sich nicht im Maß oder Köcher unserer Möglichkeiten findet, diese Möglichkeit des Glaubens zu ergreifen – und zwar mitten durch unseren Unglauben hindurch.
Es ist kein Zufall, dass dieser Ruf um Glauben durch den Unglauben hindurch als Schrei erklingt. Es ist der Schrei aus der Tiefe, aus der Not unserer natürlichen Gottlosigkeit, die unsere Ohnmacht beschreibt. Es ist ein Schrei, der auch unter Theologen und erst recht im Habitus der akademischen Seminaristen als dem Menschen unwürdig erlebt wird, weil er ihn zeigt in seiner (unserer, meiner!) ganzen Erbärmlichkeit und Angewiesenheit, wo es um Leben und Glauben geht.
Das verbirgt man doch lieber, im Alltag sowieso, in der Theologie in schön klingenden Worten. Doch gerade dort, wo wir in unserer ganzen Wirklichkeit offenbar werden, kann Christus an uns handeln.[204] Und wo wir uns dem verweigern, bleiben wir verschlossen in

---

[201] Ingolf U. Dalferth, Umsonst, Tübingen 2011, S. 8

[202] Dalferth aaO S. 208 u. 226

[203] Dalferth aaO S. 228

[204] Diese „ganze Wirklichkeit" ist auch angesprochen im Roman bzw. Film „Alexis Sorbas" von Nikos Katzanzakis. Sorbas blickt auf sein gesamtes Leben und sagt: „Die gesamte Katastrophe", „the full catastrophe". Jon Kabat-Zinn bezieht es auf die Selbstheilung mit MBSR, in der es wesentlich um die Wahrnehmung des Augenblicks mit allem geht, was in ihm liegt. Wirklich mit allem! „Denn die ganze Katastrophe liegt in dem komplizierten Geflecht alter und neuer Erfahrungen und Beziehungen, in den Hoffnungen und Ängsten und der Art, wie wir beurteilen, was uns widerfährt." (ders., Gesund durch Meditation, Köln 2019, S. 36) Es geht immer um eine möglichst vollständige Wahrnehmung und darum, „sich mit der `ganzen Katastrophe´ anzufreunden." (aaO S. 54)

uns selbst. Das ist unser Stolz, der im Grunde aber nur eines zeigt: die ganze Erbärmlichkeit, in der wir mit ihm festsitzen.

Das Gebet ist auch so ein Schrei, in dem werfen sich Menschen ganz auf Gott und in seine Hände. Die Vollmacht des Glaubens kommt nicht daraus, ihn zu besitzen, als habe man ihn und könne ihn dann gewissermaßen „einsetzen", die Vollmacht kommt immer nur ganz da heraus, ihn zu empfangen und in diesem Empfangen sich ganz auf Gott und in seine Möglichkeiten zu stellen. Mag sein, die Jünger diskutieren mit den Schriftgelehrten und anderen die Frage, wie vollmächtiges Handeln gelingen kann, was die Bedingungen dazu sind, so bewegen sie sich wieder im „wenn-dann"-Schema, aber versäumen es, sich in Gottes Arme zu werfen und Menschen zu sein, denen Gottes Verheißung und Zusage gilt.

Die immer mehr zurücktretenden Jünger bieten in unserer Geschichte so ein Bild der Erbärmlichkeit, und die Kirche, die sich ihres Angewiesenseins auf Christus und sein Wort schämt, macht es ihnen gleich. Die Jünger können hier nicht bestehen und bieten damit ein gewisses Gegenbild zu Epheser 6,11. In dem Kapitel begegnet der Glaube im Symbol des Schildes des Glaubens (V. 16), mit dem „die Pfeile des Bösen" ausgelöscht werden können. Das haben die Jünger hier nicht vermocht.

Als Menschen mit all ihrer „Schwachheit" und „Todverfallenheit" sind die Jünger und nach ihnen die Christen berufen, nicht „Zuschauer" des Weltgeschehens zu sein, sondern Menschen, die zu Zeugen werden für das, was Gott möglich ist und was er tun will. „Es könnte ja leicht sein, ... dass wir abwarten möchten, bis das Gute von selber siegt, und es ist weithin unsere Schuld gewesen, dass wir träge und untätig, im Grunde unseres Herzens ungläubig abseits gestanden haben, während das Böse in der Welt wuchs und wuchs. Wir haben Richter gespielt und haben scheinbar sehr kluge Reden gehalten über die Ohnmacht Gottes dem Bösen gegenüber und haben offenbar gar nicht gemerkt, wen wir damit richteten. Wir haben gar nicht gemerkt, dass wir uns selbst damit richteten. Wie kann Gott Sieger sein, wenn wir in diesem Kampf der Entscheidung ausweichen, wenn wir die Waffen nicht ergreifen, die er uns anbietet, wenn wir ... seinem Rufe nicht folgen?"[205]

Die lähmende, schwermütige Akedia, der lähmende Überdruss in seiner ganzen Mutlosigkeit und Trägheit greifen nach dem Menschen, auch nach dem, gerade nach dem, der doch glauben will, macht ihn stumm, freudlos, ängstlich. Sie lässt den, der den Kopf erheben soll, den Kopf einziehen. Doch er soll sich nicht zurückziehen in die eigene Angst, in der er grau und unkenntlich wird und nicht ins Verstummen, er soll den Schild des Glaubens ergreifen, der ist sein Schutz! Und den brauchen wir auch. „Ihr müsst schon mit einer Welt rechnen, mit einer Wirklichkeit, die man nicht sehen kann, die ganz und gar Verheißung ist. Was ihr seht, sind die Mächte, was ihr seht, ist Gewalt, Finsternis, Bosheit, Unmenschlichkeit. Das sind alles Dinge, an die man nicht glauben kann. Macht sieht man und fühlt man. Man fühlt sie im Rausch der Herrschaft genauso wie im Leiden der Unterdrückung. Das sind alles Dinge, die nie und nimmer mehr den Namen Glauben verdienen. Macht und Reichtum, auch Bosheit und Schlechtigkeit, auch Tod und Lebensangst sorgen schon von sich aus dafür, die Menschen in ihren Bann zu zwingen

---

[205] Hans-Joachim Iwand, Predigt zu Epheser 6,10-17, NW 3, S. 175. Es ist Iwands Abschiedspredigt in seiner Dortmunder Gemeinde am 21. Oktober 1945, in der auf die Ereignisse während der NS-Herrschaft und des Krieges zurück blickt. „Dass ihr bestehen könnt..." - das wird zur Frage an die Gemeinde und an sich selbst. Haben wir bestanden? Eine Frage, die auch unter veränderten historischen Bedingungen heute nicht weniger dringlich ist. Und auch „das Toben der Heiden" (Psalm 2,1) hat ja keinesfalls geendet! Die Akedia tritt hier hervor als der Ort und die Haltung, an dem bzw. in der „untätig" und „ungläubig" in eins fallen! Entsprechend ist wahrer Glaube nur als solcher vorstellbar und erkennbar, „der in der Liebe lebt" (Gal 5,6).

und sie sich untertan zu machen. Wir sind ja alle, mehr oder weniger, von daher bestimmt und geformt. Die Welt des Glaubens ist die unsichtbare Welt, in der der Mensch mit Gott rechnet, mit dem, was Gott tut, was Gott will, was Gott verheißt. Die Größen *dieser* Welt heißen Vergebung, Erlösung, Freiheit, Auferstehung und Verwandlung aller Dinge. Der Glaube ist immer ausgerichtet auf das Zukünftige, das Nochnicht, das Kommende. Mit der Entscheidung des Glaubens werdet ihr Kinder dieser zukünftigen Wirklichkeit, geht ihr dem kommenden Tag entgegen. Das, was die anderen Wirklichkeit nennen, ist für euch schon dahin, es ist vergangen, in Jesus Christus ist das Neue Wirklichkeit geworden, auf das hin ihr lebt."[206] Eine Wirklichkeit, die ihr mit und in ihm schon verspürt.

Der Glaube erwächst weder in noch aus einem Ich, das über Erkenntnisse verfügt und Methoden anwendet, sondern das sich aus einem göttlichen Du neu empfängt, mitten durch den eigenen Unglauben hindurch, an dem vorbei es nicht geht, sondern da mitten hindurch, und Jesus ist der, der uns zu diesem Glauben und solcher Macht verhilft. „Such, wer da will, Nothelfer viel, die uns doch nichts erworben; hier ist der Mann, der helfen kann, bei dem nie was verdorben. Uns wird das Heil durch ihn zuteil, uns macht gerecht der treue Knecht, der für uns ist gestorben."[207]

Die Trennung des Glaubens in den Glauben, den ich glaube vom Glauben, durch den ich glaube, kann eine analytisch sinnvolle Fokussierung sein. Die Akzente werden unterschiedlich gesetzt: einmal auf den „Gegenstand" des Glaubens, der geglaubt wird, dann auf die glaubende Person. Das kann zu einer je perspektivischen Klärung hilfreich sein, man darf dabei aber nicht vergessen, dass der Glaube in einer Person, die glaubt, so eben doch nicht zerlegbar ist. Spielt mir doch der Glaube, den ich in Christus glaube, mir zugleich das Vertrauen zu, durch das ich allein zu glauben vermag. Ähnlich auch Hermisson/Lohse: „Wer sich im Glauben auf Gott einlässt, der bleibt damit nicht bei einem allgemeinen frommen Gefühl, Glaube bekommt im Zukunftswort dieses Gottes einen konkreten Inhalt, *weil sich Gott mit diesem Zukunftswort dem Glaubenden definiert.* Der Inhalt ist dann allerdings nicht anders zu glauben, als dass man sich verlässt auf den Gott, der mit diesem Wort dem Menschen begegnet und so Glauben ermöglicht. Kurz: die Unterscheidung von `glauben an´ (vertrauen) und `glauben, dass...´ hat nur theoretisch-analytische Bedeutung. Tastsächlich gehört beides zusammen, weil auch das unbedingte Vertrauen sich artikulieren muss, weil es etwas von dem erwarten kann, auf den es vertraut... "[208]

---

[206] Iwand, Predigt zu Eph 6, aaO S. 180f.
[207] Georg Weissel, EG 346,2
[208] Hans-Jürgen Hermisson, Edurad Lohse, Glauben, Biblische Konfrontationen Bd. 1005, Stuttgart 1978, S. 23. Dort der Verweis auf S. 85: An Christus glauben impliziert zu glauben, dass Christus gestorben und auferstanden ist. (Gal. 2,16 u.ö.; 1 Thess 4,14 u.ö.)
Siehe auch Paul Tillich, Wesen und Wandel des Glaubens, West-Berlin 1961 S. 19f.: „Im Ausdruck `unbedingtes Anliegen´ ist die subjektive und die objektive Seite im Akt des Glaubens vereinigt – die `fides qua creditur´ (das heißt: der Glaube, durch den man glaubt) und die `fides quae creditur´(der Glaube, der geglaubt wird). Das erstere ist der klassische Ausdruck für den Akt des Menschen, für das, was ihn unbedingt angeht. Das zweite ist der klassische Ausdruck für das, worauf dieser Akt gerichtet ist: das Unbedingte selbst, das in Symbolen des Göttlichen dargestellt wird. Diese Unterscheidung ist zwar wichtig, aber nicht letztlich bedeutsam, denn die eine Seite des Glaubensaktes kann nicht ohne die andere sein. Es gibt keinen Glauben ohne einen Gegenstand, auf den er sich bezieht. Im Glaubensakt ist immer `etwas´ gemeint, und man kann den Glaubensinhalt, den Gegenstand des Glaubens nicht außerhalb des Glaubensaktes haben. Alles Reden über göttliche Dinge ist sinnlos, wenn es nicht im Zustand des letzten

Aufgabe der Predigt ist es, beides in einem zu vollziehen: sozusagen die Information über den Glauben als auch die darin enthaltenen Zusagen, die den Menschen für den Glauben öffnen können. Beides lässt sich unterscheiden, es ist aber nicht zu trennen, weil es ineinander hängt. Beschränkt die Predigt sich auf das eine oder das andere, wird sie entweder substanzlos oder sie wird unlebendig. Dann wird vielleicht eine bestimmte Lehre oder Sache oder Sichtweise thematisch dargestellt, es wird aber niemand in das Leben des Glaubens hinein genommen. Anders herum mag es viel Gefühl und Bewegung geben, die verlieren sich aber in einer gewissen Inhaltslosigkeit. In beiden Fällen könnte man fragen: viel Lärm um nichts?

Die Predigt der Jahreslosung – ein erster Entwurf

„Wir waren ganz dicht dran!" erzahlen dle Bekannten, die aus dem Urlaub kommen. „Wir sind natürlich den Vulkan hoch, in den Krater konnten wir sehen, wir waren ganz dicht dran." Ich überlege, was man da so sieht. Wohl kaum feuriges, ausschleuderndes Gestein, nicht glühende Lava. Dann hätten die örtlichen Behörden sie nicht so nah dran gelassen. Beeindruckend war es trotzdem, das merke ich.
Und mir fallen Freunde ein, die waren mal in einem Ausland, als da gerade politische Umbrüche passierten. Als die heimkamen, da war ich es, der sagte: Mensch, da wart ihr ja ganz dicht dran! Sie nickten. Andere, die auch da waren, sagen später: Davon haben wir gar nichts mitbekommen.
Ich frage mich: was erzählten wohl die vielen Leute aus der Menge, die um den Vater und den kranken Sohn und die Jünger und dann noch Jesus herum waren, die Schriftgelehrten nicht zu vergessen, mit denen diskutiert wurde, muss ja fast ein Tumult gewesen sein – was erzählten diese Leute wohl zuhause? Wir waren ganz dicht dran – erst waren da nur einige von Jesu Jüngern und der Vater mit dem kranken Sohn. Man hatte das ja gehört, auch von Jesu Jüngern, sie könnten heilen, sogar böse Geister aus den Menschen vertreiben. Wir waren ganz dicht dran – an der großen Hoffnung auf Heilung, ganz dicht dran an der großen Enttäuschung, als es nicht klappte, ganz dicht dran, als dann die Schriftgelehrten die Jünger in Diskussionen verwickelten – und ganz dicht dran als dann er kam, Jesus selber und die drei Jünger, die immer am engsten bei ihm waren. Ehrfürchtig wichen wir zurück und grüßten ihn. Was würde er jetzt tun? Wir spürten so ein Gemisch in uns: da war Anteilnahme für diesen Vater und seinen Sohn, da war Interesse an der Auseinandersetzung, in die die Jünger nun verwickelt waren, was die jetzt wohl sagen würden, diese Pfeifen, sie konnten ja auch nichts. Na ja, ein wenig Sensationslust war vielleicht auch dabei, mag ja sein, spätestens, als Jesus selber kam: was jetzt wohl passiert!? Macht er seine Jünger zur Schnecke? Machte er dann ja auch. Greift er selber ein, gibt´s noch was zu sehen? Und dann fühlt man sich als Zuschauer ja auch ganz gut, man ist ja selber zum Glück nicht betroffen – aber wir waren ganz nah dran!
Aber dann ging es gar nicht nur ums Heilen. Jesus und der Vater des Jungen, sie sprachen miteinander – ja, auch über die Krankheit, Jesus fragte nach wie ein Arzt, wollte alles genau wissen. Aber dann ging es auf einmal um ganz was anderes. Um den Glauben ging es. Und wir, mit großen Ohren und aufgerissenen Augen, ganz nah dran. Hätte es damals schon Stecknadeln gegeben – ihr hättet sie fallen hören können.

Ergriffenseins geschieht. Denn das, was im Akt des Glaubens gemeint ist, kann auf keine andere Weise erlangt werden als eben durch den Glaubensakt selbst."

Wir also die Ohren aufgesperrt, und hören den Vater zu Jesus sagen: „Wenn du aber etwas kannst, so erbarme dich unser und hilf uns!" Dann Jesus zu ihm: „Du sagst, wenn du kannst! Alle Dinge sind möglich dem, der da glaubt." Sogleich schrie der Vater des Kindes: „Ich glaube, hilf meinem Unglauben!" Jesus merkte wohl, wie wir immer dichter um sie herum drängten. Dann ging alles ganz schnell. Und der Junge war gesund.

„Wenn du aber etwas kannst": ärgert das Jesus? Er schien schon irgendwie zornig zu sein. Muss man aber doch verstehen. Wie viele Enttäuschungen die schon mitgemacht haben! Immer wieder die Hoffnung, jetzt wird der Junge gesund – und dann wieder nichts. Da wird man doch skeptisch. Und hofft trotzdem. Diese riesige Spannung, kaum auszuhalten, die konnten wir spüren. Wir waren ja ganz dicht dran.

Wir standen wie am Vulkan. Und da war eine Spannung wie kurz vor einem Ausbruch. Wir standen nicht nur wie am Rand des Kraters. Wir standen wie am Anfang eines Umbruchs, einer neuen Zeit. Das lag schon in der Luft. Als würde sich etwas ganz Wichtiges ändern, als würde irgendwie doch alles anders. Man kann das gar nicht so in Worte fassen. Vielleicht am ehesten so, wie einige es gehört hatten. Jesus soll das gesagt haben: Die Zeit ist erfüllt, das Reich Gottes ist nahe. Na ja, was immer das nun heißt. Für den Vater und den Jungen hieß das: heil werden, gesund, leben können.

Wenn du kannst, Jesus. Er konnte. Seine Jünger konnten es nicht. Also: Wenn du kannst. Was heißt, wenn du kannst? Wenn du ... dann ... Nein, nicht wenn – dann. Das ist ja immer unsere Denke, unser Herangehen. Wer – der, sagt Jesus. Wer glaubt, dem sind alle Dinge möglich. Nun, Jesus glaubt wohl so. Und der Vater soll es auch so machen. Jesus und Gott vertrauen. Nicht also, dass man selber alles könnte. Der Glaube verdankt sich nicht sich selbst. Er hängt an einem anderen. Und mit dem und in dem vermag ich alles. Alles, was der andere mir zuspielt an Kraft und an Gutem und an Vertrauen. So wird es Paulus auch sagen: „Ich vermag alles durch den, der mich mächtig macht" (Philipper 4,13). Ich bin also selber kein Alleskönner und es geht nicht darum, alles und jedes zu können, sondern all das, wofür Gott steht und einsteht, wie Jesus es hier auch tut. Allmächtig bin ich also selber keineswegs, doch ich bekomme zuinnerst Anteil an dem Herrn, dem ich alles verdanke. Und an seiner Kraft. Irgendwie so muss das sein. Eine Kraft, die macht mich nicht zum Supermann oder zur Superfrau, sondern eine Kraft, die ist in den Schwachen mächtig (2. Kor. 12,9).

Die Glaubens*schwäche* zählt offensichtlich auch dazu. Der Vater rief dann, wie hoffend und verzweifelt zugleich: „Ich glaube, hilf meinem Unglauben!" Ein Glaubensheld war der nicht. Aber ein Mensch. Und irgendwie in seinem Vertrauen zu Jesus wie ein ganzer Mensch. Wie ein richtiger Mensch. Wie einer, der heil werden wird. Und sein Sohn dazu. So wie Jesus selber – so stark, dass er alles loslassen kann. Alles drangeben kann. Sich ganz reingibt. Und sich doch nicht aufgibt. So wie einer eben, der alles kann, und der zugleich weiß, dass nicht er es kann, sondern die Kraft Gottes, die trägt ihn.

Und wir, ganz nah dran, wir spürten das mit. Waren sprachlos. Von uns ist dann in der Geschichte gar keine Rede mehr. Zu stark einfach, dieser Satz, dieses Bekenntnis: „Ich glaube, hilf meinem Unglauben!" Mehr kann ein Mensch vielleicht gar nicht sagen. Nicht zu toppen ist das. Mehr geht nicht – und mehr wäre wohl auch gelogen.

Die Menge kommt dann tatsächlich nicht mehr vor, die Schriftgelehrten auch nicht. Haben sich alle verdrückt, wie in anderen Begebenheiten auch, die einfach zu stark waren? In denen er, Jesus, so stark war. Und wir Umstehenden, Guckenden, wir Mithörenden: sprachlos? Voller Fragen. Wie überrumpelt, dennoch skeptisch. Finden kaum Worte, reden dann doch darüber – und oft genug so, das Erlebte nicht zu fassen, sondern es abzuweisen: wie soll das gehen? Verstummen noch voller Worte angesichts des Geschehenen. Und unsere Worte klären nicht, sie verdecken, mit ihnen schleichen wir uns fort, auch in so ein „wenn der kann".

„Ich glaube, hilf meinem Unglauben!" – das könnte gefährlich werden. Und auf einmal stehen wir nicht mehr nur in uns selbst, sondern hängen an und in einem anderen. Der spielt uns den Glauben zu, wie dem Vater hier in der Geschichte. Ja, wollen wir das denn? Wollen wir so gefordert sein? Und so beschenkt?! Oder lieben wir die Entfernung der Zuschauer, die vermeintliche Neutralität – kann man so sehen und anders sehen. Muss jeder selber wissen. Ist ja auch schlimm, wenn es einem so geht wie dem Sohn und dem Vater und wohl der ganzen Familie in dieser Geschichte.

Die, nicht wir, die waren ganz nah dran. Sind ganz nah dran am Leben, das wirklich Leben heißt, im Spüren des Abgrunds. In den haben sie gesehen wie in einen Krater. Und erleben, wie eine neue Zeit anfängt, eine Zeit, in der Gott und Gottes Kraft nah ist. Dank Jesus. „Ich glaube, hilf meinem Unglauben!" Wird das auch unsere Bitte – oder schleichen wir uns mit der Menge fort in Sprachlosigkeit und belangloses Leben, das dann doch kein Leben ist, sondern eine Illusion?

„Ich glaube, hilf meinem Unglauben!" Lass uns nicht nur dicht dran sein, lass uns drin sein bei dir! Amen

Die Predigt der Jahreslosung – ein zweiter Entwurf

„Ich glaube, hilf meinem Unglauben." Das ist die Jahreslosung für das neue Jahr, 2020.

„Ich glaube, hilf meinem Unglauben." Das ist der Höhe- und Wendepunkt in der Geschichte um die Jahreslosung herum.

„Ich glaube, hilf meinem Unglauben." Ein Schrei ist das, ein Schrei der Verzweiflung und ein Schrei der Hoffnung in einem zugleich. Ein Schrei aus der Tiefe: was soll denn nur werden mit diesem Kind? Kann es denn niemals gut werden mit ihm: Immer wieder diese Anfälle, immer bestimmender und ein schränkender diese Krankheit. Die Eltern können ja nicht mal mehr aus dem Haus gehen. Immerzu kann Schlimmes passieren. Die Krankheit beherrscht das Leben, die Menschen, die mit betroffen sind. Sie wirkt wie eine böse Macht. Sie schien den Menschen damals auch unheimlich. Ist sie Ausdruck eines bösen Geistes, der dieses Kind besetzt und diesen Jungen so quält?

„Ich glaube, hilf meinem Unglauben." Das bringt die Wende zum Heilen und zum Heilwerden. Und ich frage mich: Wer wird hier geheilt? Ja, der Sohn von der Krankheit, von dem bösen Geist, wie es heißt, der wird ausgetrieben. Ein Exorzismus also. Oder wird der Vater geheilt zum Vertrauen und weg vom Unglauben? Oder die Menge, die da herumsteht, die das alles mitbekommt – werden diese Menschen geheilt von ihrer Sensationsgier und ihrer Dankbarkeit, dass es die andere Familie traf, aber nicht sie selber? Oder die Schriftgelehrten, mit denen die Jünger streiten – werden die geheilt von ihrer Schadenfreude: ihr konntet es auch nicht! Und der Vater wie die Jünger miteinander – werden die geheilt von der Enttäuschung: Mist, wieder nichts, es hat nicht geklappt, die können auch nicht helfen, und: Mist, wir können es nicht, was machen wir nur falsch?

Jedoch: Wäre die Heilung der Kern-, Mittel- und Wendepunkt dieser Geschichte, dann würde ihr der übliche Schlusschor folgen: die erstaunten und verwunderten Menschen würden Gott loben über dem, was gerade geschah, die Freude würde aufbrausen und das Gotteslob wäre unüberhörbar. Stattdessen: nichts. Stille, Schweigen. Als lägen sie alle wie tot da wie der Junge, bevor Jesus ihn anrührt und aufrichtet.

Eine ganz andere Stimmung also als bei vielen wunderhaften Ereignissen sonst. Fast wie bei der Ehebrecherin, da hatten viele schon die Steine zum Werfen in der Hand,

Todesstrafe war angesagt, doch dann verkrümelt sich einer nach dem anderen. Denn wer war schon ohne Sünde und konnte sich wirklich über sie stellen? Und wer war hier schon ohne Unglaube und konnte sich nun freiweg im Glauben freuen? Betretenes Schweigen also.

Und nicht nur der Junge war aufzurichten, die Jünger auch. Ihr Selbstbewusstsein hat gelitten, ihr Mut ist abgestürzt. Warum konnten sie nicht helfen? Was machte Jesus anders als sie, dass er das konnte? Nun muss er also auch noch seine Jünger heilen. Ist also der Vater gar nicht der einzige, der aus der Tiefe heraus ruft um Heilung des Unglaubens durch den Glauben, und der Junge braucht das Heil, das das versammelte Unheil vertreibt, und die Menge braucht die Menschlichkeit, die die heimlich und auch ganz offen gezogenen Grenzen überwindet, und die Schriftgelehrten und Jünger die brauchen die Heilung vom Methodendenken in eine ganz andere Haltung, nämlich die Haltung des Glaubens?

Darüber werden sie doch alle spekuliert haben: warum hat es bei uns nicht geklappt, bei den einen wie bei den anderen nicht – und was ist nun bei Jesus anders? „Zu Risiken und Nebenwirkungen lesen Sie den Beipackzettel oder fragen Sie Ihren Arzt oder Apotheker." Lesen Sie die Bibel oder fragen Sie Ihren Pastor oder Ihre Pastorin. Die Jünger konnten noch Jesus selber fragen. Doch der gibt ihnen nur einen kurzen Hinweis: „Diese Art kann durch nichts ausfahren als durch Beten."

Ist jetzt also ein Kurs in Exorzismus angesagt? Nein, ist es nicht. Überhaupt nichts ist angesagt, wo es um Methoden geht, die wir anwenden, und dann, wenn es klappt, klopfen wir uns auf die Schulter. Mitnichten. Was war doch der Kern-, der Mittel- und Wendepunkt der ganzen Geschichte? „Ich glaube, hilf meinem Unglauben." Der Schrei aus der Tiefe. Der Schrei, der Jesus nicht fremd ist, den er selber schreien wird am Kreuz. Der Schrei nach Erbarmen, nach Gottes Nähe und Hilfe in einer Lage, in der du davon nichts, aber auch gar nichts mehr spürst. Wo dich alle guten Geister, wie man sagt, verlassen, und du nur noch den bösen Geist zu erkennen vermagst. Da hast du keine Methode mehr, die du anwenden könntest. Da ist einem alles aus den Händen geschlagen. Da hilft die Frage nicht mehr, was ich jetzt tun kann. Da hilft nur noch die Vergewisserung, wer ich bin.

Ich bin einer, der sich nicht selbst erfand. Ich bin einer, der sein Leben empfing. Ich bin einer, den Gott gemacht hat. Ich bin gewollt. Ich bin geliebt. Und ich bin begleitet von Gottes Macht. Ich bin einer, der Gott entgegen geht. Ich bin einer, der aus einer Quelle kommt, aus der Quelle des Lebens. Ich bin einer, der ein Ziel hat. Dort soll ich ankommen, bei dem, von dem alles herkommt. Der ist zugleich der, auf den alles hin geht. Auch ich. So einer bin ich. So einer werde ich. Und beim Beten, da bin ich in dieser Wirklichkeit drin. Ich bin da drin in Gottes Wirklichkeit. Und aus der kann mich dann nichts mehr vertreiben. Der bin ich. Und das ist der Weg, den ich gehe – von ihm her und zu ihm hin. Der bin ich, der diesen Weg geht. Und so bin ich jetzt schon drin bei Gott, mit ihm verbunden im Gebet, und einmal werde ich ganz drin sein bei ihm.

Nein, das Gebet ist keine Methode. Es steht hier für die Haltung des Glaubens. Eine Haltung, die ich so gewinne, dass Gott mich hält, und darauf verlasse ich mich. Worauf, Jünger, habt ihr euch verlassen? Selber was zu können? Karriere zu machen, besondere Plätze in der Nähe von Jesus einzunehmen? Einen Namen zu bekommen, an den sich alle erinnern werden: das war doch der, der hat das gekonnt? Wahnsinn! Glaube, der geht aus all dem raus und der geht bei Gott hinein. So wie Jesus immer wieder sich zurückzog in die Einsamkeit vor Gott, in die Zweisamkeit mit dem himmlischen Vater.

Glaube ist keine Methode. Glaube, das ist Einssein mit ihm. Das ist schon jetzt mitten drin sein in seiner Wirklichkeit. In der nehme ich das wahr: du bist gewollt, du bist geliebt, du bist begleitet. Und ich lasse dich nicht. Was auch immer geschieht. Das gilt mir. Und das gilt jedem Menschen. Der Glaube macht uns nicht besonders, auch nicht besonders fromm, er stellt uns zueinander als Gottes Kinder. Du bist gewollt, du bist geliebt, du bist begleitet. Und ich lasse dich nicht. Das gilt mir. Und es gilt dir. Nichts soll uns davon trennen. Auch wir voneinander nicht. So wollen wir leben, auch dieses neue Jahr.
Und ich antworte: Ja, Herr. Ja, lieber Vater - „Ich glaube, hilf meinem Unglauben." Amen.

Eine frühere Predigt zu Markus 9,14-27

Liebe Gemeinde, eine gewaltige Geschichte ist das. So gewaltig, dass die einen vielleicht denken: Ja, so ist er. Das ist Jesus: in ihm wirkt Gott unter uns Menschen. Und wiederum so gewaltig, dass die anderen – oder der andere in uns – sagen mag: zu gewaltig. Das soll ich glauben? Böser Geist und Heilungswunder, ja eine Art Exorzismus!? Das ist mir zu viel. Und dann – dann sind wir ganz schnell mittendrin: die ersten sprechen den zweiten den Glauben ab, die zweiten erklären die ersten für Phantasten oder antiquiert – vielleicht ist der eine oder andere aber auch so mittendrin, dass er diesen Riss durch sich selber spürt: was ist es denn nun mit dem Glauben an Jesus Christus?
Auf den einen gesehen: da kann sich schon einer selbst zergrübeln, über diesen Riss in sich selber, Glaube und Unglaube, sehnlichstes Erwarten und abgründiges Zweifeln. Auf die einen und die anderen gesehen: da haben wir ganz schnell den dicksten Streit unter Menschen, die zumindest vorgeben, sie wollten doch eigentlich alle gerne glauben. Genau dieses Bild zeigt uns die Geschichte: seht, so findet der Herr uns vor, uns Christen, seine Kirche, seine Nachfolger: mit viel Volks und Schriftgelehrten stehen wir umher und streiten uns. Wie ist denn das nun zu verstehen, wie meint Jesus denn das, das Reich Gottes ist nahe, was sollen wir denn glauben und was sollen wir denn tun? Was ist denn das mit seinen Wundern und mit dem ganzen Leid in der Welt … Das war die Frage gewesen, der Auslöser. Nur, nicht so allgemein. Denn da ist ein Mann, ein Vater – und ich sehe ihn; in der ganzen Streiterei, die um sein Anliegen entstand, da steht er bereits an den Rand gedrängt. Und ich höre andere reden als ihn. Jetzt haben andere das Wort, *darüber* zu reden – welche, die sich besser ausdrücken können, die das gelernt haben. Die reden jetzt *darüber*, wo sie nicht *darin* sind - jedenfalls nicht so, wie der Vater, der jetzt abseits steht, mit seinem Kind.
Sein „Sohn ist krank. Immer öfter verzerrt der heranwachsende Junge sein Gesicht, verrenkt sich und bleibt wir starr liegen. Schaum tritt vor seinen Mund. Die Eltern sind verzweifelt. Die Ärzte können nicht helfen. Die Priester sind hilflos. Der gequälte Vater macht sich mit seinem Sohn auf den Weg zu Jesus. Er trifft aber nur seine Gefährten und fleht sie an, seinem Kind zu helfen. Unter den Freunden Jesu entsteht ein Streit, mehr aus Verzweiflung und Ohnmacht als aus bösem Willen. Sie können nicht helfen und heilen."[209]
Sie können nicht helfen und heilen. So trifft der Herr die an, die zu ihm gehören, seine Mitarbeiter am Reich Gottes: in Verlegenheit. Im Streit. In Streitgesprächen, und den einen oder anderen sicher auch in Rechthaberei.
So war das und so ist das: Werden uns die Probleme übermächtig, dann machen wir uns eine Theorie davon oder eine Analyse. Dann stellen wir uns dem Ganzen gegenüber und sagen: das kann da oder dort her kommen, da muss man dies oder das dagegen tun. Und

---

[209] Zitat nicht mehr belegbar.

die einen bilden Ausschüsse und Kommissionen, und die anderen schauen sich das im Fernsehen an – und wenn das Programm zu Ende ist, dann geht man zu Bett und hofft auf einen guten Schlaf. Und der Vater mit dem kranken Kind, der steht noch da wie zuvor. Vielleicht hört er auch noch einen ganz Schlauen sagen: Wir leben in einer gefallenen Schöpfung – die Sünde, verstehen Sie, das ist nun mal so. Aber ob die Erklärung mit der Sünde – in der Regel dann wohl die Sünde der anderen, ist doch klar – die eigene Verlegenheit dann kleiner macht: Wo ist denn nun euer Gott? Wo ist denn nun die Liebe, die er doch sein soll, die Gerechtigkeit, die er angeblich wirkt?!?

Und in diese Situation platzt Jesus nun mitten hinein. Das erste, was ihn empfängt, ist eine Art von ehrendem Entsetzen. Wie wir wohl reagieren würden, träte er mitten unter uns, und wir sind gerade beim Verhandeln über das Thema: „Das Leiden und der Glaube an Gott" – sind da nicht unzählige solcher Väter und Mütter und kranker, ja sterbender Kinder, wie in unserer Geschichte, und die stehen am Rand und hören sich das an – wenn sie nicht schon längst weggingen, weil das alles nicht zu ertragen ist? Muss das nicht Entsetzen bereiten: ohnmächtig und verlegen trifft er uns an. In Dingen, mit denen wir nicht fertig werden und in denen unser Glaube fraglich wird. Darum haben wir unsere Theorien darüber, unsere Ausschüsse und Kommissionen und dicke Bücher, in denen lesen wir, wie komplex und kompliziert das alles ist, unsere Institutionen, die uns bitte davor schützen, - ach bitte, wenden Sie sich doch ans Diakonische Werk, an hier und an da, aber nicht an mich, nicht an uns – wozu zahlt man denn schließlich seine Steuern und Beiträge?

... und dann, auf einmal, unerwartet, steht er, steht Christus da. Entsetzen. Ehrwürdiges Grüßen, man kann sich vorstellen, wie die Leute ihm Platz machen. Ob wir nicht – wie wohl die Jünger in der Geschichte – vor Ohnmacht und Entsetzen einen roten Kopf kriegen müssten?

Und Jesus fragt: Was ist los? Worüber streitet ihr? Und der macht sich zu unserem Sprecher, von dem wir es am wenigsten erwartet hätten: der Vater, der vielleicht längst ganz abgedrängt war in den klugen Reden, der redet Jesus an, findet Worte...

Die anderen, wir anderen haben sie vielleicht nicht mehr finden können, sie wurden in unseren Mündern zu bloßem Gerede – so zerredet und zergrübelt ist dies Thema längst, und vor lauter Erklärungsversuchen und Streiterei weiß keiner, was er denn nun jetzt sagen soll, in Jesu Ohren.

Nur er, der Vater, der sagt: Meister, ich habe meinen Sohn hergebracht, der hat einen sprachlosen Geist. Der Junge ist völlig von ihm beherrscht. Er ist unterworfen, ein willenloses Objekt. Das geht bis zur Lebensgefahr in Feuer und Wasser, in die er hineinkommt durch diesen Geist, wenn der ihn reißt. Der Junge ist nicht er selber, der Geist hat ihn voll im Griff.

Wir können nun im Stillen das Streitgespräch fortsetzen, und sagen: Nun ja, das waren epileptische Anfälle, gewiss, eine schlimme Krankheit – aber: böser Geist, Dämonen? Wir können aber auch entdecken, was wohl auch die Umstehenden in der Geschichte verspürten: der Vater da, der redet ja auch für mich. Der erzählt von - nein, anders, es bricht aus ihm heraus: seine Not, seine Verzweiflung über ein Leben, das ihm kein Leben ist; ein Leben, das nicht zu sich selbst kommt. Denn es ist gezeichnet von einer Macht –

- für den Vater und seinen Sohn ist das die Macht der Krankheit: die bestimmt ihr Leben, das ist nicht nur einfach eine medizinische Diagnose, das zieht sie jeden Tag ganz gewaltig nach unten, vom Leben weg...: Herr, wir wollen keine willenlose Objekte dieser Krankheit sein!

- und für uns: diese Krankheit, die nicht aufgeht in Diagnose und Therapie, die Macht über uns gewinnt, die uns den Gedanken an den Tod nicht nur ins Haus, sondern ins Herz bringt. Ist das für uns so weit weg? Der Vater spricht auch für uns!
- Und da ist viel, was Macht über uns gewinnt. Das wollten wohl auch die Demonstranten gestern in Bonn sagen: Wir wollen keine willenlosen Objekte sein einer sich verselbständigenden Hochrüstungspolitik, kein Kanonenfutter: „Wir wollen uns nicht vorschreiben lassen, wie wir zu sterben haben."

Was immer das ist, was uns wegzieht vom Leben, wo wir Unheil spüren und Verhängnis: es kommt hier vor Jesus zur Sprache. Und damit unsere Ohnmacht, unsere Verzweiflung und Verlegenheit: Herr, wir haben darüber geredet – aber selbst deine engsten Vertrauten waren hilflos.

Und Jesus sagt: O du ungläubiges Geschlecht, wie lange soll ich bei euch sein? Wie lange soll ich euch ertragen! Euer Gestreite und Gerede, euren Unglauben…

Vielleicht denken wir: Aber wo uns doch in den Augen des Jungen die blanke Sinnlosigkeit anstiert, wo Hunger, Elend, Krankheit und Tod, wo die Atomwaffenarsenale übermächtig werden – da sollen wir Kraft zum Glauben finden, mitten in diesem ganzen Irrsinn?

Jesus sagt: Her zu mir, diese blanke Sinnlosigkeit. Bringt den Jungen her zu mir![210] Und sie blicken sich an, Jesus und der kranke Junge – und er bekommt einen Anfall. Und in diesem Elend bricht es wieder aus dem Vater hervor: Kannst du aber was, so erbarme dich und hilf uns!

Der Vater hatte bei dem Streitgespräch wohl gut aufgepasst. Er hat was gelernt: es gibt immer mehrere Erklärungsmöglichkeiten, und es gibt immer die Möglichkeit, Erfolg zu haben oder zu scheitern. Darum soll man sich nie ganz auf was einlassen. Immer einen Fuß auf dem Boden der Neutralität lassen, immer noch eine Hintertür bereit halten, immer noch einen wenn auch geheimen Plan B in der Tasche – dann wird es nicht so schlimm, wenn's daneben geht.

„Jesus aber sprach zu ihm: Wie sprichst du , `kannst du was?'" Also, neutral glauben, mit Vorbehalt und Hintertür – das ist nicht. Jesus sagt klipp und klar: Wir können nicht neutral glauben, nicht mit einem „versuchen wir's halt mal, schaden wird's schon nichts" im Hinterkopf. Wir können nicht so ein bisschen Gott oder Religion haben wollen – können wir wirklich nicht? So als eine Option unter anderen, das Leben in den Griff zu bekommen? Wir können schon, wir können ganz vortrefflich, selbst der betroffene Vater – der in der Geschichte und der in uns – kann das. Es nutzt nur nichts, gar nichts.

Denn: Von Jesus Christus, von Gottes Wirken in unserer Welt begreifen wir dann gar nichts. Dann bleiben uns nur Ohnmacht und Streiterei. Glauben, wirklich glauben können wir nur so, dass wir ganz drin sind, ohne Plan B, mit Haut und Haaren, Leib und Seele, mit unserer ganzen Glaubenskraft – und mit unserem ganzen Unglauben: „Ich glaube, hilf meinem Unglauben!" Gerade den gilt es, Gott hinzuhalten; er will doch keine komischen Heiligen haben, die Zweifel und Fragen verstecken müssten. Christus fragt zurück, was das heißt, wenn du kannst – und gerade im Bekennen von Zweifeln und Unglauben kann er Menschen verwandeln in Menschen Gottes, nicht aber solche, die stolz sind und stolz bleiben.

---

[210] Jahrzehnte nach dem Entstehen dieser Predigt stelle ich mir vor, sie brächten diese Knaben her zu ihm: den Erdogan und den Putin, den Trump und den Salvini, den Kim und den Johnson und wie sie alle heißen, die immerzu mit dem Kopf durch die Wand wollen – Luther nennt sie die „Buben", diese Weltherren, deren einen Gott mit dem anderen schlägt … so viele fallen mir ein … zu viele … und uns mit den je uns eigenen Besessenheiten auch…

Jedes Kyrie eleison, jedes „Herr, erbarme dich" schließt uns zusammen mit diesem Vater und mit allen Menschen, die in solcher Not zu Jesus kommen. Nicht mehr darüber stehen wir, nicht mehr gegenüber, sondern mittendrin in Leben und Leiden, in Glauben und Unglauben: Herr, erbarme dich! Da gibt es keine neutrale Zone mehr und keine Ausgewogenheit und kein „allzu viel ist ungesund", da stehen wir vor Gott mit Leib und Seele, und Gott schaut uns nicht nur ins Herz, er geht hinein in das blanke Nichts und die Not und die Sinnlosigkeit, er hält stand. Und er tut es, damit wir widerstehen und standhalten können und das Leben erkennen, das Gott uns bereitet. Dass wir so zum Leben und zum Glauben kommen, das ist das Wunder, das geschieht. Gott nimmt auch uns bei der Hand, aus Verhängnissen wie hier beim Vater und dem kranken Jungen führt er uns zum Leben.

Wie oft meinen wir, wir hätten das nicht nötig, zum Glück nicht, wie wir dann sagen, aber gut, dass es das gibt für die, die es nötig haben. Damit nehmen wir uns selber weg vom Ort des Lebens, von unserer eigenen Wirklichkeit und von dem, was Gott tut. Und dort öffnen wir uns, wo wir uns mit hineinstellen in diesen Ruf: kyrie eleison – Herr, erbarme dich. „Ich glaube, hilf meinem Unglauben!"

Wo Christus uns bei der Hand nimmt und wir die seine, wo er uns ins Leben bringt aus unserer tödlichen Neutralität und sinnlosen Langeweile, die damit aufkommt, da treten wir ins Leben als die Menschen, die wir wirklich sind und die Ihn nötig haben. Wo wir so rufen und beten: Herr, erbarme dich! – da wird Gottes Reich, Gottes Nähe in uns und unter uns. Da werden Leben und Heil übermächtig. Da sind wir nicht mehr neutral, da heißt es: Jesu hilf siegen – gegen alle Finsternis und alles Unheil in uns und um uns. Da heißt es: „Ich ruf zu dir Herr Jesu Christ" - „Ich glaube, hilf meinem Unglauben!"

So kommen wir zum Glauben. So geschehen Wunder, Wunder des Lebens. So und nicht anders. Denn alles ist möglich dem, der glaubt, der „ich" sagt und nicht mehr nur vielleicht und könnte sein und schau´n wir mal. Die „ich" sagen und Herr erbarme dich, erbarme dich auch meiner – die können aufstehen aus ihrem Unglauben. Aufstehen unter die Herrschaft und in den Frieden Gottes.

Und der Friede Gottes, der höher ist als alle unsere menschliche Vernunft, der bewahre unsere Herzen und Sinne in Jesus Christus, unserem Herrn. Amen

Ein **vierter Predigtansatz** (etwa bei Kreis- und anderen Synoden oder direkt kirchlichen Anlässen) könnte darin bestehen, im Sohn der Geschichte die Gemeinden zu erkennen, im Vater die Leitungspersonen. Dann wäre diese Begebenheit eine Art Gleichnis für die Kirche selber, die in ihren hervorragenden Vertretern zu gerade diesem Bekenntnis herausgefordert ist: „Ich glaube, hilf meinem Unglauben." Beachtenswert ist dabei auch, dass in dem hier berichteten Exorzismus der Geist oder Dämon das Christusbekenntnis bzw. das vom Heiligen Gottes verschweigt und die Ablehnung nur noch in seinem Verhalten zum Ausdruck bringt – auch eine Analogie zu unserer Lage? Die Schwierigkeit einer solchen Predigtweise liegt darin, nicht gesetzlich zu werden und sich nicht „über" eine Situation zu stellen, in der man sich doch selber auch befindet. Das stelle ich mir eher schwer vor, nichts desto trotz eine reizvolle Herausforderung![211]

---

[211] Den Lutherischen wird man dabei sagen müssen: Jesus schuf das Gebot nicht ab! Den Reformierten: Der Heilige Geist in keine Gouvernante! Den Katholischen muss man sagen: Die Kirche ist noch nicht das Königtum Gottes, Päpste und Bischöfe keine kleinen Könige. Den Baptisten: Der Glaube basiert nicht auf unserer eigenen Entscheidung. Sich selbst aber muss man sagen, dass man nicht dazu da ist, die anderen zu beurteilen.

Eine mögliche Verbildlichung dabei wären die drei Affen, von denen einer sich die Augen, einer die Ohren und einer den Mund zuhält. Sie symbolisieren auch die Jünger, die zugleich für die Kirche stehen. Sie sehen Jesus, sehen ihn in die Stille mit Gott gehen, sehen ihn unter den Menschen wirken. Und sie nehmen doch nicht wahr, was hier im Andrängen des Gottesreiches geschieht und wer Jesus ist. Sie sehen und sehen nicht. Sie hören Jesus und seine Worte, aber sie verstehen ihn nicht, sie er-hören nicht den Vater in seinem Reden und Tun. Und obwohl sie reden, auch hier in unserer Geschichte mit den Schriftgelehrten, bleibt ihnen das gesprochene, heilende und rettende Wort in Vollmacht entzogen. Nicht sehen, nicht hören, nicht sprechen. Ein Syndrom, das auch sonst immer wieder in erschreckender Weise unter Menschen begegnet. Und wo es über uns Macht gewinnt, verweigert es uns unser Menschsein, und wir sind nichts als „nackte Affen". Die halten sich Augen, Ohren und Mund zu. Auch eine Art von Besessenheit!

Greift man das Bild der Affen auf, sollte man bedenken, dass es aus einem anderen, fernöstlichen Zusammenhang kommt. Der Fokus liegt dabei nicht auf der Wahrnehmung durch ein Subjekt sondern auf der Qualität des Objektes: man soll auf das nicht sehen und hören und nicht in den Mund nehmen, also davon sprechen, was solcher Aufmerksamkeit nicht wert ist. In unserem Zusammenhang handelt es sich dagegen um ein Objekt der Wahrnehmung, dass dieser nicht nur wert ist sondern auch zur wahren Menschwerdung dessen beiträgt, der sich ihm widmet. Es, bzw. Er, macht uns sehen, hören und sprechen.

VI. Glaube und Unglaube theologisch
Glaube und Unglaube – theologisch-begriffliche Annäherung[212]

Oberflächlich betrachtet stellt das Begriffspaar „Glaube und Unglaube" einen Gegensatz dar, der sich geradezu ausschließen könnte. Stehen sich doch zwei scheinbar unvereinbare Positionen gegenüber: eine vertrauensvolle, sich ins Leben, Lieben und Hoffen wagende Haltung auf der einen, eine eher misstrauische, skeptische, sich verschließende auf der anderen Seite. Anders: eine sich anhängende und mit anderen

---

[212] Bei so einem „Anlauf" zum Thema geht es natürlich auch um das, was gelehrt und gesagt wird. Da muss man sich klar sein: das ist weder das ganze Leben noch das ganze Glauben, doch leider ziehen sich vor allem Theologinnen und Theologen immer wieder darauf zurück. Ich bin mir dieser begrenzten Tragfähigkeit dieses „Anlaufs" bewusst. Mit zwei Zeilen von Eva Strittmatter gesagt: „Lehren hab ich genug bekommen. / Doch fragt sich, ob man daraus lernt." (Eva Strittmatter, Sämtliche Gedichte, Berlin 2011², S. 362) Lernt – eben für das und im Leben und Glauben. Natürlich sind Begriffsklärungen wichtig, sonst kann man sich nicht verständigen. Doch sind sie nicht alles. Ich halte es mit Luther: „Durch Leben, ja durch Sterben und Verdammnis wird man ein Theologe, nicht durch Verstehen, Lesen oder Forschen." (Zweite Psalmenvorlesung, zu Psalm 5,12; WA 5,163, zit. n. Aland, Luther Deutsch Band 1, Stuttgart 1969, S. 418) Gleichwohl braucht es zum Denken möglichst klare Begriffe, das ist damit nicht abgetan. Doch unsere gedanklichen Leistungen sind nicht alles, und wir sollten sie weder mit dem Leben noch mit dem Glauben verwechseln. Wer Theologie darauf reduziert, wird „ewig" im Vorhof stehen bleiben und niemals das Allerheiligste betreten. Und sollte das nicht das Ziel sein? Gerät das aus dem Blick, dann tragen Theologie und Kirche wohl weiter ihre Namen. Doch in der dann um sich greifenden Unbeherztheit gilt von ihnen, was Judith Schalansky in ganz anderem Zusammenhang so sagt: „Nachlässigkeit umweht den Ort. Sein Name ist eine leere Behauptung." (dies., Verzeichnis einiger Verluste, Berlin 2018², im Beitrag: Hafen von Greifswald, S. 179) In den Bereich leerer Behauptung tritt ein Theologietreiben, das nicht mehr von Gott „getrieben" ist, ebenso die Kirche, die sich selbst zum wichtigsten Thema wird und nicht mehr der Kyrios (Herr, davon kommt das Wort Kirche: die zum Herrn gehören), dem sie sich verdankt. Kirche, die vorrangig darüber nachdenkt, wie sie ankommt, ohne noch sagen zu können, wo sie herkommt, und die keine Gewissheit hat, wohin sie aufbricht: die ist nichts als eine leere Behauptung, und Nachlässigkeit umweht ihren Ort. In diese Belanglosigkeit droht auch die theologische Begrifflichkeit zu stürzen, wo sie ihre Zusammenhänge verliert – dessen muss man sich ständig bewusst bleiben.

verbindende Lebensart und eine sich eher abschließende und sich auf sich selbst abgrenzende Art. Diese Formulierungsversuche machen schon deutlich, wie schnell man hier bei dem Versuch nach klaren Aussagen ins Psychologisierende und ins moralisch Klingende verfällt. Wer heute das Wort „Glaube" in einen Gesprächsgang einführt, ruft damit etwas scheinbar Subjektives auf, das Menschen in ihrem je persönlichsten Inneren leben und das damit auch allgemeiner Kommunikation eher entzogen wird – allenfalls mit vertrauten anderen in begrenzten Gesprächslagen wird es kommuniziert. Und, so meint man, jeder Mensch habe doch irgendwas, an das er glaubt und die eine oder andere Art, wie er glaubt. Der Glaube wäre dann eine Art „leerer Sack"[213], eine Art psychologisch greifbares allgemeines Phänomen und anthropologisch zur menschlichen Grundausstattung gehörig anzunehmen, er wird halt nur verschieden gefüllt und gelebt. Wie einmal Konfirmandeneltern zu mir sagten: „Hauptsache, die" (die Kinder in der Konfirmandengruppe) „glauben überhaupt etwas." Also: etwas Glauben braucht der Mensch?

Diese psychologisierte Sicht des Glaubens nimmt eine andere Perspektive ein als die Rede von der Religion. Die hat eher soziale Vollzüge, Institutionen und Kulte im Blick, die dann häufig auch mit bestimmten Lehren verbunden sind. Religion wird zwar auch von einzelnen gelebt und getragen, vorrangig ist in der zu ihr gehörenden Perspektive aber das Allgemeine und Vorgegebene. So sprach man in unseren Breiten lange von „dem Glauben", etwa in Luthers Katechismen. Und völlig selbstverständlich war damit das überlieferte christliche Glaubensbekenntnis gemeint, eben DER Glaube. Und ohne, dass es groß thematisiert werden müsste, war bei Nennung des „Glaubens" klar, dass es sich hierbei um Glauben an Gott handelt.

Spätestens mit der Reformation in Europa ist dieser Singular in Frage gestellt und eine Pluralisierung auf die Bühne getreten, die aus dem einen Glauben viele Glaubensarten werden lässt, deren eine Spielart dann eben auch der Unglaube ist. Und je größer und mächtiger dieser Unglaube auftritt, umso mehr fragen sich die einzelnen Glaubensrichtungen, was sie zum Miteinander reizt und erscheinen die jeweiligen Unterschiede durchaus relativiert. Eine weitere Entwicklung tritt ein, die man so kennzeichnen könnte: (öffentliche) Religion nimmt an Bedeutung ab, (persönlicher) Glaube zu; das gesamte Feld des Religiösen wird eher dem privaten Sektor zugeordnet, und das ist auch eine Folge von der glücklosen Ehe von Thron und Altar wie der Tatsache der Konfessionskriege. Die für die politischen Gemeinwesen unlösbare Frage, welche Religion bzw. Konfession die richtige sei, wird dadurch entschärft, dass sie in eine andere Ebene und Zuständigkeit verschoben wird, um das Gemeinwesen funktionstüchtig und lebensfähig zu halten. Dass sich damit auch die Bedeutung des Glaubens in der Öffentlichkeit reduziert, liegt auf der Hand: muss sich doch das Gemeinwesen allen Menschen, die in ihm leben, und sich allen ihren Glaubensweisen gegenüber offen (und damit neutral) zeigen. Religionsfreiheit als Grundrecht steht heute zum Glück außer Frage!

Mit diesen Entwicklungen geht freilich noch eine andere daher, die auf einen epochalen Paradigmenwechsel hinweist. Nicht nur aus politischen Gründen, auch aus inhaltlichen Fragen heraus gilt heute vielen Menschen als nicht mehr selbstverständlich, was bzw. wer

---

[213] Gerhard Ebeling führt diesen Begriff abgrenzend ein (Das Wesen des christlichen Glaubens, Tübingen 1959, S. 15) – jedoch sei der Glaube nicht so ein leerer Sack, den man so oder anders fülle, und mit dem jeweiligen Inhalt bekäme er sein Profil, ist genug christliches darin, also ein christliches. Demgegenüber vertritt Ebeling die These: „Der christliche Glaube ist nicht nur ein Spezialglaube, sondern der Glaube schlechthin." Kommt doch „in ihm zu wahrer Erfüllung..., was Glauben heißt." (17)

einmal diesen Nimbus des Selbstverständlichen hatte – und dabei geht es um keinen geringeren als Gott selber. In den heutigen Diskussionen bekommt man manchmal den Eindruck, als handele es dabei um eine überraschend neue Bewegung. Dieser Eindruck täuscht gewaltig. Haben nicht schon in der Renaissance zahlreiche Menschen ihrer Lebenslust eine moralisierende Kirchlichkeit geopfert? Haben nicht schon in der frühen Entwicklung der Naturwissenschaften Menschen einen Gegensatz zum Glauben, gerade zu den biblischen Schöpfungserzählungen verspürt? Hat die Kirche nicht schon im 19. Jahrhundert die Massen der damals entstehenden Industrie-Arbeiterschaft verloren? Haben nationalistische und rassistische Bewegungen im 20. Jahrhundert dem Evangelium von der Menschenfreundlichkeit Gottes nicht massiv entgegengestanden? Hat die Fixierung vieler Menschen auf sich selbst und ihr persönliches Wohlergehen sie nicht längst von den Quellen des Glaubens abgeschnitten? Was ein Martin Luther in den Kämpfen reformatorischer Zeit erfuhr, dass nichts in dieser Welt so wenig selbstverständlich ist wie das Evangelium, galt wohl damals wie heute – und zwischendurch nicht weniger.

Der Glaube war wohl immer auf dem Plan, aber der Unglaube auch. Und was viele für eine heute aktuelle Entwicklung halten, beschreibt Gerhard Ebeling schon 1959 mit diesen Worten: „Wenn die Wahrheit des Glaubens ganz an Gott hängt, die Wahrheit Gottes aber wiederum nichts anderes ist als die Wahrheit des Glaubens, hängt dann nicht eines nur am andern, ohne dass eines dem andern Halt gibt? Woran kann man sich denn halten, wenn einmal nicht bloß dies oder das vom christlichen Glauben, sondern Gott selbst in radikaler Fraglichkeit erscheint?

Wir sind in diese Zeit schon eingetreten, auch wenn es viele noch nicht gemerkt haben. Wir sind in einer Weise dem Atheismus ausgesetzt, dass es nicht leicht ist, sich über diesen Tatbestand rückhaltlos Rechenschaft zu geben. Denn es gehört dazu das Eingeständnis, dass der Atheismus als unsere eigene Möglichkeit unsere Wirklichkeit bestimmt."[214] Und während man sich im Westen Deutschlands noch vielfach einredete, ein christliches Bollwerk gegen den östlichen Atheismus darzustellen, den man zuweilen sehr emotional und demagogisch in die Gefahr einwebte, die von Sowjetrussland drohe, liest es sich schon Ende der 50er-Jahre bei Ebeling anders: ist doch „mit der Neuzeit etwas völlig Neues, in dieser Weise nie Dagewesenes aufgebrochen: der Atheismus als Massenerscheinung. Wie es einst zu den großen Selbstverständlichkeiten gehörte, dass es Götter gibt oder dass es nur einen Gott gibt, so ist es heute, obwohl in nicht geringen Schichten immer noch alte Selbstverständlichkeiten fortwirken, in sehr weiten Kreisen zur neuen Selbstverständlichkeit geworden, dass es Gott nicht gebe, dass er eine bloße Vorstellung, eine bloße Vokabel sei und man mit ihm weder zu rechnen brauche noch auch rechnen könne, dass von ihm nichts zu erwarten sei, dass er tot und der Glaube an ihn ohne Zukunft sei. Dieser Befund ist im Osten wie im Westen der gleiche, so sehr auch gewisse Oberflächenerscheinungen differieren."[215]

Die Richtigkeit dieser Analyse steht doch, sieht man auf die allgemeinen Entwicklungen, längst außer Frage. Auch im Westen zog man sich den Glauben in den konfessionellen Gewändern über als eine Religionszugehörigkeit, von der man gerade nach der nationalsozialistischen Katastrophe einen gewissen Neuanfang und Zukunft erhoffte – wie weit das aber die Menschen wirklich durchdrang, ihrem Leben eine neue Grundlage und ein Ziel über sie selbst hinaus gab, ist schwer zu beurteilen und Skepsis scheint

---

[214] Gerhard Ebeling, aaO S. 93
[215] Gerhard Ebeling, aaO S. 96

angebracht. Zu oft überlagern konfessionelle und regionale, ja lokale Gesichtspunkte den Bezug auf das Evangelium. Meinen Menschen, wenn sie Gott im Munde führen, nicht doch allzu oft – sich selbst? Was sich im Moment vollzieht, das ist nicht eine überraschende Entwicklung – es ist das Offenbarwerden einer Wirklichkeit, die mit offenen Augen längst schon zu sehen war.

Soll man sagen: Der Unglaube wurde salonfähig? Mehr noch: meinungsführend. Nach der Wende wurden im Osten Deutschlands Menschen nach ihrer Konfession gefragt. Natürlich konnten etliche dazu nichts angeben – ja, was sie denn seien, wurde nachgehakt. Achselzuckend erhielten die Befrager die Auskunft: „Wir sind normal." Gilt damit auch der Glaubensverlust, um nicht zu sagen: der Unglaube, bei uns in Deutschland als normal? Es scheint weithin so, und das nicht nur im Osten. In der Abi-Zeitung eines meiner Söhne stand: „Sohn des Superintendenten, glaubt aber nicht an Gott" – gilt das heute als zu erfüllende Norm? Ist der Unglaube zum gängigen Glaubensmodell geworden?

Rede ich also heute vom Glauben, muss ich wissen: der Glaube steht längst nicht mehr im konfessionellen Singular, er steht im überkonfessionellen und religiösen Plural! Meine ich etwas Bestimmtes, muss ich es sagen, etwa: Ich spreche jetzt von dem Glauben, der sich an Jesus Christus entzündet. Sonst versteht man mich nicht. Und ich muss wissen: der Unglaube wird mittlerweile angesehen wie eine eigene große Konfession. Und nicht wenige geben an, auch „konfessionslos glücklich"[216] zu sein. Die öffentliche Verhandlung zum „Nutzen und Nachteil der Religion für das Leben" von Hermann Kurzke und Jacques Wirion erschien 2005 unter dem Titel „Unglaubensgespräch"[217] – und das erste Kapitel trägt wohl nicht zufällig die Überschrift „Frömmigkeit ohne Glauben". Sind wir da wieder beim „leeren Sack", der sich beliebig packen lässt?

Ebeling trat mit dem Anspruch auf, mit dem Wesen des christlichen Glaubens das Wesen des Glaubens überhaupt auszusagen. So gesehen befindet also auch er sich noch auf dem Feld der „alten Selbstverständlichkeiten", es sei denn, er kann dieses Wesen als eigentlich nicht selbstverständliches aus anderen Quellen begründen und in die von ihm deutlich umrissene neue Diskurslage verständlich aussagen.[218] Ebeling scheint mir zweierlei zu versuchen: einmal den Glauben als etwas allgemein Menschliches zu zeigen, in dem zweitens der Mensch zu sich findet, der sich auf den Zeugen des Glaubens, Christus, einlässt. Allgemein vernünftig Sagbares und in der Geschichte (zumindest nach dem ersten Eindruck) eher zufällig Geschehenes wie die Geschichte Jesu Christi werden in einen Aussage- und Lebenszusammenhang gebracht. Da der zweite Teil nach objektiven Gesichtspunkten aber nicht als maßgeblich greifbar ist, sondern nur dem Glaubenden maßgeblich wird, ist diese Seite nur über das Existenzial aussagbar – also über die den Menschen betreffenden Grundfragen und Situationen. Glaube ist damit nicht aussagbar ohne dass ein Mensch sein Selbstverständnis klärt und preisgibt. In dieser beständigen

---

[216] Hans Martin Barth, Konfessionslos glücklich, Gütersloh 2013

[217] in München; in ihrem Dialog berühren Kurzke und Wirion viele grundlegend wichtige Themen, und es finden sich immer wieder Spitzenformulierungen wie: „Hier liegen die tiefsten Gründe für die derzeitige Schwäche des Christentums. Es verkündet das Kreuz nicht mehr." (Kurzke, S. 80) „Ein Glaube, der nicht mehr darstellt als einen spielerischen Umgang mit der Tradition, scheint mir allerdings nicht geeignet, viel Überzeugungskraft zu vermitteln." (Wirion, S. 165)

[218] Zu solchem Gelingen oder Misslingen vgl. u. a. Georg Eicholz, Die Grenze der existenzialen Interpretation, in: ders., Tradition und Interpretation, München 1965 S. 210-226. Nicht nur Eicholz vermisst bei Ebeling deutlicher benannte Vorstellungen und Inhalte, die zum Glauben gehören; tatsächlich wirken die Ausführungen Ebelings vor allem für Nicht-Insider oft etwas nebulös. Dennoch lässt sich bei ihm viel lernen.

Relativierung bleibt der Glaube befangen – positiver gesagt: in dieser Erdung. Sie geschieht im je einzelnen Menschen.

Verkehrt ist das gewiss nicht. Wir können nicht von unserem Glauben sprechen ohne von uns selbst zu reden. Die Frage ist in der Tat, wie dabei die Akzente gesetzt werden. Auch Jesus fragt seine Jünger, was denn die Leute von ihm sagen, wer er sei. Auf das Jünger-Bekenntnis, er sei der Christus, antwortet Jesus dann aber: Fleisch und Blut haben dir das nicht offenbart (Mt 16,17). Der Glaube an Christus liegt offenbar nicht als natürliche Möglichkeit wie selbstverständlich in uns, er muss gezeigt, gezeugt und geschenkt werden und dann auch noch erhalten. Darum reicht es nicht, von diesem Glauben nur vom Menschen her zu sprechen. Auf Gottes Handeln sind und bleiben wir angewiesen, so sagt es auch Martin Luther in seiner Erklärung des Dritten Glaubensartikels in seinem Kleinen Katechismus. „Der Glaube ist offenbar nicht eine Möglichkeit, die der Mensch von sich aus hat. Der Glaube kann (gerade als rechtfertigender Glaube) nur verstanden werden von seinem *Inhalt* her. Der Inhalt *ermöglicht* und *begründet* ihn. Der Glaube hängt an der Geschichte Gottes mit dem Menschen: er birgt sich in dieser Geschichte. Deshalb muss *primär diese Geschichte zur Sprachen kommen,* wenn es zum *Glauben* kommen soll."[219]

Die Jahreslosung für 2020 ist Teil einer Kommunikation zwischen Jesus und einem von der Krankheit seines Kindes betroffenen Vater, und in dieser Kommunikation ereignet sich genau das: ein Mensch wird von Jesus zum Vertrauen ermutigt. Und der Grund dieser Ermutigung liegt nun darin, dass ihm in Jesus nicht nur ein „leerer-Sack"-Berater gegenüber tritt, der ihm rät, diese Krise in seiner Familie als persönliche Chance wahrzunehmen und daran zu wachsen, sondern DER ist da, der selber das Heil und das Leben in sich hat, der verkörpert, worum es im Glauben geht und der Macht hat, Leben zu schenken und gut werden zu lassen. Jesus tritt ihm entgegen als der, der hat, was wir nicht haben: Heil und Leben. Ja, wir haben das auch: in unserem Willen, in unserem Hoffen, in unserem Erwarten – aber eben auch in unserem Zweifel, in unserem Bangen, und nicht zuletzt im Bewusstsein der uns gesetzten Grenzen unseres Lebens. Bei uns durchwirken sich Glaube und Unglaube.

Es ist also über die Zeiten und unterschiedlichen Bedingungen unseres Lebens und Denkens hinweg festzuhalten, dass von uns nicht gilt, was vom Christus gilt: dass wir das Leben und Heil Gottes in uns haben. „Wir sehen uns in unseren Lebensnöten immer nach starken und imponierenden Menschen um. Aber wenn man uns auf Herz und Nieren fragen würde: Meint ihr, dass ein Mensch das Leben in sich hat, *das* Leben, das kein Tod überwältigt, das ewige Leben, das im Gegenteil den Tod überwältigt, dann müssten wir doch wohl bekennen: Nein, jeder von uns lebt sich selber und jeder von uns stirbt sich selber. Das ist ja das Schlimme, dass unser Leben von Natur aus ichbezogen ist, dass wir alle in uns wie in einem Gefängnis sitzen und jeder von uns sein Leben für sich selber lebt. Dabei ist das eben kein wirkliches Leben. Es ist ein Leben, das den Tod im Topf hat, wie man sagt."[220] Als solche defizient Lebendige erweisen sich in der Begegnung mit dem epileptischen Jungen und dessen Vater nach Markus 9 auch die Jünger Jesu. Sie sind fixiert auf die Frage nach ihrem eigenen Können, sie bewegen sich im Zirkel ihrer Rolle, ihres Tuns und ihrer Bedeutsamkeit – ein Schelm, wer dabei daran denkt, wie sich heute Kirche vielfach präsentiert – und verpassen es, von sich selbst abzusehen und auf das zu achten, was Gott ihnen zuspielt, dessen sie etwa in Fasten und Beten gewahr werden könnten (Mk 9,29) und was sie Salz der Erde sein ließe (Mk 9,50).

---

[219] Eichholz, aaO S, 219
[220] Hans-Joachim Iwand, Ausgewählte Predigten, NW 3, München 1967, S. 305f.

Und dann wäre man doch dort, wo Jesus auch durch sie hindurchleuchten würde. Dann wären sie bei ihm, dessen Leben unser Leben einschließt. „Jesus steht nicht neben uns wie ein Freund, ein Bruder, eine Braut, ein Lehrer neben uns steht, sondern Jesus steht *für* uns. In diesem einen Menschen ist aller Menschen Leben beschlossen. Und während bei uns das Leben in den Tod eingetaucht ist und dahinein verwandelt und verändert wird, ist bei ihm unser Tod in das Leben einbezogen und in die neue Geburt eines neuen Lebens und Wandels verändert."[221]

Die Evangelien bieten uns ja keine Historie des Lebens des Jesus von Nazareth, sie malen uns mit den buntesten Farben, den kühnsten Hoffnungen und gewonnener Liebe vor Augen, was in Jesus für uns geschieht, der sich als der Christus Gottes erweist. Sie wollen uns gewissermaßen den Ball des Glaubens weiter zuspielen, den in dieser Geschichte unserer Jahreslosung ein Vater mit seinem Sohn aufnimmt – und ihr Leben verändert sich. Glaube und Unglaube sind hier kein zu verhandelndes Thema, sondern es sind Lebens- und Verderbenskräfte, die miteinander ringen, auch um uns ringen, und auch wir verhandeln derartige Fragen nicht in der Zuschauerloge. Das könnten wir eigentlich nur so lange tun, wie wir noch nicht bemerkt haben, lebendige Menschen zu sein.

Und nun gewinnt dieses Begriffspaar von Glaube und Unglaube eine ungeahnte Dynamik. Zeigt es doch eine Spannung auf, ein Kräftemessen und einen Kampf, dem wir eigentlich nur dadurch entgehen, dass wir die davon unmittelbar betroffenen Menschen in Sondersituationen ausgrenzen in Rollen und Herausforderungen, die wir – zum Glück, wie wir dann sagen – nicht für unsere eigenen halten (Kranke, Sterbende, Trauernde, Loser – Verliererertypen, Flüchtlinge, Stützenempfänger, Opfer, Verrückte, Himmelkomiker usw.) und geflissentlich als Teil der Wirklichkeit ignorieren, ebenso wie die zahlreichen Bedingungen und Folgen unseres Wohlstands. Aber es gibt Situationen im Leben, da stellen sich uns solche Ungereimtheiten, Unschlüssigkeiten und Gefährdungen massiv in den Weg. Und das kann jedem Menschen geschehen. Die Maßgabe, dann sei es ja immer noch früh genug, darüber nachzudenken, erweist sich als unangemessen. Kein Wunder, wenn einigen dann der Sinn danach steht, sich oder Angehörige in solchen Herausforderungen dann doch wegmachen zu dürfen. Manchmal kommt es mir vor, als lebe ich unter vielen Menschen, die irgendwie auf der Flucht sind. Auf der Flucht vor der eigenen Wirklichkeit.

Und diese Wirklichkeit ist zutiefst ambivalent. Eine Ambivalenz, die Martin Luther konsequent durchbuchstabiert hat mit Blick auf den Glauben. Die erschreckende wie zugleich befreiende Erkenntnis dabei ist: Glaube und Unglaube erweisen sich für uns Menschen nicht als eindeutig und klar aufzuspaltende Wirklichkeiten, und man gehört dann entweder zur einen oder anderen Seite. Sie sind tief miteinander und ineinander verschlungen, es taucht sogar eines in der Gestalt des anderen auf.

Auch in unserer Zeit begegnen Menschen, die den Glauben verstehen wie eine Gebrauchsanweisung für das Leben in Gottes Schöpfung und dann müsste doch eigentlich alles nur gut gehen – und es einem selber natürlich auch. Vor allem in prekären Lebenslagen scheinen Menschen sehr anzusprechen auf das „Wohlstandsevangelium", das Gelingen, Reichtum und Gesundheit verheißt, wer immer sich darauf einlässt. Es gibt ein noch weiter reichendes Missverständnis, der Glaube sei dazu da, das Leben in den Griff bekommen zu können. Mit Gott im Rücken, also in Einheit mit dem Chef von allem, müsste das doch gehen. Mit Gott also stehe man auf der Seite des Gelingens in allen seinen Variationen.

---

[221] Hans-Joachim Iwand, aaO S. 306

Martin Luther zählt so ein Herangehen zur „theologia gloriae", einer Theologie und einem Glauben der Herrlichkeit, dem er entgegenhält, wo sich der christliche Glaube wirklich gewinnt: am Kreuz Jesu Christi. Und so gilt von den Christen und auch den Theologen: „Durch Leben, ja durch Sterben und Verdammnis wird man ein Theologe, nicht durch Verstehen, Lesen oder Forschen."[222]

Auf diese Weise vollzieht der Theologe, der Christ überhaupt, den Weg, der als Nachfolge Christi bekannt ist. Wie Christus geraten auch die, die seinem Evangelium folgen und darin Glauben finden, in den Verdacht, gerade darin dem Unglauben zu dienen. Ein Vorwurf, dem sich nicht nur Jesus konfrontiert sah, sondern auch Paulus, die Reformatoren und viele Menschen in den Kirchen, die nichts anderes woll(t)en als Glauben aus den Quellen des Evangeliums zu leben. Glaube mit Unglaube durchwirkt in fast unergründlichem Mit- wie Gegeneinander auch das Leben der Kirche und der Menschen wie Unkraut das Weizenfeld (Matthäus 13,24-30). Das Gleichnis vom Unkraut unter dem Weizen weist zugleich auf zweierlei hin: auf das notwendige Erkennen des Unterschiedes und auf die Geduld, die unbedingt nötig ist, um nicht das Gute mit dem Bösen auszureißen. Auch ein Hinweis auf das Durchwirktsein![223] In Abwandlung eines Lutherwortes sei formuliert: unser Unglaube soll uns leid sein, dass wir ihn gerne los wären – aber wir sollen uns nicht der Illusion hingeben, wir könnten einen Zustand erreichen oder gar sicher errungen behalten, in dem kein Unglaube mehr in uns sei.[224]

Weil der wahre Glaube auf die Verwandlung des Sünders, d. h. des Gottlosen in einen Menschen Gottes zielt, auf das Einswerden mit Gott dort, wo dieser mit den Menschen eins wird, nämlich im völligen Abseits von Gott am Kreuz, das der Ort des Verworfenen ist, darum kann der Weg des Christus, der den wahren Glauben abbildet und bringt, nicht in einer Reinheit geschehen, die viele religiöse Menschen erwarten. Er muss sich sozusagen ins Gegenteil verkehren, weil er das ja aufgreifen und verwandeln will. Dem

---

[222] Martin Luther, Zweite Psalmenvorlesung, WA 5,163; zit. n. Aland, Luther deutsch Bd. 1, S. 418. Zur „Vereinnahmung" der Theologen in die Gemeinschaft aller Christen: „Wir sind alle Theologen, ein jeder Christ. Theologia ist Gottes Wort, ein Theologus ist einer, der Gottes Wörter redet. Das sollen alle Christen sein. Wir heißen alle Theologen, so wie wir alle Christen heißen. Es ist keiner höher geweiht als der andere." (Predigt zu Psalm 5, WA 41,8-17; zit. n. Erwin Mühlhaupt, Martin Luthers Psalmenauslegung, Bd. 1, Göttingen 1959, S. 94)

[223] In diesem Sinne auch Ingolf U. Dalferth, Die Kunst des Verstehens, Tübingen 2018: „So verstanden sind *Glaube* und *Unglaube* keine Beschreibungsbegriffe von Lebensphänomenen, die zur Klassifizierung von Menschen in Gruppen taugten, sondern orientierungstheologische Bezeichnungen der beiden grundlegenden Existenzmodi menschlichen Lebens in Gottes Gegenwart, die für jeden Menschen gelten:..." (S. 441) Zum Glauben: „Theologisch verstanden ist der Glaube das Verstehen Gottes (im *genitivus subjectivus* und *objektivus*) am Ort des Menschen, also dasjenige Verstehen, das darauf setzt und davon lebt, Gott so zu verstehen, wie Gott sich und alles andere versteht und das am Ort des Menschen in seinem Wort und durch seinen Geist verständlich macht." (S. 438) Glaube entspringt also damit dem Hören auf das Wort und lebt in der Leitung durch den Geist, wovon Allgemeines und Grundlegendes sagbar ist, das aber nicht die Gestalt einer jeden Menschen einleuchtenden Vernunftwahrheit hat und auch darum als Glaube bezeichnet wird. Gott, der geglaubt wird, macht die Seelen der Menschen, die ihm trauen, zu Harrern, nicht zu Besitzern, zu Hoffenden, nicht zu Herren. Die Kirche, die sich zur Herrin aufspielt, und sei es zur Herrin über den Glauben, verspielt sich selbst.

[224] Sermon von dem Sakrament des Leibes und Blutes Christi 1526, WA 19,509; Aland, Luther dt. Bd. 4 S. 204. Nicht zufällig kommt Luther danach auf die Liebe zu sprechen als Frucht des Sakraments, wie sich auch die Vollkommenheit der Glaubenden im Evangelium in der Barmherzigkeit zeigt. Wer sich des immer neuen Empfangens des Glaubens bedürftig weiß und sich des Unglaubens überdrüssig fühlt, der kann nicht von oben herab die Menschen von sich aus und nach eigenem Gutdünken scheiden in Ungläubige und Glaubende, weiß er doch, beides in sich zu haben und darauf angewiesen zu sein, dass Christus ihm in seinem Unglauben zur Stelle tritt und ihm Glauben zuspielt – und dabei aus der Sicht manch anderer selber zum Verworfenen weil Ungläubigen wird!

widerstreitet eine natürliche Religion, die an der Wirklichkeit des Kreuzes (also unter Verkennung der eigenen Gottesferne, anders: des eigenen Unglaubens) an Gott vorbei nach ihm greifen zu können meint, um dann Leben und Welt vermeintlich im Sinne Gottes zu gestalten. Vor diesem Weg an Christus vorbei warnt Luther: „Seht euch vor, werdet ihr dem Sohn nicht huldigen, so ist keine Gnade mehr da, sondern eitel Verderben, dass beide, ihr und euer Weg (das ist euer Wesen, Tun, Regiment, Gesetz, rechter Gottesdienst usw.) müsst untergehen und nimmer wieder aufkommen. … Die Vernunft will es immer ineinander mengen, aus christlichem Stande ein weltliches oder geistliches Regiment machen, das mit Gesetzen und Werken zu fassen und zu regeln sei. Und verliert darüber alles, denn sie weiß nicht, was Christus oder Christen Stand sei."[225]

Man muss also doch auch im eigenen Glauben immer des eigenen Unglaubens gewärtig sein und sich nicht über sich selbst täuschen, auch über die eigenen Wege und die eigenen Gemeinschaften nicht. Man „hat" den Glauben eben in nichts, in dem man nur bei sich selbst bleibt; Glaube gründet weder in der eigenen Entscheidung noch vollendet er sich in der eigenen Gestaltung. Er lebt dort, wo ich durch den Glauben nicht mehr bei mir selbst bleibe sondern mich in Gott finde: „Glaubst du, so hast du." Und wo nicht, eben nicht.[226]

Eine in allzu großer Selbstsicherheit auftretende Kirche verspielt darum sich selbst. Denn sie hat sich ja nicht in sich selbst, auch nicht im vermeintlichen Ankommen bei den Menschen, sondern in Christus. Man muss auch wissen, was der Glaube ist: „welcher ist eine göttliche und nicht menschliche, eine heimliche und nicht offenbarliche, eine himmlische und nicht irdische Weisheit, die kein Mensch weiß"[227]. Es besteht aber die menschliche Neigung, sich Gott zueigen zu machen und so in das Leben hinein zu bauen, wie es gefällig scheint – und das hält man dann auch für Glauben! Dabei macht man dann Gott von sich abhängig und verkennt die eigene Abhängigkeit von dem freien Zuwenden Gottes zu einem selber, also die Gnade. Damit aber nimmt man Gott die Gottheit und verleugnet Christus. Und was man dann für Glauben hält, das ist der schlimmste – Unglaube! In diesem von uns Menschen angerichteten Durcheinander kann nun Gott nicht Gott sein, „er werde denn zuvor ein Teufel… und wir können nicht gen Himmel kommen, wir müssen vorher in die Hölle fahren, können nicht Gottes Kinder werden, wir werden denn zuvor Teufels Kinder."[228] So zeigt sich Gott unter dem Gegenteil: als der himmlische in der Hölle, als der Glauben stiftende und schenkende Gott im und für den Ungläubigen, als der Retter wie der Verworfene, die Gegensätze verschlingen sich. Sei verschlingen sich, damit am Ende das Leben den Tod verschlinge und der Glaube den Unglauben. Aber – noch sind sie verschlungen, noch, so lange wir in dieser Welt sind. Aber wenn wir auch wanken mögen, so wankt doch Gottes Gnade nicht.

Immer wieder höre ich Stimmen, die mir sagen: es müsse doch endlich Schluss ein mit dem Kreuz und dem hässlichen Tod, der da geschehen sei, schlimm genug! Gott könne das nicht gewollt haben. Mit Verweis auf Menschenfreundlichkeit und Liebe wird das

---

[225] Martin Luther, Der 117. Psalm ausgelegt 1530, WA 31, 241 (von mir etwas eingehochdeutscht)

[226] Vgl. Reinhard Schwarz. Martin Luther Lehrer der christlichen Religion, Tübingen 2016² S. 359f. ; Martin Luther, Ein Sermon von dem Sakrament der Taufe 1519, WA 2, S. 733,35: „Gleubstu, so hastu."; Tractatus de libertate christiana 1520, WA 7,58,5-7: „si credis habebis, si non credis, carebis"; deutsch: Von der Freiheit eines Christenmenschen 1520 WA 7,24; vgl. auch WA 40,I S. 360,4-6 Was du glaubst, das hast du, was nicht, verpasst du – denn darauf musst du dann ja verzichten.

[227] Luther, 117. Psalm aaO S. 243 – wiederum etwas sprachlich geglättet

[228] Luther aaO S. 249

vorgebracht. Und es hört sich ja erstmal auch fürsorglich und menschlich gut an. Gott müsse man von dem Mythos befreien, ein Gott zu sein, der solche Opfer brauche. Das stimmt wohl: Gott braucht das Kreuz nicht. Und auch wir Menschen meinen, es nicht zu brauchen, weil wir die Härte des Wortes vom Kreuz nicht ertragen können. „Ich brauche das nicht, dass da einer für mich stirbt", sagte mir mal ein Mann. Sagen und empfinden wir das aus Mitgefühl mit dem sterbenden Jesus – oder weil wir es nicht ertragen, dass es so um uns stehen soll? Und dass wir Menschen sind, unter denen der lebendige Gott keinen Platz findet, nur eben diesen am Kreuz? Ist es wahrer, guter Glaube, Gott endlich frei zu sprechen von seinem angeblichen Wort vom Kreuz – oder fallen wir damit in genau den Unglauben, in den er dort eintritt? Auch unter den Theologen und in den Kirchen ist diese Frage nicht ausgemacht. Sie schwelt. Und sie wird in aller Regel umlaufen wie der sprichwörtliche heiße Brei – und damit zugleich die Frage: Wer ist eigentlich Jesus Christus für uns? Auch unser Leben und Glauben wächst auf diesem Feld, auf dem Weizen und Taumellolch (= das Unkraut) miteinander wachsen. Und die Frage ist uns je für uns selbst wie einer jeden Generation immer wieder neu gestellt: Wo siehst du dich, auf welcher Seite bist du?

Ich möchte darauf antworten: Auf deiner Seite, Herr. Denn es ist die Seite, die in der Kraft des Glaubens und der Vergebung selbst noch meinen Unglauben umfasst und verwandelt. Der Ort des Glaubens ist Christus, und seine Zeit ist immer Jetzt.

VII. Glauben wissen versuchen verstehen

Wage es, dich deines Verstandes zu bedienen! Lass es nicht bei den Schlagworten, schon gar nicht bei den kurzschlüssigen. Schlagworten wie diesen: Glaube nur, was du auch wissen kannst. Schlagworte wie diesen: was du weder weißt noch nachweisen kannst, das kannst du vergessen, denn: das gibt es nicht. Das stimmt ja nur so lange, wie gilt: Ich Mensch, ich bin das Maß aller Dinge. Nur: Bin ich das wirklich?

Ja, wage es, dich deines Verstandes zu bedienen. Und glaube nicht alles, was man dir weismachen will. Prüfe es, denke darüber nach, wäge es gründlich ab. Aber wage es auch, dich deines Verstandes zu bedienen und erkenne: glauben und wissen, das ist zweierlei. Und wenn es da durchaus immer wieder auch Schnittmengen gibt – etwa bei dem, was man tatsächlich z. B. über Jesus wissen kann –, erkenne deutlich und klar: Glauben und Wissen sind auch zwei ganz unterschiedliche Perspektiven.

So wage es, dich deines Verstandes zu bedienen und die beiden auseinander zu halten. Du musst sie trennen – und du wirst dabei bemerken, wie sehr beides doch immer wieder zusammenspielt. Schon jedes Lernen von Kindern verbindet beides miteinander. Da ist zum einen die Neugier und das Gebanntsein von interessanten Phänomenen, die lassen uns schon als kleine Menschen hinschauen und fragen und experimentieren. Wir fragen dann aber auch die Großen, etwa Kinder die Eltern oder andere Erwachsene und später ihre Lehrerinnen: Was ist das, wie geht das, was bedeutet das? Ja, dass das überhaupt etwas bedeutet, dass wir einen Zusammenhang erwarten, der erklärbar und durchschaubar ist, der verlässlich ist, auf den wir uns einstellen können: das baut eine Beziehung des Vertrauens zur Welt auf, in die eben auch diese anderen uns mit einführen, und die Welt scheint dann in sich und vor allem durch diese Menschen glaub-würdig. Da schon spielen Wissen und Glauben auf manche Weise zusammen.

Wage es, dich deines Verstandes zu bedienen, und diese Zusammenhänge nicht oberflächlich zu leugnen. Und wage es, deine Augen nicht vor der Tatsache zu verschließen, dass du nicht einfach alles erkennen und erklären kannst. Kann ich wirklich alles erkennen? Und wie geht das überhaupt: zu erkennen? Wie unterscheidet sich die Welt, wie sie ist, von der, die ich und die wir Menschen mit unserem Gehirn wahrnehmen? Wie ist die Welt wirklich, also für sich, ganz objektiv – und was ist nur subjektiv oder auch menschlich intersubjektiv so, wie es uns erscheint, aber eben doch nicht objektiv? Gibt es das überhaupt: objektiv? Spielt nicht der, der wahrnimmt, immer in diesen ganzen Vorgang des Wahrnehmens und Erkennens mit hinein? Verändert er und prägt er nicht aus dieses ganze Geschehen? Das sind keinesfalls verwirrende Fragen sondern eher klärende: sie machen deutlich und klar, wie auch das, was wir für deutlich und klar halten, immer relativ und perspektivisch zu sehen ist. Das sagt uns unser Verstand. Und er sagt uns damit: Unser Wissen ist begrenzt, und alles, was wir erkennen, ist relativ. Und was dann in sich schlüssig erscheint und klar und deutlich wie die Theorien über das Licht, die Wellen- und die Teilchenansicht, das kann, miteinander in den Blick genommen, dann einander doch widersprechen.

Das löst natürlich die Frage aus: Was wissen wir eigentlich wirklich? Ist auf das, was wir für sicheres Wissen halten, wirklich Verlass? Wir hören auch nicht auf, von Sonnenaufgang und Sonnenuntergang zu sprechen, obwohl wir genau wissen, wie unkorrekt diese Bezeichnungen sind. Aber es erscheint uns in unserer menschlichen Perspektive eben gerade so – obwohl in anderer Perspektive wir ja eigentlich von der Erddrehung sprechen müssten.

Aber die Sache geht ja noch tiefer. Man meinte ja in der Philosophie und in der Lehre von der Erkenntnis, durch die Ansicht der Welt auch hinter die Welt zu schauen. Man suchte nach dem geheimnisvollen Dahinter hinter den Dingen, nach dem Geist, der in dem allen waltet, nach dem Ursprung, auf den sie alle zurück gehen, nach dem Ziel, auf das sie zustreben. Wer oder was spricht sich aus in dem, was ist? So wollte man auf den Wegen, die hinter die Physik zurück fragt, metaphysisch hinter die Welt gucken können. Man wollte also in der Welt lesen, um sie zu öffnen für das, was hinter ihr liegt.

Spätestens seit dem Wirken Immanuel Kants und am deutlichsten vielleicht seit Friedrich Nietzsche herrscht in diesen Dingen einige Verwirrung. Eine Verwirrung, hervorgerufen durch eine große Klarheit, die sich zeigt in der Rede vom Ende der Metaphysik. Das ist doch klar und deutlich: Du kannst durch die Erforschung der Welt ihren Ursprung nicht erweisen, schon gar nicht den Geist, den du in oder hinter ihr annehmen möchtest und der ihr dann auch ihr Ziel gibt. Wen oder was du als solches glaubst, das ist dann eben dein Glauben. Nachweislich wissen, so klar begründen, dass du es anderen vorhalten kannst und sagen: „Das ist es", oder gar: „Da ist der Gott", das kannst du nicht. Gott bleibt, wie das Werk eines Theologen aus dem letzten Jahrhundert heißt, das Geheimnis der Welt. Und Geheimnisse kann ich nicht enträtseln, sie müssen sich mir offenbaren. Wenn das aber so klar ist – warum spreche ich dann von Verwirrung? Nun, weil immer noch die Metaphysik in Gang ist und die Menschen nicht aufhören, das Dahinter hinter den Dingen zu suchen. Und wo sonst sollen sie das tun als in dem, was sie zur Verfügung haben – eben in dieser Welt. Die Sache ist nur die, dass ihre jeweiligen Schlussfolgerungen dann ihnen und ihren Anhängern einleuchten mögen – aber das ist eben subjektiv, auch intersubjektiv, aber eines eben nicht: objektiv.

Was wir als religiösen Glauben bezeichnen, lässt sich nicht für alle Menschen gleichermaßen weder verordnen noch einsichtig machen. Die früheren autoritären Gesellschaftsordnungen bis ins Zeitalter der Aufklärung hinein haben Religion verordnet, von der Obrigkeit her für alle verbindlich gemacht. Und Philosophen und Theologen haben versucht, diese Verbindlichkeit auch geistig zu begründen und durchzusetzen.

Doch spätestens mit dem 30jährigen Krieg im 17. Jahrhundert begann sich die Glaubwürdigkeit solcher Positionen von selbst aus den Angeln zu heben – und mit dem Erstarken der Gedanken der Aufklärung und der Menschenrechte trat dann auch die Religionsfreiheit immer stärker hervor.

Mir scheint die Sache allerdings irgendwie gekippt zu sein. Weil man nun weiß, Gott und den Glauben an ihn nicht philosophisch sicher und klar und für jeden Menschen einleuchtend begründen zu können, im Gegenteil noch Argumente aufbietet, die gegen Gott und den Glauben an ihn sprechen, erklären etliche die ganze Sache für überholt und abgetan. Dafür gibt es das schöne Wort von dem Kind, das man mit dem Bade ausschüttet. Weil nun das Wasser, in dem das Kind badete, dreckig und kalt geworden ist, erklärt man nun auch gleich das Kind (im Bild also: Gott und den Glauben) für überholt und verkehrt – und packt es zur Seite als angeblichen Schnee von gestern.

Was bleibt dann lesbar in unserer Welt? Was erzählt sie uns über das Leben und über uns Menschen? Erzählt sie vielleicht sowohl ganz anders als auch anderes, als wir vermuteten? Können uns die Augen neu aufgehen? Nach Nietzsche: Können unsere Schiffe ganz neu ausfahren auf das Meer?

Müssen wir gar nicht wie Petrus am Ufer des See Genezareth sagen: Wir haben die ganze Nacht gefischt, aber nichts haben wir gefangen. Was soll´s also? Aber dann gehen dem Petrus die Augen neu auf, als er Jesus in die Augen sieht, und er wird in ein Vertrauen und einen Glauben, in eine Zuversicht hinein genommen, die er noch nicht kannte. So wie wir die neuen Wege der Erkenntnis und des Glaubens vielleicht auch noch gar nicht kennen. Und Petrus, vielleicht überrascht von sich selbst, hört sich sagen: „Los, Männer, wir fahren noch einmal raus." Und zu Jesus: „Auf dein Wort hin will ich die Netze auswerfen." Die Netze werden voll, und was Petrus aus dieser Erfahrung liest, ist eine Diskrepanz. Es ist die Diskrepanz, dass er und all sein Tun und Lassen und Verstehen nicht in ein- und dieselbe Welt passen mit dem, wofür dieser Wanderprediger aus Nazareth steht und einsteht. Hier tritt einer auf seinen Weg, der ist ihm zu groß. Dem gegenüber spürt er, wie klein er ist und wie wenig er vermag. Das scheint ihm verwirrend unangenehm. Wer ist er denn wirklich? Er spürt den Widerspruch und den Gegensatz zu diesem anderen so klar, dass Petrus sagt: „Herr, gehe von mir hinaus, denn ich bin ein sündiger Mensch." Petrus spürt in dieser Situation so klar wie vielleicht noch nie in seinem Leben: Ich bin nicht der, der ich sein sollte. Mein Leben ist nicht das, was es sein könnte. Ich bin und bleibe darunter. Diesen Zusammenhang muss man sich unbedingt klarmachen, und das, um zu verstehen, was hier sündig bedeutet. Es ist nicht von einem Vergehen die Rede, das eine Schuld begründet – Petrus war ja auch dem Wort Jesu gehorsam. Es geht hier nicht um den Kontext, der mit Schuld und Sünde bezeichnet wird. Es geht um etwas anderes, das die Exegeten in ihren neueren Erkenntnissen mittlerweile auch in der Paradiesgeschichte in Genesis 3 ausmachen: nicht die Geschichte vom Sündenfall, sondern die Erkenntnis der Scham. Adam und Eva entdecken, dass sie „nackt" dastehen, und sie suchen sich zu schützen. Vielleicht kann man sagen: sie erkennen sich als begrenzt und bedürftig. Und das genau in dem Moment, als ihnen doch die Augen aufgehen sollen und sie sein sollten wie Gott. Doch ihre Ahnung von gut und böse setzt sie nicht in die Lage, die Welt und das Leben in den Griff zu bekommen – die Welt zeigt sich widerborstig in den Dornen auf dem Acker und das Leben zeigt sich voller Schmerzen schon in seinem Kommen und Erscheinen. Ich wäre so gerne wie ein Gott – ich bin es aber nicht.

Der wahre Gott und der Menschengott, sie passen nicht mit- und nicht nebeneinander in dieselbe Welt. Da kann man also davor weglaufen, darum bittet Petrus den Jesus, er solle doch fortgehen und ihn in Ruhe lassen. Man könnte aber auch die gefährliche Dimension dieses Gottes dadurch entschärfen, dass man ihn domestiziert, zivilisiert, einen faulen Frieden versucht. So nach dem Motto: einen Gott braucht der Mensch, das ist die Projektion seines eigenen Guten, das höchste Gute, also irgendwie auch sein ihm eigenes Gottsein für sich selber, und so prägen wir jetzt auch einmal das Bild Gottes. So geschieht die Zivilisierung Gottes, und sie zu erahnen, lese man nur von den Propheten in der Bibel des ersten Bundes und dann von Jesu Weg und schließlich durch die Geschichte der Kirche. „Du störst uns", macht Dostojewskis Großinquisitor dem unerwartet wieder erschienenen Jesus deutlich. Geh weg, lass uns, geradewegs wie bei Petrus am Ufer des Sees.

Und jetzt mag man langsam ahnen, dass es einen Glauben gibt und Institutionen des Glaubens, die gar nicht stehen und einstehen für den Glauben, den Jesus meint und zu dem er befreien will, sondern die gerade dazu angetan sind, uns diesen Glauben vom Halse zu halten und die dabei so tun, als ständen sie für den Glauben. Eine ungeheure Vermischung von Glauben und Unglaube unter dem Vorzeichen des glaubenden Selbstverständnisses der Menschen, das aber dann das Verständnis des Menschen im Licht des Evangeliums außen vor lässt. Eine völlige Verwirrung. Wo soll das enden?

Eine derartige Verwirrung liegt wohl auch vor, wo im Ersten Testament von den Gottlosen die Rede ist, etwa in den Psalmen. Es sind die Toren, die sprechen: es ist kein Gott – haben sie doch nichts anderes im Sinn als dem Wirken Gottes zu entgehen, darum reduzieren, amputieren und begrenzen sie ihn, entwerfen aber doch kein modernes Konzpet eines Atheismus. Filaret verweist in diesem Zusammenhang auf Psalm 14,1 und spricht von Unglaube, „wenn man zwar bekennt, dass ein Gott sei, doch aber seiner Vorsehung und seiner Offenbarung nicht glaubt."[229] Zwar hört man, dass ein Gott sei, man mag ihn auch für existent halten, aber man erhört den Anruf Gottes im Wort selber nicht. Irgendwie also glaubt man einen Gott, aber man glaubt ihm nicht. Glaube und Unglaube verschlingen sich derart, dass so ein Glaube, der oberflächlich besehen ja Glaube ist, doch als Unglaube hervortritt.

Ich lerne: Werfe nicht aus der Welt und deinem Erleben heraus ein Bild Gottes wie eine Projektion an den Himmel, dann erfährst du nie Gewissheit und bleibst ständig nur verstrickt in dich selbst (vielen Dank, Herr Feuerbach, für den Tipp!), sondern höre auf das, was Jesus dir zu sagen hat und sieh auf das, was er dir zeigt. Erspüre das Geheimnis deines Lebens und dieser Welt nicht nur in den Tiefen deiner Seele und auf den Höhen deines Gelingens, sondern achte auf den, von dem der Ermächtigte sagt: Sieh da, der Mensch. Höre auf die Worte, die ihn suchten und fanden, in denen Er sich finden ließ, in Jahrtausende alten Gebeten, die sein und der Menschen Wort ineinander sprechen wie in den Psalmen. In solchem Sehen und Hören mache dich auf, werde licht, werde empfänglich und durchscheinend für dieses Geschehen, das nicht schon in dir ist, das dich aber ergreift und dich in deinen Ursprung stellt und dich aufbrechen lässt zu deinem Ziel. Und dann merkst du, was dein Gott schon längst in dich gelegt hat. Und dann spürst du, dass das, was ist, nicht alles ist. Und in dem Glauben, der sich so für dich auftut, vergeht dein Unglaube. Das Licht Gottes vertreibt ihn wie die Sonne den Dunst am Morgen. Das Wort nimmt ihn weg wie das Wort Jesu an Petrus, die Diskrepanz, die dieser spürte, keinesfalls ignorierend, aber doch überspielend: Komm, und folge mir nach. Und sie gingen mit ihm. Und dann geht doch, was nicht geht und Menschen, die nicht glauben

---

[229] Filaret von Moskau, Ausführlicher christlicher Katechismus, Hg. Martin Tamcke, Berlin 2015, S. 118; siehe auch Jakobus 2,19.

können, wie sie meinen, beginnen zu glauben. Da hilft Jesus dem Unglauben des Petrus, ohne dass dieser darum gebeten hätte. Und er wird es wieder und wieder tun und darum bitten, dass sein Glaube nicht aufhöre (Lk 22,32).

So entsteht und wächst, vom Neuen Testament und vom Evangelium her gesehen, unser Glaube. Nicht so, dass wir in der Erkenntnis der Welt Glauben erklären und einsichtig machen könnten. Er ist und bleibt ein Wunder, ein Wunder Gottes. Und er hängt ganz und gar in dem, der uns zum Glauben ruft, der uns Glauben schenkt, der für uns bittet, dass unser Glaube nicht aufhöre und dass wir den Versuchungen nicht erliegen, den Glauben fahren zu lassen (Hebr 4,16; 7,25).

Der Glaube, der auf solche Weise in Menschen wächst, dass sie sich in die Geschichte Gottes mit ihnen verwickelt und verwoben erkennen, sich selbst ohne diesen Gott gar nicht mehr erkennen können, um sich selbst wissen können nur noch in den Augen dessen, der ihr Gott ist, dieser Glaube kann so stark werden, dass er singen und sagen lässt: „Ich weiß, woran ich glaube." Denn der Glaube gibt solchen Menschen auch zu wissen. Der Erweis solchen Glaubens ist freilich immer eingebunden in zweierlei: in das Vertrauen zum Wort und in die eigenen Geschichte mit dem, dem ich auf sein Wort vertrauend folge. „Ich weiß, woran ich glaube, ich weiß, was fest besteht" (Ernst Moritz Arndt, EG 357) – das ist wie manches Glaubenswort keine besitztümelnde Anzeige dessen, was man sicher in Händen hält, sondern es ist die Einrede des Glaubens gerade in Zeiten, die einen ganz andere Erfahrungen machen lassen. So hält etwas Hiob in Zeiten, die zu größtem Zweifel und Verzweiflung Anlass böten, fest an Gott und bekennt: „Ich weiß, dass mein Erlöser lebt." (Hiob 19,25) Wo im Deutschen einfach mit „ich weiß" übersetzt ist, da steht im Hebräischen ein Verb, das sehr vielmehr bedeutet: jda. Es hat die Grundbedeutungen innewerden, bemerken, kennen lernen, erkennen durch Wahrnehmung oder Reflexion, auch: jemanden in intimer Begegnung erfahren und erleben, ihn so erkennen, einen anderen erkennend verstehen und mich um ihn bekümmern[230] (Gesenius 257) – all das schwingt hier mit, also nicht nur ein pures Verstandeswissen, sondern eines, das bis durch die letzten Fasern meines Herzens dringt und das mir dann auch durch alle meine Poren dringend abzuspüren sein wird. So wie die Freunde des Hiob, die ihm nachweisen wollen, sein Geschick sei gerechte Strafe Gottes für seine Sünden, seinen beständigen Protest erfahren, weil doch Hiob seinen Gott ganz anders sieht und an diesem anderen Bild von Gott, das ihn hoffen und vertrauen lässt noch im größten Elend, daran hält er fest. Und darin wird Hiob sich als Glaubender erweisen und den Freunden, die ihm als Glaubenszeugen begegnen, werden Gottes Wort hören: „Ihr habt nicht recht von mir geredet wie mein Freund Hiob." Auch Glaubenszeugen sollten vorsichtig sein und bedacht und prüfen, auf welcher Seite sie stehen.

VIII. Glaube und Pluralismus

Die Großkirchen, die wir auch Volkskirchen nennen und deren Zukunft als solche ebenso ungewiss erscheint wie die der Volksparteien, teilen unter einer Perspektive strukturell deren Schicksal – und diese Perspektive lässt sich in die Fragen fassen: Wofür steht ihr? Was ist euer Glaube, wie lebt ihr ihn, woher kommt er? Worauf bezieht er sich, wohin seid ihr mit ihm unterwegs und was erhofft ihr?

_____

[230] Gesenius, Handwörterbuch, aaO S. 257

Die großen Kirchen müssen sowohl eine nicht unerhebliche Bandbreite an Verständnissen und Weisen des Glaubens abdecken als auch unterschiedlichste Praxisbereiche verantworten. Diese sind einmal aus ihren institutionellen Belangen und inhaltlichen Aussagen heraus entstanden, ohne diese Verwurzelung noch durchweg aufweisen zu können. Ihre Nichteindeutigkeit hat entweder stark zugenommen – oder sie ist unter veränderten theologischen und gesellschaftlichen Bedingungen deutlicher hervor getreten. Selbstwidersprüchlichkeit[231] und Undeutlichkeit[232] sind sozusagen einer ihrer Systemfaktoren, denen die Großkirchen kaum zu entgehen vermögen. Das ist ihre Stärke – aber es ist auch ihre Achillesverse. Kirchenleitung ist heute nicht zuletzt die Kunst, zum einen dieses fragile System lebensfähig zu halten (wenn man das denn will) und gleichzeitig neue Wege zu finden, die unter sich verändernden Bedingungen eine neue Struktur und Organisation von Kirche hervorbringt, die wir noch gar nicht deutlich sehen. Denn die Ursprungsbedingungen des so gewachsenen Pluralismus verlassen uns, sie werden unwirksamer. Das landesherrliche Kirchenwesen hat sich ebenso überlebt wie eine selbstverständliche Kirchenzugehörigkeit, von der viele ihren eigenen Glauben differenzieren. Wie aber gestalten sich die neuen Bedingungen – und wie gestalten wir darin Kirche? Inwiefern wird auch zu ihr zukünftig ein Pluralismus gehören, welchen Pluralismus braucht und setzt das Evangelium vielleicht selber, und welche Art von Pluralismus ist der Kirche abträglich? Hier zeigt sich die Gratwanderung von Inklusion und Exklusion. In der Kirche ist man da schnell bei einem Tabu, einem „no go": sie stellt ein soziales Biotop dar, in dem ausschließendes Denken und Verhalten wie verpönt erscheint. Dennoch könnte ein negativer Ausschluss bestimmter Dinge notwendig sein – um der Klarheit willen und um des Glaubens willen, der sonst seine Erkennbarkeit und sein Leben verliert. Andererseits ist der Glaube nicht unserer Verfügbarkeit und Definitionsmacht anheim gestellt – es geht nicht um „unsere" Kirche, sondern die Kirche Jesu Christi. Das ist im Blick zu halten. „Herren des Glaubens" (2. Kor. 1,24) sind wir nicht, sondern „Gehilfen eurer Freude".

Pluralismus beschreibt eine Erscheinung, die häufig lieber mit Adjektiven angedeutet wird: bunt, vielfältig, tolerant, subjektiv, wertschätzend, persönlich, inklusiv[233] u. a. – was eine Situation beschreibt, die keinesfalls eindeutig ist und es auch nicht sein soll. Der postmoderne Begriff der Glaubensfreiheit wird dann auch primär nicht als eine

---

[231] Selbstwiderspruch liegt z. B. in den kirchenleitenden Grundsätzen, die zum einen ein „Verdichten" forderten, also eine deutlichere Profilierung des Evangelischen. Dem entsprachen Kampagnen wie „evangelisch aus gutem Grund" und andere, auch in der Diakonie, die eine klarere Konfessionalisierung und damit Bindung an den eigenen Ursprung zum Ziel hatten. Da zum anderen aber ein „Öffnen" als Ziel vorgegeben wurde, um die Menschen zu erreichen, die sich bislang indifferent oder ablehnend zeigten, entsteht ein deutlicher Zielkonflikt: wie ist der schmale Grat zwischen Öffnen und Verdichten zu finden und zu bestehen?

[232] Undeutlichkeit zeigt sich nicht nur in einem deutlichen Theologie-Verlust in der Kirche, mitunter wird sie gar vermieden – diese Vermeidung hat auch einen erkennbaren Grund: in der Kirche selber scheint etwas gefordert zu sein wie eine große Koalition zwischen Richtungen, die sich teils auch ausschließen und mitunter auch deutlich im Inhalt gegeneinander stehen, nicht nur in fragen der Ethik, sondern auch in ganz fundamentalen wie Christologie und Ekklesiologie, also wer Christus und wozu Kirche ist.

[233] Aber eben nicht integrativ, weil es nicht darum geht, in ein größeres Ganzes, das auch normierend und prägend wirkt, hinein genommen zu werden, sondern allein normativ soll das je persönliche Maß sein. So entsteht dann die Buntheit, die auch für die Kirchen charakteristisch sein soll und die mitunter auch als Wirkung des Geistes benannt wird. Natürlich kann man fragen, wie realistisch das ist und wo die Grenze zur Ideologie überschritten wird (spätestens dort, wo der Anspruch auf Buntsein den Christusbezug aushebelt).

Organisationsfreiheit von Gemeinschaften oder Institutionen verstanden sondern ist im Kern individuell. Das findet sich schon 1896 bei William James klassisch formuliert: „Der Glaube bleibt eines der unentäußerlichen Geburtsrechte unseres Geistes." Und James verteidigt dieses Recht mit dem Hinweis, „dass alle Menschen mehr oder weniger `instinktive Absolutisten´ sind…"[234]

Sich in einer pluralistischen Gesellschaft zu finden, bedeutet, sich selbst nicht zum Maß erklären zu können und kann doch bedeuten, um in der Vielfalt erkennbar zu werden wie auch seiner selbst gewiss, doch nichts anderes zu haben und zu finden als eben dieses persönliche Maß. Das impliziert, das messende Kriterium zu benötigen, es aber zunächst oder überhaupt nur auf sich selbst anlegen zu können, auf nichts und niemand sonst. Gleichzeitig braucht der Mensch Orientierung im Zusammenleben, das grundsätzlich wie zugleich immer neu austariert werden muss.[235] Dazu braucht es dann sowohl die für einen selber geltenden Bezüge als auch eine Klärung, was in welcher Weise für ein Miteinander gelten soll. So entsteht eine komplexe und tendenziell immer auch fragile Situation, die sich in den Schwierigkeiten unserer heutigen Beziehungswelt ebenso zeigt wie in der stark erlebten Einsamkeit der Menschen. Denn der einzelne wird – und das viel stärker als in früheren Gesellschaftsformen – relativiert, er muss dieser ständigen Relativierung und Infragestellung standhalten und sich – so er kann – mit anderen verbinden, das aber unter der ständigen Devise: Du musst dir selber treu bleiben! So bedingen Individualisierung und Pluralisierung der Gesellschaft einander.

Das entsprechende „Drama" spielt sich nun auch im Bereich des Religiösen ab. Da der Mensch nicht in die Rolle kommt, sämtliche religiösen Optionen sachlich überblickend beurteilen zu können, treten Notwendigkeit und Wille an die Stelle einer abgeklärten Entscheidung – der Mensch muss sich wagen, auch ohne alles überblicken und abwägen zu können und ohne sich an dem orientieren zu können, was allgemein gilt – denn die allgemeine Feststellung, die man in diesem Zusammenhang immer wieder hört, lautet: „Das muss doch jeder selber wissen." Weiß es aber nicht – und vermeidet dann entweder eine Klärung oder Entscheidung für sich überhaupt, verbleibt also in der viel zitierten „Indifferenz", oder sucht sich hier dieses und dort jenes heraus, das ihm einleuchtet, legt

---

[234] William James, The will to believe, 1896, zitiert nach Peter Sloterdijk, Nach Gott, Ffm 2018, S. 308

[235] Klaus-Rüdiger Mai (Geht der Kirche der Glaube aus?, Leipzig 2018 S. 31) kritisiert Aydan Özoguz, die als Ausländerbeauftragte der Bundesregierung feststellte: „Unser Zusammenleben muss täglich neu ausgehandelt werden." Das hat gewiss etwas Richtiges, ist aber wiederum nicht die ganze Wahrheit. Es gibt Regeln, Recht und Gesetz, an die alle sich halten müssen und die eben nicht täglich neu ausgehandelt werden. Darauf muss man Menschen hinweisen und das auch einfordern. Der Hinweis auf Werte kann das Recht nicht ersetzen. Werte neigen dazu, zu vagabundieren, sie sind also weder exakt noch einzufordern, denn sie sind als Teile auch von Wahrnehmungen, Empfindungen, Gefühlen, Atmosphären, Interessenlagen, Religionen, Philosophien und Weltanschauungen zwar auf Begriffe eingrenzbar, die werden aber meist nicht konkret genug, geschweige denn widerspruchsfrei, es mangelt ihnen an Exaktheit. Zugespitzt gesagt: Das Gute wollen (angeblich) alle. Es bleibt genug Raum, der aushandelbar ist – nur kann das nie und nimmer unser ganzes Zusammenleben betreffen. Werte vagabundieren auch in der Weise, dass sie sich zwischen Menschen wie zwischen Menschen und Gott schieben und die Lebensbeziehungen damit nicht nur klären sondern auch komplizieren. Außerdem setzt der Bezug auf Werte als Ethos-Begriffen immer die Drohung in Kraft, den, der sie kritisiert, als Schlecht-Menschen zu erweisen. Darum muss das notwendig bleibende Austarieren immer auch innerhalb eines Rechtsrahmens geschehen, der – anders als Werte – einklagbar ist. Werte sind etwas anderes als Recht und Gesetz und können beide nicht ersetzen. Außerdem schaffe sie eine Sicherheit, die allein schon deswegen nötig ist, weil uns Menschen überfordere, sollten wir ständig alles neu aushandeln. Bestimmte Grundlagen des Zusammenlebens müssen einfach klar sein. Punkt. Dazu zählen allem voran die Menschen- und Grundrechte, die nicht nur Werte beinhalten, sondern eben zugleich auch Recht sind.

sich aber nicht fest auf ein bestimmtes Glaubenssystem, oder er trifft eine Willensentscheidung, welchem Glauben er sich selbst zurechnen will. „Weil Menschen in Lebens- und Glaubensfragen nicht warten können, bis die Uhr der Evidenz in unserem Inneren zwölf schlägt, haben sie das Recht, ja sogar in gewisser Weise die Pflicht, die Lücke zwischen dem Zweifelhaften und dem Gewissen durch einen Sprung in die glaubwürdigste Annahme oder, wie James sagt, die lebendigste Hypothese, zu überbrücken und ihr Lebensglück auf sie zu bauen."[236]

Nun springt aber die eine hier und der andere dort hin, und wenn wohl auch gilt, dass Menschen über diesen Sprung tendenziell mit vertrauten Personen sprechen (Familie, Freunde) aber nicht in der Öffentlichkeit, dann bekommt man eine Ahnung über das Maß der Individualisierung aber auch der Vereinsamung – denn auch die, mit denen man darüber spricht, befinden sich ja inhaltlich-positionell nicht am selben Ort. Pluralisierung bedeutet Vereinsamung, bedeutet Entnahme des Glaubens aus der Gemeinschaft und seine Vereinzelung. Auch die traditionellen Großkirchen haben längst nicht mehr das Vertrauen, in dem Menschen ihnen die Maßgabe für den rechten Glauben zutrauen würden. Sie scheinen eher einer pro-domo-Politik verdächtig.[237] Man erkennt in ihnen dann nicht Angebote innerhalb der Religionsfreiheit sondern deren Gefährder. Einsamkeit ist in diesem Zusammenhang ein Thema, weil in der Regel nicht der gemeinsame Glaube Orientierung und Gewissheit gibt, sondern der je individuelle Glaube und seine Authentizität sind an die Stelle der Vorgaben getreten. Glaube ist das, was ich subjektiv und ganz persönlich glaube. „In religiöser Hinsicht kann nur wahr sein, was mich von innen heraus überzeugt."[238] Wahrheit ist nicht mehr maßgeblich gegeben, auch nicht in einem vertrauenswürdigen Zeugnis, sie wird *empfunden*. Damit trägt sie aber auch immer den Charakter des Subjektiven. Und damit sind zugleich Situation wie atmosphärische Stimmung beschrieben, in der heute die Glaubensfrage für die meisten Menschen zu stehen kommt. (So stecken wir hier strukturell in einer ähnlichen Problematik wie der zwischen Werten und Recht, s.o..) Die Glaubensfrage ist persönlich, individuell, und man erwartet keine als unangemessen empfundene Einmischungen, etwa durch kirchliche Autoritäten. Die geraten sofort unter den Verdacht, das alte und zum Glück überholte obrigkeitliche Religionssystem wieder restaurieren zu wollen. Man wittert Bevormundung und ist verstimmt. Schon gar nicht will man „missioniert" werden und einen Hut aufgesetzt bekommen, den andere für einen ausgesucht haben. Wer christlichen Glauben, auch im biblisch-reformatorischen Sinn, bezeugen und transportieren will, muss diese Gefühls- und Stimmungslagen wie die damit verbundenen

---

[236] Peter Sloterdijk, aaO S. 309. Sloterdijk verweist zum Vorrang des Willens vor dem Wissen auch auf Nietzsche. Auch Alexander Schwan verweist angesichts des Pluralismus auf Nietzsche: auf „den spätestens mit Nietzsche geschehenen Umbruch des europäischen Denkens von der Geschlossenheit zur Offenheit, von der Absolutheit zur Relativität, von der Totalität zur Perspektive". (Schwan, Philosophie der Gegenwart vor dem Problem des Pluralismus: in: Josef Simon (Hg.), Freiheit, Freiburg/München 1977, S. 171)

[237] Darin wird ein „totaler Geltungsanspruch" erkannt, und das ist „etwas, das nicht sein sollte" (Schwan aaO S. 171) Die Schwierigkeit für die Großkirchen scheint mir darin zu bestehen, dass sie als öffentliche Institutionen mit dem historisch bedingten Bezug auf das Ganze eines Gemeinwesens an diesem immer noch gemessen werden, d. h. sie dürfen nach dem Gefühl und Willen der Menschen nicht ausschließend wirken, was sie aber tun, wenn sie eine bestimmte Glaubensweise oder einen Glaubensinhalt normativ fokussieren. Es wird an sie nicht der Maßstab einer Glaubensgemeinschaft angelegt sondern eben das Maß für das Gemeinwesen, was meist völlig unbedacht geschieht. Damit geraten die Kirchen in den Selbstwiderspruch von Glaubensbezug und Öffentlichkeitsbezug, die sie beide aber beanspruchen. Ungeklärt bleibt dabei oft, in welcher Weise beides zu geschehen hat.

[238] Jörg-Dieter Reuß, Thesen zu Jesus und dem „Sühnetod", Fundort: Gesellschaft für Glaubensinformation, These 1, erster Satz – und somit das, was voran steht.

Ansprüche der Menschen sensibel im Blick haben. Und er muss ebenso erkennen, dass es menschlich und historisch dahinter keinen Schritt zurückgehen kann noch wird, und man selber würde es sich auch verbitten, von anderen bevormundet oder gar abgekanzelt zu werden.[239]

Ich muss also diese generelle Relativierung erkennen und auch als Selbstrelativierung annehmen, kann doch keiner in diesem Diskurs als „über den anderen" auftreten. Beglaubigung und Vertrauen müssen sich anders erweisen als vom allgemein Üblichen her oder gar auf autoritärem Wege. Es ist vielmehr im Prozess der Relativierung selber zu fragen, wo die wesentlichen, prägenden und normativen Bezugsgrößen (Person, Lehre) zu finden sind und wie man sich auf sie bezieht (methodisch, kommunikativ). Glaubenszeugnis wäre dann nicht, einfach vorzugeben „so ist das", sondern die Quellen aufzuspüren und sich zu ihnen zu verhalten, individuell wie gemeinsam. Das impliziert wie von selbst einen gewissen Pluralismus. Dabei ist aber darauf zu achten, ob zum Beispiel die Person Jesu, auf die ich mich im christlichen Glauben als grundlegend beziehe, dann lediglich als Beispiel für den Glauben gesehen wird (exemplum) sondern auch normativ – und: ob sie den Charakter der Gabe Gottes für den Glauben gewinnt (sacramentum). Oft ist heute mit der Ansiedlung der normativen Instanz im Subjekt des einzelnen Glaubenden die Auffassung verbunden, er sei auch der, der sich seinen Glauben „macht", und es wird nicht mehr gesehen, dass und in welcher Weise jedenfalls christlicher Glaube auch eine Vorgabe enthält, die mich selbst verwandelt, wenn ich zu ihr in Beziehung komme. Dieser Aspekt der Selbstrelativierung droht dem individuellen Anspruch genauso zum Opfer zu fallen wie die Gemeinschaftsbildung mit anderen, wo die jeweilige persönliche Authentizität zum höchsten Maßstab erhoben wird. Und immer bleibt der einzelne einsam zurück – und wieder einmal zeigt sich eine neue Facette des pluralistischen Spektrums. Die Frage ist ja, ob wir denn tatsächlich in diesem Maße individuell sind oder ob sich darin nicht auch eine ideologisierende und irrtümliche

---

[239] „Die verschiedenen gesellschaftlichen Kräfte, die verschiedenen Kulturen, die verschiedenen Weltanschauungen stoßen aufeinander, rücken einander nahe, überlagern sich, assimilieren sich vielfach und differenzieren sich neu – in unaufhörlichem Wandel. Feindselige Auseinandersetzungen und Kämpfe bedürfen der Befriedung, das Neben- und Miteinander von Unterschiedenem, selbst von sich scheinbar Ausschließendem wird zur Notwendigkeit, wenn es ein Überleben geben soll; es wird zum Gut, wenn Vielfalt und Einheit der modernen Lebenswelt gewürdigt und gewahrt sein sollen. Die Anerkennung dieser Notwendigkeit und dieses Gutes wird dann zum Prinzip dieser Welt selbst." (Schwan aaO S. 173) Was da von der Gesellschaft als ganzer gilt, gilt auch von großen Institutionen wie Landeskirchen und Diözesen in ihrer Eigenschaft, die religiöse Dimension eines Gebietes (von den früheren Herrschaften her) abzubilden. Es ist unmittelbar mit dem Festhalten am Regional- und Öffentlichkeitsbezug verbunden. Das aber steht inhaltlich im Widerspruch zur heutigen religiösen und inzwischen ja auch dezidiert nichtreligiösen Realität. In diesem Selbstwiderspruch bewegen sich die kirchlichen öffentlich-rechtlichen Institutionen und in diesem Widerspruch bewegen sich auch die, die von den Kirchen individuelle Glaubensfreiheit verlangen wie vom Staat und dabei den Charakter als Glaubensgemeinschaft verkennen – den freilich in der Differenzierung von äußerer Ordnung und geistlichem Glauben die Kirchen teils längst vor-vollzogen haben, teils aus guten Gründen, weil sich Glaube nicht verrechtlichen lässt, teils verhängnisvoll, weil man damit auch die prägende Kraft des Glaubens für das Leben weggenommen hat. Zu Zeiten, da der öffentliche Gesamtanspruch der Kirchen schwindet, ist neu die Frage aufgerufen, was sie profiliert und von der eigenen (Glaubens-)Substanz her denn zum Leben der Menschen und der Gesellschaft beitragen können. Das tun die Kirchen aber viel zu wenig von dieser Substanz her, sondern sie fragen weithin vorrangig nach den Funktionen, die sie ausüben können und die sie nützlich machen. Sie werden auf diesem Wege aber keine Erfolg haben – denn wo der Rahmen und die Bedingungen sich wandeln, kann man die alten Bedeutungen auch nicht retten. Agieren und Reden kirchlicher Leitungspersonen und Gremien erinnert wohl nicht zufällig an die hilflosen Reaktionen von Politikern der alten Volksparteien angesichts derer schwindenden Bedeutung. Mit der „Volkskirche" scheint es nicht viel anders zu sein.

Annahme zeigt, in der sich jeder Mensch als Zentrum der Welt empfindet – was doch aber immer nur für ihn persönlich gilt. Doch erschöpft sich der Mensch darin, einzelner zu sein? Gewiss, er ist es auch. Aber nicht nur. Beschränkt er sich darauf, bleibt er in Einsamkeit und Unverstandensein zurück – und die anderen mutieren von Gemeinschaft zum Publikum der jeweiligen Selbstdarstellungen. Alles nur eine große Performance? Ist das das Leben und Glauben? Nein. Darum braucht es in der Verkündigung ein Glaubenszeugnis, in dem wir nicht nur uns selbst überlassen werden sondern durch das der Eine hervortritt, der allein uns als einzelne wie als pluralisiert versprengte Menschen einen kann in der Einung auf ihn hin. Dabei ist ein wesentlicher Aspekt, dass Klarheit und Einung von ihm her und auf ihn hin geschehen und nicht etwa in einer Art Uniformierung der Menschen.

Nachwort

Bei der Suche nach Hinweisen auf kirchliche Sendungen fand ich den Kommentar: „Im Mittelpunkt des Gottesdienstes steht das Gedenken an… ". Es folgte der Name einer historischen Persönlichkeit, die im aktuellen Jahr wegen eines Jubiläums befeiert wird. Die steht nun auch im Mittelpunkt des angekündigten Gottesdienstes. Ich stutze. Da stimmt doch was nicht. Steht im Mittelpunkt eines jeden Gottesdienstes nicht – Gott? Darum heißt er doch auch „Gottes"-dienst. Natürlich verstehe ich, was gemeint ist. Der Gottesdienst hat ein Thema, und das Thema orientiert sich an dieser Person. Innerhalb dieses Themas ist sicher auch ein Bezug zum Glauben möglich. Aber, wie ich aus Erfahrung weiß, nicht zwingend. Wie gerade erst bei einem Gottesdienst, von dem ich den Eindruck gewann: Das war alles sehr gut und schön; aber was das mit dem Glauben zu tun haben soll, blieb doch recht offen. Da wird etwas in den Mittelpunkt gestellt und das ist es dann. Da wurde ein Gottesdienst zu unserer eigenen Veranstaltung. Gott? Glaube? Wäre nicht alles so schön verpackt, hätte man vielleicht den Schrei hören können: „Ich glaube, hilf meinem Unglauben." Diese Spannung scheint aber kaum noch empfunden zu werden.
Wir haben uns daran gewöhnt, auch die Kirche als „unsere Veranstaltung" zu betrachten. Verkündigung und Gottesdienst werden in diese Haltung integriert. Die Erkenntnis der Reformation, dass Kirche sich unter Verkündigung und Sakrament allererst zu ereignen beginnt, findet in der Organisations- und Praxisweise der institutionalisierten Kirche nicht immer Beachtung. Regionale und institutionelle Bezüge, die aus der Geschichte der Landeskirchen überkommen sind, regieren die evangelischen Kirchen oft mehr als das Evangelium. Die Krise, von der immer wieder die Rede ist, erscheint dann auch nicht vorrangig als Glaubenskrise. Das zeigt sich daran, dass es bei deren Diskussion nur wenig um den Glauben geht sondern vor allem um Mitgliederbestände, Finanzen und sich wandelnde Strukturen. Der Glaube scheint nur so weit interessant, als er Mitgliedschaften gründen, stabilisieren und zu verlässlichen Mitgliedsstrukturen führen kann, die dann auch finanziell bedeutsam sind.
Hinzu kommt, dass auf Grund der globalen wie nationalen und regionalen Entwicklung das Thema „Glaube" sich keineswegs nur als stabilisierend erweist. Für die Institution ist es schwierig. Die Institution ist eine soziale, sie ist Körperschaft öffentlichen Rechtes und bezogen auf das politische Gemeinwesen. Religion und Glaube aber werden heute fast generell als Privatsache gewertet. Vielen sind sie interessant als der Raum der „spirituellen Reise", doch „sie ist ein einsamer Weg für Individuen und weniger für ganze

Gesellschaften."[240] Zudem wird Religion auch als Krisenfaktor für die Gesellschaft bewertet: Man fürchtet spaltende Wirkungen und Friedensbedrohung (im Extrem bis hin zum Terrorismus). Religionen können human und friedenswirkend sein, sie können aber auch polarisierend und durch identitären Charakter abgrenzen und spalten. Solcherlei Unruhe und daraus resultierende Konflikte möchte man vermeiden und lieber „gut dastehen".

Wie unter solchen Rahmenbedingungen die herkömmlichen Kirchen in unserem Land ihren Weg finden werden, wie sie das Individuelle und das Soziale austarieren, wie sie öffentliche Bedeutung und persönlichen Ansatz im Glauben der Menschen miteinander werden vermitteln können, das alles scheint mir zum gegenwärtigen Zeitpunkt noch völlig offen. Das einzige, was auf soziologischer Ebene gewiss ist, ist der Riesenumbruch, in dem wir stecken.

Bleibt noch die Frage nach dem Glauben und welche Gemeinschaft bildende Kraft der hat. Die protestantischen Großkirchen ruhen in ihrer strukturellen Anlage als Landeskirchen immer noch auf der Identifizierung einer Region mit einer Konfession, und das entscheidende Bindeglied dabei ist der politische Souverän. Der aber hat sich seit mehr als einhundert Jahren verändert – und zugleich selber aus der religiösen Thematik weitgehend verabschiedet. Der Souverän ist keine Person mehr sondern das Volk, repräsentiert in seinen Vertretungen und Symbolen. Und die werden normiert vom Anspruch religiöser Neutralität.

Klar ist: Auf der Ebene des Sozialen und Politischen sind konfessionelle Kirchen nicht mehr begründbar, auch nicht als religiöser Ausdruck einer Region. Die gesellschaftliche Vielfalt gibt das nicht her. Also müssen es das geistliche und das theologische Moment sein, von dem her Kirche und Gemeinden zu verstehen und zu gestalten sind. Damit ist die Frage nach Glaube (und Unglaube) ganz neu und gewichtig auf die Tagesordnung gesetzt. Gerade diese Frage aber ist auch in den Kirchen nicht so beliebt. Denn sie ist in ihnen mittlerweile genauso individualisiert und tabuisiert bzw. gefürchtet wie in der Gesamtgesellschaft. Man zeigt sich scheu und verunsichert. Wie soll man die hier aufbrechenden Fragen und Probleme bewältigen?

Nur: Gibt es einen Weg an dieser Frage vorbei? Die Antwort ist schlicht und ergreifend: Nein! Ein Fundament für sich und ihr Wirken kann Kirche in unserem Land des 21. Jahrhunderts nur in dem finden, was längst schon ihr Fundament ist und ohne dass sie nicht wäre: im Evangelium. Alles andere trägt nicht. Trotzdem stürzt man sich immer noch darauf und versucht, Kirche zu begründen in sozialen Funktionen und Dienstleistungen. Die können auch durchaus Lebensweisen von Kirche sein, sogar Lebensfunktionen. Sie sind aber nicht das, was Kirche werden lässt und was Kirche zur Kirche macht.

In der Lage einer gewissen Orientierungslosigkeit und Finsternis erinnere ich mich an das Wort des Paulus, Gott lässt „Licht aus der Finsternis hervorleuchten", und er „hat einen hellen Schein in unsre Herzen gegeben, dass die Erleuchtung entstünde zur Erkenntnis der Herrlichkeit Gottes in dem Angesicht Jesu Christi." (2. Kor. 4,6) Wir sind folglich von uns aus mit unserer eigenen Glaubenskraft noch gar nicht im Licht und müssen auch nicht so tun. Wir sind Menschen, die von sich aus das Evangelium auch allzu oft verdecken. Den Schatz der Liebe Gottes und sein Licht haben wir in durchaus irdenen Gefäßen (2. Kor. 4,7), die wir selber doch auch sind. Und die sollen noch brauchen noch dürfen wir als himmlisch hinstellen und als nur ganz toll. Dann wird man darüber nämlich „toll". Wir

---

[240] Yuval Noah Harari, Homo Deus, München 2019 8. Aufl., S. 293

können es nicht, und wir brauchen es nicht, das Evangelium zu belegen, zu begründen oder in seiner Nützlichkeit zu erweisen. Dabei verderben wir es nur. Unser Ding ist lediglich, es im Glauben zu leben und ihn zu bezeugen. Wir müssen nicht in strahlender Erlöstheit hervortreten, wie auch Nietzsche es von uns Christen gerne gehabt hätte, angeblich, um glauben zu können. Der Glaube jedoch bleibt immer in Korrespondenz mit unserer Unerlöstheit und unserem Unglauben, so lange wir in dieser Welt sind (man lese 2. Kor. 4 weiter!). Nur: Der Glaube bleibt daran nicht kleben und darin nicht hocken, er tritt aus der Finsternis ins Licht, er überwindet auf die Zukunft hin, die Gott schon bereitet hat. In der Ausrichtung auf diese Zukunft erhebt die Kraft des Glaubens auch unsere Gegenwart aus der Finsternis ins Licht. Doch wir besitzen dieses Licht nicht, trotzdem scheint es uns. Und nur, wo dieses Licht uns scheint, findet und baut sich Gemeinde. Dabei geht es nicht um „ein Schiff, das sich Gemeinde nennt", das seinen Kurs sucht und Untiefen und Stürme meidet. Es geht überhaupt nicht darum, wie wir uns nennen. Es geht um das, was schon in der Geschichte von der Berufung des Petrus geschieht. In der Erkenntnis der eigenen Begrenztheit und Fehlerhaftigkeit doch den Mut zum Hören zu fassen. Zu hören auf Christi Wort und dann: „aber auf dein Wort hin" – so setzte Petrus und die anderen mit ihm sich in Bewegung und stechen erneut in See. Christus hatte ihrem Unglauben geholfen. Sie fassen den Mut des Glaubens.

Wir haben unsre eigene Relativität und Begrenztheit zu bejahen. Dennoch gilt es zugleich an dem als wahr Erkannten festzuhalten. Das aber nicht theokratisch-autoritär, sondern in der Nachfolge Christi: durch die Verkündigung des Wortes, im Zeugnis des Sakramentes und dienender Liebe.

Wer und was also steht bei uns im Mittelpunkt? Sich dieser Frage konsequent zu stellen, müsste es uns nicht mitten hinein führen in den Ruf des Vaters aus Markus 9: „Ich glaube, hilf meinem Unglauben"? Das Wort bleibt nicht nur situativ zwischen Jesus und dem Vater des kranken Jungen stehen. Es erweist sich ebenso als menschliche Grundsituation vor Gott. Die ist, obwohl (oder gerade weil?) der Mensch ja an alles Mögliche und Unmögliche sein Herz hängt und daran glaubt, kritisch. Denn solange er sein Herz an Endliches und Bedingtes hängt, verliert er seine Freiheit. Zudem droht er, sich in Illusionen zu verstricken, die ihn selber wie das Lebendige überhaupt gefährden. Setzt er in seinem Leben auf die also ungeeigneten Inhalte und Objekte des Glaubens, die sich als Trug erweisen müssen, weil sie selber nicht vor und nicht über sich hinaus weisen, mag er ein Glaubender sein. Doch solcher Glaube ist Trug. Er hält nicht, was man sich von ihm verspricht – Halt und Festigkeit, wie es schon das Hebräische in seinem Wortstamm *amn* sagt, dem Ursprung unseres „Amen". Das verweist auf den, den schon die Psalmisten als ihren „Fels" und ihre „Burg" bekannten.

So führt der Glaube zum einen ins Innerste des Menschen und in seine allergrößte Bedürftigkeit. Doch gerade deswegen ist es so wichtig und muss man kritisch betrachten, wohin sich der Mensch in dieser ihm eigenen grundlegenden Lage wendet. Er soll nicht die lebendigen Quellen verlassen und aus Löchern schöpfen, die doch kein Wasser geben. Und damit führt der Glauben zum anderen den Menschen aus sich selbst heraus. Er bezeichnet geradezu die Wende aus dem Verstrickt- und Hineingewendet-Sein in sich selbst zu einer grundsätzlich anderen Lebensweise: sich aus Gott zu empfangen, sich als Geschenk Gottes anzunehmen und sich Gott und den Menschen zum Geschenk zu machen. Das große Wunder des Glaubens ist es, dass der Mensch sich dabei nicht verliert, sondern allererst gewinnt.[241]

Daran aber ist er, sind wir, immer wieder gehindert. Und das aus der Angst, uns zu verlieren. Sie hemmt das Vertrauen und die Hingabe. Wir stecken im Unglauben, ganz gleich, von wem wir kommen und wofür wir uns halten. Der Unglaube kann so stark sein, dass er sogar den vermeintlichen Glauben regiert in der Furcht, sich selbst aus der Hand zu geben und Gott zu überlassen. Die Geschichte in Markus 9 liefert dazu ein beeindruckendes Schauspiel. Glaube und Unglaube sind auch für uns nicht nur krasse Gegensätze, das können sie auch sein. Doch zugleich sind sie so etwas wie Pole, die mit ihren Anziehungen in unser Leben wirken.[242]

Der Glaube als menschliche Haltung „steckt" zwischen Leben und Unglauben. In unserer realen Welt ist er immer vom Unglauben berührt, befragt und beeinflusst. Im Glauben suchen wir das Leben vor und mit Gott, im Unglauben zögern wir so ein Leben hinaus oder verweigern uns ihm. Dann bleibt das Leben auf uns selbst beschränkt; der Horizont unseres Lebens verengt sich vom ewigen Gewollt- und Geliebt- Sein auf ein kurzes Aufleuchten und Vergehen. Vertrauen wir hingegen auf den Glauben als göttlicher Verheißung, uns vor und in ihm (was heißt: in Gott) finden zu dürfen, treten wir über in das Leben, zu dem Gott uns geschaffen hat. Dann werden wir, was wir in Gottes Augen schon sind. Im Glauben, der den Unglauben überwindet, treten wir ins Leben.

Das Leben, auch das Leben der Glaubenden, in einer von Gott losgesagten Welt geschieht in Modi und auf Wegen, die geschehen und von denen gilt immerzu: „etsi deus nun daretur", auch wenn es Gott nicht gibt oder als wenn es Gott nicht gäbe. Schon Dietrich Bonhoeffer beschrieb diese Herausforderung: „... wir können nicht redlich sein, ohne zu erkennen, dass wir in der Welt leben müssen - `etsi deus non daretur´. Und eben dies erkennen wir – vor Gott! Gott selbst zwingt uns zu dieser Erkenntnis. So führt uns unser Mündigwerden zu einer wahrhaftigeren Erkenntnis unserer Lage vor Gott. Gott gibt uns zu wissen, dass wir leben müssen als solche, die mit dem Leben ohne Gott fertig werden. Der Gott, der mit uns ist, ist der Gott, der uns verlässt (Markus 15,34)! Der Gott, der uns / in der Welt leben lässt ohne die Arbeitshypothese Gott, ist der Gott, vor dem wir dauernd stehen. Vor und mit Gott leben wir ohne Gott."[243]

Wie sieht dieses vor und mit Gott leben nun aber aus, wie bewährt und zeigt es sich mitten im Unglauben bzw. im offiziell hingenommenen Agnostizismus? Denn man muss in

---

[241] Ebenso verhält es sich mit der Kirche als Glaubensgemeinschaft. Sie „gründet auf nichts, was sie denkt, sondern misst ihr Denken an dem, was sie gründet." (Ingolf U. Dalferth, Radikale Theologie, Leipzig 2013, S. 20; zitiert nach Klaus-Rüdiger Mai, Geht der Kirche der Glaube aus?, Leipzig 2018, S. 40)

[242] Diese Pole sind wohl formal, aber durchaus nicht inhaltlich gleichwertig. „Zwischen Unglaube und Glaube besteht eine existenzielle Kluft, die vom Unglauben aus nicht überwunden werden kann und erst retrospektiv vom Glauben aus überhaupt wahrgenommen wird." (Ingolf U. Dalferth, God first, Leipzig 2019², S. 131). Damit ist freilich nicht irgendein Glaube gemeint sondern schon der Christusglaube. Für ihn gilt: „*für den Glauben* entscheidet man sich nie, weil es im Unglauben nicht möglich und im Glauben nicht nötig ist." (aaO S. 130) Glaube und Unglaube sind „eine Unterscheidung des Existenzmodus" (aaO S. 134).

[243] DBW 8, Widerstand und Ergebung, S. 533f.; etsi deus non daretur: als wenn es Gott nicht gibt; im Grunde ist dies auch nicht neu sondern eine Vergegenwärtigung von Gen 3,23f. Der Mensch ist nicht in der Lage einer selbstverständlichen Gottesgemeinschaft – und wo er sie erfährt, muss er zugeben: „Fürwahr, der Herr ist an dieser Stätte, und ich wusste es nicht." (Gen 28,16) Eine allgemeine Religiosität, in der Gott und Mensch gleichermaßen sich auf ein und derselben Ebene zugesellen und harmonisch aufgehen wie in Magie und Esoterik vorgespielt, ist aus biblischer Sicht als Illusion zu bezeichnen (oder als Baals- statt Jahwe-Verehrung, vgl. Ulrich Bach, Jahve-Glaube oder Baals-Glaube, in: Die diakonische Kirche als Freiraum für uns alle, im Band ders., „Boden unter den Füßen hat keiner", S. 193-204ff.)

der gesellschaftlichen Gesamtperspektive ja die Glaubensfrage offen lassen, wenn gilt, dass man nichts Genaues wissen kann. Und dann muss man alles gelten lassen, was nicht in den Konflikt mit den Menschenrechten (bzw. Grundrechten) oder dem Strafgesetzbuch gerät. Die gegenwärtige gesellschaftliche Atmosphäre verleitet dazu, aus diesen Gründen sich mit dem „etsi deus non daretur" abzufinden. Nur: kann der Glaubende, können die Glaubensgemeinschaften sich damit abfinden? Sie wollen und sollen doch ihr Leben vor und mit Gott führen. Der durchaus richtigen Erkenntnis Bonhoeffers um die Bedingungen unseres Lebens hat darum in letzter Zeit Ingolf U. Dalferth eine ebenso richtige Erkenntnis konfrontiert, die mit dem Glauben gegeben ist: „Wir sollten *etsi deus daretur* leben."[244] Im Glauben leben, trotz unseres Unglaubens. Und in seiner immer wieder neuen Überwindung.

Wie dieses Überwinden aussieht, das beschreibt Martin Luther:
„Ein Christenmensch lebt nicht in sich selbst, sondern in Christus und seinem Nächsten, in Christus durch den Glauben, im Nächsten durch die Liebe. Durch den Glauben fähret er über sich in Gott, aus Gott fähret er wieder unter sich durch die Liebe und bleibt doch immer in Gott und göttlicher Liebe."[245]
Über sich und unter sich fahren. Welches entsprechende Mobilitätstraining dazu verfolgen wir?

„Glaube ist eine lebendige, verwegene Zuversicht auf Gottes Gnade, so gewiss, dass er tausendmal dafür sterben würde. Und solche Zuversicht und Erkenntnis göttlicher Gnade macht fröhlich, trotzig und lustig gegen Gott und alle Kreaturen; das wirkt der Heilige Geist im Glauben."[246]

---

[244] Ingolf U. Dalerth, God first, Leipzig 2019², S. 53. Dalferth weiter: "Unsere Kultur braucht einen spirituellen Neubeginn, der unsere völlige Abhängigkeit von Gott als Gewinn und nicht als Verlust aufdeckt, als den schöpferischen Grund unserer Autonomie und Verantwortung und nicht als Bedrohung für sie. Wir müssen uns nicht von dieser göttlichen Gegenwart emanzipieren, um wirklich frei und selbst bestimmt zu leben, sondern sie ist es, die uns ein solches Leben ermöglicht." Dem stimme ich zu – würde aber statt von Autonomie besser von Selbstbestimmung sprechen. Zum einen ist der Begriff stark antitheologisch besetzt, zum anderen ist er dann ja sachlich falsch, wenn ich ein göttliches Gebot über mich akzeptiere; das ist ein Heteronomos (vgl. dazu auch Wilfried Härle, Autonomie – ein viel versprechender Begriff, in: ders., Menschsein in Beziehungen, Tübingen 2005, S. 213-241). Allerdings bleibt die Frage offen, wer hier was unter welchen gesellschaftlichen Bedingungen tun kann und tun soll; wie also sieht was konkret aus in „Kultur und Gesellschaft"? So muss man etwa Politik, Recht, Öffentlichkeit, Institutionen, Glaubensgemeinschaften, Einzelne unterscheiden.
[245] Martin Luther, Von der Freiheit eines Christenmenschen, LD 2,273; WA 7,38 (abschließender Punkt „zum dreißigsten")
[246] Martin Luther, Hinzufügung zu EG 136 in der niedersächsisch-bremischen Ausgabe